MARGARET MOORE

Dois Destinos

Tradução
Celina Romeu

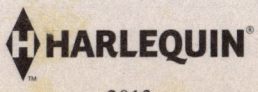

HARLEQUIN®

2013

PUBLICADO SOB ACORDO COM HARLEQUIN ENTERPRISES II B.V./S.à.r.l.

Todos os direitos reservados. Proibidos a reprodução, o armazenamento ou a transmissão, no todo ou em parte. Todos os personagens desta obra são fictícios. Qualquer semelhança com pessoas vivas ou mortas é mera coincidência.

Título original: A LOVER'S KISS
Copyright © 2008 by Margaret Wilkins
Originalmente publicado em 2008 por Harlequin Historicals

Projeto gráfico e arte-final de capa: Ô de Casa

Diagramação: Editoriarte

Impressão: PROL EDITORA GRÁFICA (www.prolgrafica.com.br)

Editora HR Ltda.
Rua Argentina, 171, 4º andar
São Cristóvão, Rio de Janeiro, RJ – 20921-380

CIP-BRASIL. CATALOGAÇÃO NA PUBLICAÇÃO
SINDICATO NACIONAL DOS EDITORES DE LIVROS, RJ

M813d

    Moore, Margaret
        Dois destinos / Margaret Moore ; tradução Celina Romeu. - 1. ed. - Rio de Janeiro : Harlequin, 2013.
        288 p. ; 17cm

    Tradução de: A lover´s kiss
    ISBN 9788539808571

    1. Romance canadense. I. Romeu, Celina. II. Título.

13-00288	CDD: 819.13
	CDU: 821.111(71)-3

18/04/2013   18/04/2013

Capítulo Um

Levando em consideração toda a vida de Drury, suponho que realmente não deveria me surpreender. Mas é pena que a jovem mulher seja francesa. Todos sabemos como ele se sente sobre os franceses.

– De *A coleção de cartas de lorde Bromwell*, famoso naturalista e autor de *The Spider's Web*

Londres, 1819

OFEGANTE, JULIETTE Bergerine acordou em meio aos lençóis amarrotados e olhou para o teto manchado acima dela.

Fora um sonho, apenas um sonho. Não estava na França, não estava de volta à fazenda, e Gaston LaRoche se achava muito distante. A guerra terminara, Napoleão fora derrotado.

Estava em Londres. Estava segura. Estava sozinha.

Mas... o que era aquele som de passos arrastados? Podiam ser ratos nas paredes, embora parecessem distantes demais. E aquele barulho? Um grito de dor vindo do beco sobre o qual sua janela se debruçava?

Afastando os lençóis e o fino cobertor, Juliette se levantou da cama estreita e correu para a janela, erguendo a vidraça ao máximo. Vestida apenas com a combinação, ela estremeceu. O ar de setembro era frio e permeado dos cheiros de carvão queimado, lixo e esterco. A meia-lua iluminava o prédio meio arruinado do outro lado do beco e também o chão.

Quatro homens com porretes, ou algum outro tipo de arma, cercavam um outro homem que tinha as costas contra a parede de seu prédio. Observou com horror enquanto os quatro se aproximavam do sujeito, claramente prontos para atacá-lo. O homem solitário se agachou, disposto a se defender, a cabeça de cabelo negro se movendo de um lado para o outro enquanto esperava que o atacassem.

Ela abriu a boca para gritar por socorro, então hesitou. Não conhecia aqueles homens; nem os atacantes, nem sua vítima. No bairro onde morava, todos podiam ser homens maus, envolvidos numa disputa sobre ganhos de roubos, ou aquilo podia ser uma briga entre ladrões. O que aconteceria se interferisse? Deveria mesmo tentar?

No entanto, eram quatro contra um; por isso, não fechou a janela e, um momento depois, ficou contente por não tê-lo feito, porque o homem que estava sendo atacado praguejou... em francês.

Um compatriota! Não era de admirar que fosse atacado. Ser francês era o bastante para torná-lo um alvo de ingleses estúpidos.

Estava prestes a gritar quando o mais alto deles se adiantou e balançou seu porrete. Ao mesmo tempo, outro atacante, o rosto encoberto pelo chapéu, também se moveu à frente, atacando, e ela viu o brilho de metal à luz da lua... uma faca!

Tinha que ajudar seu compatriota! Mas o que poderia fazer?

Observou rapidamente seu pequeno quarto, com a mobília escassa e barata. Havia um bule. Uma chaleira. Uma cesta de batatas que seriam sua alimentação por uma semana.

Olhou de novo pela janela. Quando o francês se abaixou e se virou, o primeiro homem atingiu-lhe o lado do corpo com o porrete. Ele se dobrou e caiu de joelhos, enquanto o homem com a faca se aproximava ainda mais.

Juliette pôs a cesta de batatas no parapeito da janela e pegou uma delas. Quanto o canalha com a faca se debruçou sobre o pobre francês e lhe puxou a cabeça para trás pelo cabelo, como se fosse lhe cortar o pescoço, ela jogou uma batata nele com toda a força e gritou:

– *Arrête!*

A batata atingiu o homem na cabeça. Ele agarrou o chapéu, olhou para cima e praguejou. Juliette se abaixou e continuou a jogar as batatas até a cesta ficar vazia.

Segurando a respiração, ficou imóvel, atenta, o coração disparado. Quando o silêncio se estendeu, ergueu a cabeça cautelosamente e olhou pela janela. O francês estava caído no chão, sem se mover, e os atacantes haviam desaparecido.

Esperando que não fosse tarde demais, Juliette vestiu apressadamente um dos dois vestidos que possuía, calçou seu único par de sapatos, pesados e resistentes, que usava para andar até a modista onde trabalhava como costureira, e desceu correndo a escada o mais depressa que pôde. Nenhum dos outros moradores do prédio decrépito dera sinais de vida. Não se surpreendeu, provavelmente haviam pensado que seria melhor não se envolver com o que acontecia no beco.

Uma vez do lado de fora, evitou as poças de água suja e o lixo no beco até chegar junto ao homem caído. Percebeu com alívio que ainda respirava, deitado de bruços nas pedras úmidas e sujas, o cabelo escuro e ondulado cobrindo o colarinho do casaco negro com duas capas nos ombros.

Era uma roupa surpreendentemente cara para um imigrante pobre. Ela se agachou e sussurrou:

– *Monsieur?*

Ele não se moveu, nem respondeu. Tentando acordá-lo, colocou uma das mãos em seu ombro. Percebeu, pelo tipo de tecido do casaco, que era realmente uma peça muito cara.

O que um homem que podia comprar uma roupa assim estava fazendo naquela parte da cidade, àquela hora da noite? Uma resposta lhe veio à mente e ela esperou que estivesse errada, que ele não fosse um homem rico que viera encontrar uma prostituta ou uma casa de jogos.

– *Monsieur?*

Como ele ainda não respondia, ela o virou cuidadosamente. À luz da lua revelou um rosto com malares fortes, um nariz reto e uma testa que sangrava. Os ombros eram largos, a cintura fina, as pernas longas.

Juliette desabotoou o casaco e examinou-o o melhor que pôde à luz da lua. Toda a roupa – camisa branca de linho, gravata preta, colete cinza, paletó e calça de montaria pretos e bem ajustados – também era da melhor qualidade, assim como suas botas de couro. Felizmente, não viu sangue ou outros ferimentos... até olhar suas mãos. Alguma coisa não estava certa...

De repente, ele lhe segurou o braço, o aperto inesperadamente forte. Enquanto ela tentava se libertar, ele abriu os olhos e fixou-os nela de um modo que parecia lhe penetrar o coração. Então sussurrou alguma coisa numa voz profunda e rouca que parecia um nome... Annie, ou alguma coisa semelhante. Sua esposa, talvez?

– *Monsieur?*

Os olhos dele se fecharam enquanto resmungava mais alguma coisa. Não a segurara para feri-la, mas por medo, ou desespero, ou ambos. E era evidente que, o que quer que houvesse de errado com suas mãos, elas não eram aleijadas.

Quem quer que fosse, o que quer que o trouxera ali, ela não podia deixá-lo num beco sujo, molhado e fedorento. Enquanto não estivesse completamente inconsciente, talvez fosse capaz de levá-lo para seu quarto, que estava seco e possuía uma cama relativamente macia.

Colocou o ombro sob o braço dele para ajudá-lo a se levantar. Embora fosse capaz de ficar em pé, era mais pesado do que ela esperava e gemeu como se estivesse em agonia. Talvez houvesse outros ferimentos que não podia ver sob as roupas.

Pensou em pedir ajuda das outras pessoas que viviam na casa de cômodos, mas decidiu não fazê-lo. Mesmo se não tivessem ouvido o ataque, já a olhavam com suspeita porque era francesa. O que pensariam se lhes pedisse ajuda para levar um homem para seu quarto, embora estivesse ferido?

Non, tinha que levá-lo sozinha.

Enquanto se esforçava para levar o homem para dentro, ficou contente por ter crescido numa fazenda. Apesar dos últimos seis meses costurando num porão pequeno e escuro, ainda era forte o bastante para ajudá-lo a entrar no prédio, subir a escada e deitá-lo em sua cama, embora com muito esforço.

Acendeu um toco de vela no tamborete ao lado da cama, pegou um pedaço limpo de pano e uma bacia de água fria. Sentando-se na cama ao lado dele, tirou-lhe o cabelo do rosto e, gentilmente, lavou o corte sobre um dos olhos. Viu que um galo começava a se formar no alto da testa do homem. Esperava que o ferimento não fosse grave. Depois, desatou o nó da gravata e fez uma busca em seus bolsos, procurando algum indício da identidade dele. Não havia nada, seus atacantes deviam tê-lo roubado também.

Ele murmurou de novo e ela se debruçou para ouvi-lo.

– *Ma chérie* – sussurrou, a voz baixa e áspera, enquanto, com os olhos ainda fechados, envolvia-a com um dos braços e a puxava para ele.

Juliette ficou tão surpreendida que não se afastou e, antes que pudesse impedi-lo, ou mesmo adivinhar o que faria, os lábios dele se encontraram com os dela. Suave, gentil, amorosamente.

Devia impedi-lo, mas era tão bom. Tão caloroso, tão doce, tão maravilhoso, e estava sozinha há tanto tempo... Então o braço dele afrouxou, os lábios relaxaram, e ela percebeu que estava inconsciente de novo.

Sir Douglas Drury abriu os olhos com lentidão. A cabeça doía infernalmente e havia um teto manchado e rachado acima dele. Em frente, via uma parede igualmente manchada pela umidade e uma janela. A vidraça estava limpa e não havia cortinas. Além dela, não viu o céu ou um espaço aberto, apenas uma parede de tijolos.

Não sabia onde estava ou como fora parar ali. Seu coração disparou e começou a suar. Enquanto o medo e o pânico ameaçavam dominá-lo, fechou os olhos e lutou contra a náusea que se formava. Não estava numa cela escura e úmida. Estava num quarto de paredes brancas sujas, iluminado pela luz do dia. Cheirava a repolho, não a vísceras, palha suja e ratos. Estava deitado numa espécie de colchão, não sobre pedras. E podia ouvir, em algum lugar à distância, os gritos dos vendedores de rua.

Vendedores de rua ingleses. Estava em Londres, não numa cela na França.

A noite passada estivera caminhando e só tarde demais compreendera para onde seus pés o haviam levado. Tinha sido atacado por três... não, quatro homens. Não lhe exigiram dinheiro ou a carteira, simplesmente o atacaram, fazendo-o recuar para um beco, onde sabia que seria assassinado.

Por que não estava morto? Não tinha espada, nenhuma arma. Nem mesmo podia fechar o punho de forma adequada para se proteger em luta corpo a corpo. Alguma coisa os afugentara, mas o quê? Não conseguia se lembrar, assim como não tinha ideia de onde estava ou de quem o levara até ali. Onde quer que estivesse, porém, estava vivo.

Tentou se levantar, apesar da dor no lado direito do corpo, que o fez comprimir os lábios para não gritar. Pôs os pés no chão de madeira sem tapetes e ergueu a cabeça... e viu que não estava sozinho.

Uma mulher jovem, aparentemente dormindo, estava sentada num banco, a cabeça apoiada na parede. O cabelo estava preso numa grossa trança frouxa, com pequenas e leves mechas soltas que lhe emolduravam as faces lisas e pálidas. Seu vestido modesto e simples, com a gola alta, era de musselina verde barata. Nada havia de notável em suas feições, embora os lábios fossem grossos e suaves e o nariz bem-feito.

Não parecia conhecida, mas havia alguma coisa sobre ela que dançava à margem de sua mente, como um sussurro que não conseguia ouvir. Porém, o que quer que fosse, não pretendia se demorar para descobrir. Pôs as mãos na beira da cama estreita, pronto para se levantar, quando a jovem mulher repentinamente se espreguiçou como uma gata depois de um cochilo ao sol de verão. Seus claros olhos castanhos se abriram e ela sorriu para ele como se tivessem acabado de fazer amor.

Era desconcertante. Não desagradável, mas definitivamente desconcertante. E, então, ela falou:

– Oh, *monsieur*, está acordado!

Francês.

Ela falava francês. Imediatamente, ficou em guarda, cada sentido em alerta.

– Quem é você e o que estou fazendo aqui? – perguntou, áspero, em inglês.

As sobrancelhas em arco da mulher jovem se contraíram.

– Você é inglês? – perguntou ela, na mesma língua.

– Certamente. Quem é você e o que estou fazendo aqui? – repetiu.

Ela se levantou e enfrentou seu olhar de suspeita com uma expressão magoada.

– Sou Juliette Bergerine e salvei sua vida.

Como poderia uma jovem mulher sozinha ter lhe salvado a vida... e por que o fizera?

Era muito conhecido em Londres. Na verdade, era famoso. Talvez ela esperasse uma recompensa.

Ele se levantou, inseguro, a dor no lado do corpo intensa, a cabeça doendo ainda mais.

– Sabe quem eu sou?

Os olhos dela semicerraram.

– Você não sabe?

– É claro que sei. Sou sir Douglas Drury, advogado, de Lincoln's Inn.

– Eu sou a mulher que atirou as batatas.

Batatas?

– De que diabos está falando?

– Atirei minhas batatas nos homens que o atacavam, para fazê-los fugir. E eles fugiram.

Era disto que estava tentando se lembrar?

– Como vim parar neste quarto?

– Eu o trouxe.

– Sozinha?

A raiva iluminou os olhos dela.

– É este o agradecimento que recebo por ajudá-lo? Ser interrogada, e tudo o que digo ser considerado uma mentira? Começo a pensar que deveria tê-lo deixado no beco!

As francesas sempre reagem com exagero!

– Naturalmente estou grato por você ter me ajudado.

– Você não parece nem um pouco agradecido!

Ele endureceu o queixo antes de falar.

– Sem dúvida gostaria que eu me ajoelhasse.

– Prefiro ser tratada com respeito. Posso ser pobre, sir Douglas Drury, advogado de Lincoln's Inn, mas não sou um verme!

Os olhos que brilhavam com fúria apaixonada, os seios que se erguiam e se abaixavam sob o vestido barato, e aquelas finas mechas de cabelo que oscilavam sobre as faces ruborizadas o tornavam bem consciente de que ela não era um verme.

Ela andou pisando duro até a porta e a abriu.

– Já que parece bem o bastante para andar, saia!

Ele deu um passo à frente, determinado a fazer exatamente isso, mas o quarto rodou como se estivesse sobre um eixo.

– Não me ouviu? Eu disse saia! – repetiu ela, indignada.

– Não posso – resmungou, enquanto recuava até sentir a cama, então se sentou pesadamente. – Mande chamar um médico.

– Também não sou sua criada!

Que Deus o protegesse de francesas e seus melodramas exagerados!

– Iria com prazer e ficaria feliz de me livrar da sua presença, mas, infelizmente para nós dois, não posso. Devo estar mais ferido do que pensava.

Ela abaixou o braço.

– Não tenho dinheiro para pagar um médico.

Drury procurou nos bolsos. Sua carteira desaparecera. Talvez ela a tivesse tirado. Se tivesse, certamente não admitiria. Mas então por que o trouxera para ali?

– Deve dizer ao médico para vir cuidar de sir Douglas Drury. Será pago quando eu voltar a meus alojamentos em Lincoln's Inn.

– Acha que ele vai acreditar em mim? Devo apenas informar a ele que venha cuidar de sir Douglas Drury e ele fará o que eu disser? Você é conhecido por ser atacado neste bairro de Londres?

Maldita mulher.

– Não, não sou.

Podia mandar chamar seu criado, mas o sr. Edgar teria que alugar uma carruagem de um estábulo e isso levaria tempo.

Buggy viria imediatamente e sem fazer perguntas. Graças a Deus ele estava em Londres... embora não estivesse em casa neste dia da semana. Estava na sessão aberta semanal realizada pela Royal Society of London for Improving Natural Knowledge, da qual era presidente.

— Vá à Soho Square 32, a casa de sir Joseph Banks, e pergunte por lorde Bromwell. Diga a ele que preciso de ajuda.

A jovem cruzou os braços esguios.

— Oh, devo ir a uma casa na Soho Square e pedir para falar com um lorde e, se vier até a porta para me ouvir, *ele* fará o que eu disser?

— Fará se lhe disser que sir Douglas Drury a enviou. Ou prefere que fique aqui até me recuperar?

Ela pensou por um momento.

— Preciso ir a pé?

Este era um problema que podia ser solucionado.

— Se tomar uma carruagem de aluguel, lorde Bromwell pagará ao cocheiro.

— Você parece gastar o dinheiro de seus amigos com muita liberdade — disse ela, uma sobrancelha erguida, a expressão cética.

— Ele pagará — reiterou Drury, a cabeça começando a latejar e a paciência a se esgotar. — Tem minha palavra.

Ela soltou a respiração lentamente.

— Está bem, eu vou.

Foi até uma pequena arca, suspendeu a tampa e se debruçou para pegar um chapéu de palha Coburg, enfeitado com muito bom gosto com fitas e flores artificiais, um efeito encantador, apesar dos materiais baratos.

Enquanto amarrava a fita sob o queixo com dedos ágeis e rápidos, uma expressão preocupada lhe surgiu no rosto, agora lindamente emoldurado.

– Devo deixá-lo aqui sozinho?

Os dedos tortos de Drury apertaram a beirada da cama enquanto a olhava com o que seu amigo, o honorável Brixton Smythe-Medway, chamava de "olhar letal".

– Garanto-lhe, srta. Bergerine, que, mesmo se eu fosse um ladrão, não há uma só coisa aqui que gostaria de roubar.

Ela lhe encontrou o olhar frio com outro gelado.

– Não é isso que me preocupa, sir Douglas Drury. Não gosto de deixar um homem ferido sozinho, mesmo se ele é um porco arrogante e ingrato. Mas não se preocupe, farei o que me pede.

Drury sentiu vergonha por um momento. Mas apenas por um momento, porque, embora o tivesse ajudado, ainda era francesa e tinha os dedos arruinados para lembrá-lo do que os franceses eram capazes.

JULIETTE SE dirigiu para a primeira carruagem de aluguel que encontrou, abriu a porta e entrou.

– Leve-me para a Soho Square, 32.

O cocheiro se debruçou para olhá-la através da vidraça.

– Hã?

Os braços cruzados, ela repetiu o endereço.

Sob a aba do boné, os olhos já vesgos do homem ficaram ainda mais vesgos.

– Para que está indo lá?

– Acho que não é da sua conta.

O homem deu um sorriso debochado.

– Você é assanhada e ousada, não é? Mostre o dinheiro primeiro.

– Você será pago quando eu chegar, não antes. É assim que as coisas funcionam, não é?

Embora nunca tivesse andado numa carruagem de aluguel, Juliette estava certa do que dizia. Pensou que o cocheiro ainda recusaria, até ele curvar os lábios gordos sob o nariz protuberante.

– Se não tem o dinheiro, há outra maneira de me pagar, coisinha linda.

Ela pegou a maçaneta da porta.

– Prefiro andar.

– Eu a levarei... mas é melhor que me pague quando chegarmos lá, ou eu a levarei à justiça – resmungou, antes de se voltar para a frente.

Com um estalar do chicote, a carruagem começou a andar. Enquanto passava pelas pedras do calçamento das ruas, a enormidade do que estava fazendo surgiu na mente de Juliette. Dirigia-se para uma casa em Soho, numa carruagem que não podia pagar, para pedir a um nobre que fosse ao alojamento dela para ajudar um homem que ela não conhecia e que fora atacado por quatro bandidos num beco.

E se lorde Bromwell não acreditasse nela? E se ele nem mesmo a atendesse à porta? E se o cocheiro não recebesse seu dinheiro? Podia mandar prendê-la e podia adivinhar o que aconteceria. Não era fácil ser francesa na Londres de Wellington, mesmo quando se mantinha discreta e cuidava apenas de seus assuntos.

Mordendo os lábios, angustiada, olhou pela janela, para as pessoas que passavam, instintivamente procurando pelo rosto familiar de George. Estava procurando por ele há meses, sem sucesso, mas não desistiria da esperança de encontrá-lo.

Os prédios começaram a mudar, tornando-se mais novos e elegantes, embora até ela soubesse que a Soho não era um endereço tão prestigiado como fora antes. Agora, os ricos e aristocratas da cidade viviam em Mayfair.

A altiva e arrogante alta sociedade, cheia de homens como sir Douglas Drury, que parecera tão vulnerável e inocente quando estava dormindo e que a beijara com tanta ternura, mas que se transformara num ogro frio e desdenhoso quando acordado.

Ele não devia se lembrar daquele beijo. Ou talvez se lembrasse, e estava com vergonha de si mesmo... Como deveria, se tivesse tentado tirar vantagem dela depois que o ajudara.

Quanto a falar francês, a maior parte da aristocracia sabia a língua, embora ele a falasse muito melhor que qualquer um que ela conhecia. Na verdade, parecia que vivera a vida toda na França.

A carruagem parou diante de uma casa grande na praça, onde havia uma estátua. Embora estreita, a fachada era imponente, com uma porta semelhante a um leque e uma janela muito enfeitada acima dela.

Respirando fundo e se valendo de toda a sua coragem, ela desceu da carruagem.

– Olhe, quero meu dinheiro – disse o cocheiro em voz ameaçadora, enquanto ela atravessava a calçada em direção à porta.

Juliette ignorou-o e bateu à porta, imediatamente aberta por um lacaio vestido de libré em verde, vermelho e dourado, com uma peruca empoada.

Ele lhe deu um olhar de censura.

— Se está procurando emprego, devia saber que não pode bater na porta da frente.

— Não estou procurando emprego. Esta é a casa de sir Joseph Banks?

— É – disse o lacaio, com suspeita. – O que você quer?

— Lorde Bromwell está aqui?

O homem ergueu as sobrancelhas, sugerindo que estava e que ele ficara surpreso por ela saber disso.

— Fui enviada por sir Douglas Drury – explicou ela. – Ele mandou pedir a ajuda de lorde Bromwell imediatamente.

— E alguém tem que me pagar! – gritou o cocheiro.

Juliette ficou ruborizada, mas manteve o olhar firme no lacaio.

— Por favor, preciso falar com lorde Bromwell. É urgente.

O olhar do lacaio a percorreu.

— Você é francesa.

Ela não conseguiu evitar que o rubor se tornasse mais intenso. Não tinha vergonha de ser francesa; entretanto, em Londres, isso tornava as coisas... difíceis.

— Sim, sou.

Em vez de animosidade, porém, recebeu a outra reação que sua nacionalidade sempre invocava. Ele lhe deu um sorriso que não era exatamente lascivo, mas que a deixou desconfortável.

— Está bem. Entre, senhorita.

— Não vou embora enquanto não receber meu dinheiro! – gritou o cocheiro.

O lacaio lançou-lhe um olhar de desprezo, deixou-a entrar e fechou a porta. Juliette se preparou para evitar qualquer carícia ou beliscão indesejados, ou para silenciá-lo com uma resposta ácida. Felizmente, talvez por causa da pessoa que viera chamar, o lacaio não fez nenhum comentário rude ou tentou tocá-la.

– Se esperar na sala do porteiro, senhorita, levarei sua mensagem a milorde – disse ele, mostrando-lhe uma pequena sala escura, embora o sol estivesse brilhando.

– Obrigada.

Ele lhe dirigiu uma piscadela ousada e disse:

– Se eu fosse rico, o que não faria com você!

Pelo menos não a tocara ou insultara, pensou ela quando ele fechou a porta, deixando-a sozinha. Também não precisou esperar muito tempo na sala que, de tão pequena, parecia cheia de mobília, embora tivesse apenas duas cadeiras, uma mesa e uma grande lâmpada. Quase imediatamente a porta se abriu e um homem jovem e esguio parou na soleira, a expressão preocupada.

– Sou lorde Bromwell. O que aconteceu a Drury?

Era mais jovem do que ela esperava, com boa aparência, mas sem nada de notável; e bem-vestido, como era de se esperar de um nobre, embora com mais discrição que a maioria dos aristocratas. Seu casaco matinal era escuro, a calça larga, as botas pretas e o colete azul claro. O cabelo castanho era bem cortado, a pele bronzeada, como se tivesse passado os meses de verão no campo, cavalgando ao sol.

– Sou Juliette Bergerine. Sir Douglas foi atacado e ferido perto da minha casa. Ele me mandou buscá-lo.

– Deus do céu! – arquejou lorde Bromwell, antes de se virar e chamar o lacaio. Então hesitou e perguntou: – Como chegou aqui?

– Numa carruagem de aluguel. Ainda está esperando.

– Excelente! – exclamou ele. – Vim a cavalo e não no meu faetonte. Se tomarmos a carruagem, podemos voltar juntos.

Imediatamente franziu a testa.
- Maldição! Estou sem minha maleta médica.
- O senhor é médico?
- Sou um naturalista.
Ela não fazia a menor ideia do que era isso.
- Estudo aranhas, não pessoas. Bem, não há nada a fazer, tenho que usar o que estiver à mão. Venha, srta. Bergerine. Se conheço Drury, e conheço bem, provavelmente está muito pior do que diz.

Capítulo Dois

Devia ter previsto que me ajudar naquelas circunstâncias poderia ter sérias consequências para ela também. Brix provavelmente diria que a pancada na cabeça me anuviou o cérebro, e talvez tenha, porque continuo a pensar que há mais alguma coisa de que deveria me lembrar sobre aquela noite.

– Do diário de sir Douglas Drury

O COCHEIRO mal-humorado mudou a postura quando viu Juliette sair da mansão com lorde Bromwell e se tornou a própria imagem da gentileza subserviente, mesmo depois de ser informado de que deveria levá-los de volta a Spitalfields.

Lorde Bromwell também não fez mais comentários. Nem demonstrou surpresa quando se juntou a ela na carruagem. Talvez o arrogante sir Douglas frequentasse aquela parte de Londres por esporte. Não seria o único homem rico a fazer isso, e a pena que sentira por ele diminuiu ainda mais.

Quando a carruagem começou a se mover, lorde Bromwell se debruçou à frente, as mãos juntas.

– Fale-me sobre os ferimentos de Drury.

Ela fez o melhor que pôde, percebendo a intensidade com que lorde Bromwell ouvia, como se a escutasse com todo o corpo e não apenas com os ouvidos. Parecia inteligente, preocupado... muito diferente dos almofadinhas que passeavam pela Bond Street, aborrecendo as clientes de madame de Pomplona.

Quando Juliette terminou, ele disse:

– Pode ser uma concussão. Se está acordado, não acredito que o ferimento na cabeça seja fatal.

Jamais ocorrera a ela que o corte e o galo, apesar de o deixarem inconsciente, pudessem ser fatais. Ela mesma sofrera um ferimento semelhante anos atrás, batendo num pilar do celeiro enquanto brincava com Georges.

Lorde Bromwell sorriu para ela, tranquilizando-a.

– Eu não me preocuparia muito com Drury. Ele tem uma cabeça de ferro. Uma vez, quando éramos crianças, ele foi atingido por um bastão de críquete e ficou inconsciente por horas. Quando acordou, pediu um pedaço de bolo e não sofreu nenhuma consequência.

Ela conseguiu sorrir de volta. Não gostava de sir Douglas Drury, mas não queria que ele morresse no quarto dela! Teria sorte se não fosse acusada de homicídio, se isso acontecesse!

– Então, exceto pela cabeça, não está ferido em nenhum outro lugar? Não há outros sangramentos ou hematomas?

– Não havia sangue – respondeu Juliette. – Quanto a hematomas, não posso dizer porque não vejo através das roupas dele, milorde.

O rosto de lorde Bromwell ficou vermelho.

— Não, não, suponho que não.

— Suas mãos... seus dedos foram machucados, mas acredito que não aconteceu ontem à noite.

O amigo de Drury balançou a cabeça.

— Não, não ontem à noite, há alguns anos. Foram quebrados e não cicatrizaram adequadamente.

Ela também queria perguntar se sir Douglas visitava Spitalfields habitualmente, mas se absteve. Que importância tinha se ia ou não ao bairro de má fama?

— Foi muita bondade sua ajudá-lo — falou lorde Bromwell, depois de um momento de silêncio. — Digo-lhe com frequência para prestar atenção para onde vai, mas ele começa a pensar e não se dá conta de onde está. Faz longas caminhadas quando não consegue dormir, compreende?! Ou quando tem um caso no tribunal. Não consegue escrever por causa dos danos nos dedos, assim não pode tomar notas. Ele diz que caminhar o ajuda a ordenar e organizar tudo no cérebro.

Então talvez não tivesse ido ao bairro em busca de mulheres e jogo.

A carruagem parou e, enquanto lorde Bromwell descia e ordenava ao cocheiro que esperasse, Juliette tentou não se sentir constrangida, embora a casa onde se alojava, como a maioria das casas do bairro, parecesse só se manter de pé com serragem grudada e pregos enferrujados.

Lorde Bromwell estendeu a mão para ajudá-la a descer, como se ela fosse uma dama e não uma costureira francesa. Algumas crianças vestidas com trapos brincavam perto da entrada do beco e duas mulheres lavavam roupas com água enlameada em bacias de madeira. Olharam com desagrado quando a viram e começaram a resmungar com raiva.

Alguns homens vagabundeando perto da esquina bateram os pés, os olhos fixos em lorde Bromwell, como se tentassem imaginar quanto dinheiro ele carregava ou o valor de suas roupas. Um pobre varredor de rua, mais maltrapilho que as crianças, segurou-se na vassoura para observá-los, os olhos vesgos de fome e a boca aberta, mostrando que tinha apenas dois dentes.

Ela rapidamente guiou lorde Bromwell para dentro, afastando-o do cocheiro e das pessoas na rua, além das que o observavam pelas janelas sujas. Sem dúvida estavam imaginando o que um homem jovem e tão bem-vestido fazia com ela, especialmente indo para o seu quarto.

— Cuidado, milorde — advertiu Juliette quando começaram a subir a escada que estalava. O interior do prédio era tão ruim quanto o exterior. Era escuro como um túmulo e tinha o cheiro de gente em excesso em quartos pequenos e da comida que preparavam.

— Não tenha medo, srta. Bergerine — respondeu lorde Bromwell, de bom humor. — Já estive em lugares piores nas minhas viagens.

Ela não tinha certeza se estava dizendo aquilo para tranquilizá-la, mas ficou grata mesmo assim. Era um verdadeiro cavalheiro, ao contrário do homem que os esperava. Sem dúvida, se o tivesse socorrido, ele teria tido um comportamento melhor.

Juliette abriu a porta do quarto e ficou de lado para deixar lorde Bromwell passar.

— Ah, Buggy! Que bom que você veio — ouviu sir Douglas dizer.

Do *que* ele chamara lorde Bromwell? *Buggy*, que significava em inglês algo como "inseto"?

Ela entrou no quarto e encontrou sir Douglas Drury sentado na cama, tão calmo e tranquilo como se tivesse apenas parado para tomar uma bebida ou jogar.

– Devia saber que seria preciso mais que uma pancada na cabeça para deixá-lo mal – disse lorde Bromwell, com um sorriso de alívio enquanto se aproximava do amigo. – Mesmo assim, há um galo muito feio e não consegue me enganar. Está sentado tão ereto que aposto que quebrou uma costela.

– Não acho que esteja quebrada – respondeu sir Douglas, com apenas um olhar de relance para Juliette. – Rachada, talvez, e provavelmente tenho um hematoma infernal.

Ignorando-o também, Juliette se moveu para o outro lado do quarto e tirou o chapéu. Agora que lorde Bromwell estava ali, não havia mais nada para ela fazer... *Mon Dieu*, se esquecera completamente do seu trabalho!

Teria que dizer que ficara doente. Não faltara um só dia e não seria paga por este, mas certamente madame de Pomplona não a demitiria se dissesse que ficara doente. Pelo menos, Juliette esperava que não, enquanto guardava o chapéu na arca.

Pelo canto do olho, viu lorde Bromwell pôr a mão no lado do corpo do amigo e apertar.

O advogado pulou.

– Maldição!

– Desculpe, mas só assim posso saber se tem um osso quebrado – disse lorde Bromwell. – Você tem razão, a costela não parece quebrada, embora possa estar trincada. Vou enfaixá-lo antes de sairmos, por precaução. Não gostaria que fosse sacudido antes de ver seu médico.

Lorde Bromwell se voltou para Juliette.

– Tem algum lençol extra?

Ela balançou a cabeça. Parecia que tinha lençóis... ou qualquer outra coisa... extra?

– Uma anágua velha, talvez?

– Tenho apenas a combinação que estou usando.

– Oh – murmurou ele, ficando ruborizado de novo.

– Compre a maldita combinação para eu poder voltar para casa – rosnou sir Douglas.

Lorde Bromwell deu à Juliette um sorriso esperançoso.

– Seria possível?

Tinha certeza de que ele lhe pagaria bem e sempre poderia fazer outra.

– *Oui*.

Ele tirou uma carteira de couro de um dos bolsos e pegou uma nota de uma libra.

– Espero que seja suficiente.

– *Oui*. – Era mais do que suficiente. Agora faltava apenas tirar a combinação que ele havia comprado.

– Vire de costas, Buggy, para dar a ela um pouco de privacidade – resmungou sir Douglas. – Olharei para o chão, que provavelmente vai desabar dentro de um ano ou dois.

Esperara que lorde Bromwell compreendesse, antes de sir Douglas, por que hesitara, e ficara surpresa por ele não ter entendido. Apesar disso, mantendo um olhar cauteloso nos dois cavalheiros que desviaram o olhar, ela rapidamente tirou o vestido e a combinação, então repôs o vestido.

Estendeu-a a lorde Bromwell.

– Obrigado – disse ele, enquanto sir Douglas erguia os olhos.

Ela teve a súbita e desconfortável sensação de que ele estava imaginando como ela seria vestida apenas com a fina e branca combinação.

Ainda mais desconfortável foi a compreensão de que não se incomodava tanto com a ideia como deveria. Se tivesse que se sentir atraída por qualquer um dos dois homens em seu quarto, não deveria ser pelo gentil e cavalheiro? Mas ele não precisara da ajuda dela, nem falara francês como um nativo, nem a beijara como se a amasse.

– Agora – disse lorde Bromwell com vivacidade, interrompendo-lhe as divagações depois de terminar de rasgar a combinação em faixas – tire a camisa, Drury.

Sir Douglas olhou para Juliette como se relutasse em tirá-la enquanto ela estava no quarto.

– Se é a modéstia que o impede, sir Douglas – provocou ela, uma ponta de divertimento pelo inesperado acanhamento –, vou virar de costas.

– Não é a modéstia que me impede de tirar a camisa – disse ele, friamente. – É a dor.

– Oh, desculpe! – exclamou lorde Bromwell. – Vou ajudar.

Sir Douglas ergueu uma sobrancelha para Juliette.

– Talvez a srta. Bergerine pudesse fazer o favor.

Que espécie de mulher ele achava que era?

– Não farei isso!

– Azar o meu, tenho certeza. Bem, então, Buggy, terá que ser você.

Com um pequeno fungado de aborrecimento, Juliette pegou o tamborete de madeira e o levou até a janela, determinada a ficar sentada lá, olhando para a parede de tijolos do outro lado do beco até eles irem embora.

– Pensei que fosse fazer uma bandagem e não me amarrar como se eu fosse uma múmia – reclamou sir Douglas.

– Você quer que eu faça isto do modo correto, não quer?

Juliette não resistiu, tinha que olhar. Virou a cabeça ligeiramente sobre o ombro e viu lorde Bromwell enrolando uma faixa de tecido em torno do peito magro e musculoso de sir Douglas.

Seus ombros eram realmente largos, mas não como os de alguns cavalheiros que usavam almofadas nos paletós, e havia uma cicatriz que lhe atravessava o peito do ombro esquerdo quase até o umbigo.

– Não sou uma vista bonita, sou, srta. Bergerine?

Ela imediatamente virou a cabeça para a janela e a parede de tijolos em frente.

– Se esta cicatriz é da guerra, você não foi o único a sofrer. Meu pai e meu irmão morreram lutando por Napoleão, e meu outro irmão... Mas não vou falar deles para *você*.

– Não amarrei muito apertado, amarrei? – perguntou lorde Bromwell, um pouco depois.

– Ainda consigo respirar. Mas tenho que dizer, se foi assim que você cuidou de seus companheiros de viagem no navio, estou surpreso de qualquer um deles ter sobrevivido.

Sir Douglas devia ser o homem mais ingrato do mundo, e ficaria contente quando ele fosse embora, decidiu Juliette.

– Eles ficavam muito felizes por ter minha ajuda quando adoeciam ou se feriam – respondeu lorde Bromwell, sem rancor.

Ele realmente era um homem bondoso e paciente.

– Pronto, tudo feito. Agora, vamos vestir a camisa. Certo, erga o braço mais um pouco, seja um bom menino.

– Preciso lembrá-lo de que não sou uma criança, nem mentalmente deficiente?

– Então pare de reclamar e faça o que mando.

– Não estou reclamando. Estou tentando fazer com que você pare de falar comigo como se eu fosse um bebê.

– Então pare de fazer birra como um.

– Sir Douglas Drury não faz birra.

Juliette segurou um sorriso. Podia não fazer birra, mas não estava cooperando também... como se fosse uma criança irritada.

– Eu a divirto, srta. Bergerine? – perguntou sir Douglas, numa voz fria e calma.

Ela se virou lentamente no tamborete. Lorde Bromwell estava em pé ao lado do homem ferido, que agora estava totalmente vestido, o capote pendurado nos ombros como uma capa. Tinha o braço em torno do amigo e se apoiava nele.

– Não, não diverte – respondeu ela, calmamente.

Sir Douglas continuou a encará-la enquanto dizia:

– Buggy, quer ter a bondade de pagar a srta. Bergerine pelo tempo e o trabalho que teve comigo e por qualquer perda salarial que tenha tido? Naturalmente o reembolsarei assim que voltar para meus aposentos.

Lorde Bromwell mais uma vez pegou a carteira e tirou uma nota de uma libra.

– Ela vai precisar também substituir o trapo que está usando. Sangrei no ombro dela.

Juliette olhou o vestido que usava. Realmente havia uma grande mancha vermelha que não existia antes. Mas seu vestido não era um trapo. Estava limpo e bem remendado.

Lorde Bromwell obedientemente pegou outra nota de uma libra.

– E mais um pouco pela perda das batatas.

Lorde Bromwell ergueu as sobrancelhas.

– Batatas?

– Aparentemente, ela as usou para espantar meus atacantes.

Lorde Bromwell riu enquanto tirava mais uma nota de uma libra.

– Excelente ideia, srta. Bergerine. Lembra-me da ocasião em que tive que jogar pedras para manter à distância alguns nativos hostis de uma ilha nos mares do Sul enquanto meus homens e eu voltávamos para os botes.

– Espero que a soma seja adequada, srta. Bergerine – disse sir Douglas.

Ela pegou o dinheiro de lorde Bromwell e guardou-o no corpete.

– É suficiente. *Merci*.

– Então, milorde, acho que já tomamos tempo demais desta jovem.

– Adeus, srta. Bergerine, e obrigado – disse lorde Bromwell, com sinceridade. – Somos muito gratos por sua ajuda, não somos, Drury?

Sir Douglas parecia tudo menos grato. Mesmo assim, dirigiu-se a ela em francês perfeito.

– Tem meus agradecimentos, *mademoiselle*. Estou em dívida com você.

– *C'est dommage* – respondeu ela, ainda se admirando de como o amigo o suportava. – Adeus.

No momento em que se sentaram na carruagem, Buggy explodiu.

– Bom Deus, Drury! Apesar de ela ser francesa, esperava mais de você. Não podia pelo menos ser um *pouco* polido? – Bateu com força no teto da carruagem para o cocheiro partir. – Ela poderia ter deixado você ser assassinado, ou deitado numa poça de lama.

Drury se encolheu quando o veículo começou a se mover.

— Naturalmente não fico no melhor dos humores quando tenho um ferimento na cabeça e costelas trincadas. Mas observo que ela foi bem paga pelo trabalho que teve.

Buggy se recostou nas almofadas com um suspiro de desagrado.

— Você teve uma sorte enorme por ela ter se incomodado em ajudá-lo. Afinal, o que estava fazendo neste bairro?

— Saí para caminhar.

— E se descuidou.

— Estava pensando.

— E não prestou atenção para onde estava indo. Alguma ideia de quem o atacou?

— Nenhuma. Entretanto, já que perdi minha carteira, presumo que o motivo foi roubo. Vou fazer queixa deste acontecimento infeliz para os policiais do Bow Street Runners.

— Bem, uma coisa é certa. Você tem que ser mais cuidadoso. Tome uma carruagem ou tente andar apenas nos Lincoln's Inn Fields.

— Tentarei, e da próxima vez que for salvo por uma mulher, vou procurar ser mais gentil.

Buggy franziu a testa.

— Você dificilmente poderia ser menos. Honestamente, não sei o que as mulheres veem em você.

Sir Douglas Drury, que também era famoso por habilidades que não tinham qualquer relação com a lei, deu ao amigo um pequeno e desdenhoso sorriso.

— Nem eu.

DUAS SEMANAS depois, Juliette decidiu ir ao açougueiro comprar uma torta de carne, o único prato de que gostava da cozinha inglesa e que, agora, podia comprar por causa do dinheiro que lorde Bromwell lhe dera. Aquela riqueza inesperada fizera valer a pena suportar o aborrecimento de madame de Pomplona quando dera a desculpa de doença por faltar um dia de trabalho.

– E durante a pequena estação! – exclamara a patroa, com seu sotaque sofisticado tão falso como o nome grego e o cabelo sob o chapéu.

Felizmente, a época do ano também significava que tinha negócios demais e não podia demitir uma boa costureira que, afinal, apenas faltara uma vez em seis meses.

Antecipando um bom jantar, Juliette começou a cantarolar enquanto cruzava o beco e passava em torno de uma carroça cheia de maçãs.

O clima era agradável para um dia de outono, quente e ensolarado, e talvez ela pudesse chegar em casa antes de escurecer. A rua estava cheia de pedestres, como todas as ruas de Londres pareciam ser, portanto não era de admirar que ainda não tivesse conseguido encontrar Georges. Era como achar uma agulha num palheiro.

Mas não podia perder a esperança. Ele devia estar ali e precisava continuar a procurar.

No momento seguinte, e antes que pudesse gritar, uma grande mão lhe cobriu a boca e um braço puxou-lhe a cintura com força e levou-a para um beco.

O pânico ameaçou dominá-la enquanto chutava e se virava e lutava com todas as forças para se libertar, exatamente como em todas aquelas vezes em que Gaston LaRoche a agarrara no celeiro.

– O que sir Douglas Drury quer com uma mulher como você, hein? – rosnou em tom baixo uma voz masculina em seu ouvido, enquanto apertava mais o braço em torno dela. – Tem as mais elegantes senhoras da Inglaterra fazendo fila para dormir com ele, para que precisa de uma prostituta francesa?

Desesperada para escapar, ela lhe mordeu a parte carnuda da mão, entre o polegar e o indicador, com toda a força. Ele grunhiu de dor, seu aperto afrouxou e ela lhe deu uma cotovelada forte no estômago. Enquanto ele recuava, ela segurou a saia e correu para fora do beco. Desviando-se de uma carroça cheia de repolhos, correu pela rua, sem prestar atenção nas pessoas em quem esbarrava e que praguejavam ou a xingavam.

Sentiu uma dor forte no lado do peito, mas não parou. Pressionando a mão onde doía, continuou a correr pelas ruas até não aguentar mais. Arquejando, encostou-se na parede de um prédio, a mente um tumulto de medo e desespero.

Aquele homem deveria tê-la visto ajudar sir Douglas, o que significava que sabia onde ela morava. E se estivesse esperando por ela lá? Não ousava voltar para casa. Para onde mais poderia ir? Quem a ajudaria? Lorde Bromwell! Mas não sabia onde era a casa dele.

Sir Douglas Drury, de Lincoln's Inn, teria aposentos lá. E não foi por causa dele que fora atacada? Tinha que ajudá-la. Apesar de ser um canalha ingrato, tinha que ajudá-la.

Além disso, compreendeu enquanto sufocava um soluço de desespero, não tinha mais ninguém com quem contar nesta cidade terrível.

Capítulo Três

Nunca o havia visto tão aborrecido, embora suponha que, para a jovem e para aqueles que não o conheciam tão bem como nós, ele parecesse bem calmo. Mas garanto-lhe que estava realmente muito abalado.

– De *A coleção de cartas de lorde Bromwell*

— Tem certeza de que está bem o bastante para ir a um jantar? – perguntou o idoso sr. Edgar, enquanto dava o nó na gravata de Drury. – Afinal, faz apenas 15 dias. Acho que seria melhor se o senhor não fosse. Tenho certeza de que o sr. Smythe-Medway e lady Fanny compreenderão.

— Estou totalmente recuperado.

— Ora, senhor, não minta para mim – disse o sr. Edgar, com uma expressão magoada e a franqueza de um antigo criado. – O senhor não está completamente recuperado.

— Oh, está bem – admitiu Drury, com mais bom humor do que a srta. Bergerine jamais acreditaria que pudesse ter. – Ainda sinto dores. Mas é apenas um jantar na casa de Brix e não quero ficar preso no apartamento mais uma noite. No entanto, em vez de ir, acho que poderia dar uma caminhada...

O reflexo do sr. Edgar no espelho revelou sua preocupação horrorizada diante da sugestão.

– O senhor não iria! Não depois...

– Não, não iria – apressou-se Drury a acalmar o homem que fora como um pai para ele todos aqueles anos. Não era ingrato, apesar do que uma jovem e atrevida francesa pensasse. Se fora rude ou insolente com a srta. Bergerine, a culpa era dos compatriotas dela.

O sr. Edgar pegou uma escova e começou a passá-la nas costas do casaco negro de Drury com força, como se estivesse escovando um cavalo. Arrependido, Drury suportou o castigo em silêncio.

Como norma geral, um jantar não o atraía, a menos que fosse com seus bons amigos. Então estaria certo de que haveria conversas inteligentes e divertidas, e não boatos sobre a vida alheia, e ninguém se incomodaria se ficasse calado.

Em outras reuniões, esperavam que ele falasse sobre a situação nos tribunais, ou contasse seus casos mais recentes, o que nunca fazia. Era pior quando havia mulheres convidadas. Muitas o olhavam como se temessem que as atacasse; outras, como se tivessem a esperança de que o fizesse.

Assim que o sr. Edgar avisou que ele estava pronto para sair, um punho bateu diversas vezes, com força, na porta de seus alojamentos e uma voz feminina familiar demais gritou seu nome.

Os gritos de Juliette Bergerine poderiam acordar os mortos... sem falar que perturbavam os outros advogados com alojamentos no mesmo prédio. E que diabos *ela* queria?

– Que os santos nos ajudem! – exclamou o sr. Edgar, enquanto jogava a escova de lado e corria para a porta.

Drury o ultrapassou. Esforçou-se para girar a maçaneta da porta, amaldiçoando silenciosamente seus dedos tortos, e finalmente conseguiu abri-la.

A srta. Bergerine entrou correndo em seus aposentos como se fosse perseguida por uma matilha de cães.

– Fui atacada! – exclamou, em francês. – Um homem me agarrou numa rua e me puxou para um beco. – Uma expressão de nojo lhe tomou o rosto ruborizado e os olhos brilhantes. – Ele acha que sou sua *prostituta*. Disse que você possuía outras mulheres, assim por que iria me querer?

Abalado pelas palavras dela e por seu estado deplorável, Drury tentou se manter calmo. Ela o lembrava de outra francesa que conhecera muito bem e que era inclinada à histeria.

– Certamente, o homem estava...

– Meu Deus, nunca deveria tê-lo ajudado! – exclamou ela antes que ele terminasse. – Primeiro você me trata como uma criada, apesar de eu ter salvado sua vida, e agora acreditam que sou sua prostituta e *minha* vida está em perigo!

Drury foi até o armário e lhe serviu um uísque.

– É lamentável...

– Lamentável? – exclamou ela, indignada. – *Lamentável*? É tudo o que tem a dizer? Ele ia me matar! Se não o tivesse mordido e corrido, poderia estar morta num beco! *Mon Dieu*, foi muito mais do que *lamentável*!

Ela mordera o canalha? Graças a Deus tivera presença de espírito e fugira.

Ele lhe entregou o uísque.

– Beba isto – disse ele, esperando que a acalmasse.

Ela o olhou fixamente, então ergueu o copo e bebeu o conteúdo de uma vez. Tossiu e começou a engasgar.

— O que *era* isto? – exigiu.

— Um muito antigo, muito caro, muito bom uísque escocês – disse ele, fazendo um gesto para que ela se sentasse. – Agora, talvez possamos conversar de maneira racional.

— Você é um homem frio, *monsieur*! – declarou ela, enquanto se jogava numa cadeira.

— Não vejo utilidade em excessos emocionais.

Sentou-se diante dela numa poltrona velha que podia não ser bonita ou elegante, mas que era muito confortável.

— Lamento que isso lhe tenha acontecido, srta. Bergerine. Entretanto, nunca me ocorreu que algum dos meus inimigos pudesse se preocupar com você. Se tivesse me ocorrido, teria tomado medidas para garantir sua segurança.

Ela colocou o copo de uísque na mesa mais próxima com uma fungadela forte e cética.

— Isto você está dizendo *agora*!

Ele não permitiria que suas exclamações insultuosas o perturbassem.

— Entretanto, já que aconteceu, fez muito bem em me procurar. Agora, precisamos pensar no que fazer para garantir que não ocorra de novo.

De repente, Drury se tornou consciente da presença do sr. Edgar, em pé junto à porta, uma expressão de grande interesse no rosto enrugado. Tinha se esquecido do valete. Por outro lado, era bom que ele estivesse lá, ou quem poderia dizer do que a srta. Bergerine poderia acusá-lo?

Embora Juliette Bergerine fosse bonita, atraente e viva, tais mulheres voláteis lhe despertavam recordações infelizes demais para atraí-lo.

A espécie de mulheres com quem tinha casos era muito conhecida e nenhuma delas era uma francesa pobre.

– Se puder me dar detalhes – disse ele –, como o lugar onde ocorreu o ataque e uma descrição do homem que a atacou, levarei as informações para os Bow Street Runners e para outro conhecido meu que tem habilidade em investigações. Já o encarreguei de procurar os homens que me atacaram. Este sujeito pode muito bem ser um deles. Entretanto, até que todos os culpados sejam capturados, temos outro problema... onde mantê-la.

– *Manter*-me? – repetiu ela, as sobrancelhas se erguendo com suspeita.

Não devia ter usado aquela palavra. Tinha um significado que ele definitivamente não pretendia.

– Quero dizer, onde você pode morar com segurança. Poderia instalá-la num quarto de hotel, mas as pessoas poderiam pensar que nosso relacionamento é realmente íntimo. Como isto certamente não é verdade, terei que pedir ao conhecido que mencionei que forneça homens para protegê-la. E, como isto é necessário porque você me ajudou, naturalmente pagarei todas as despesas.

– Quer dizer que me vigiarão, como se fosse uma prisioneira?

Ele tentou não parecer frustrado com esta estrangeira tão decepcionante.

– Eles a protegerão. Como me mostrou tão enfaticamente, eu a coloquei em risco. Não pretendo fazer isso de novo. Ou você veio aqui apenas para me provocar?

Esperou que ela discutisse ou o acusasse de novo, mas, para sua surpresa, o olhar fixo de Juliette finalmente falhou e ela disse suavemente:

– Não tinha outro lugar para ir em busca de socorro.

Ela pareceu perdida, então, e vulnerável e inesperadamente triste. Solitária, mesmo... Um sentimento que, infelizmente, lhe era muito familiar.

– Há algum problema com a sua audição? Estou batendo há horas – disse Buggy, entrando na sala.

O sr. Edgar, que ficara fascinado pelas palavras da srta. Bergerine, assustou-se e correu para pegar o chapéu e o casaco de Buggy, então saiu silenciosamente da sala.

Enquanto isto, Buggy estava olhando fixamente para a visitante de Drury como se nunca tivesse visto uma mulher antes.

– Srta. Bergerine! O que você... Peço perdão. É um prazer, é claro, mas...

Enquanto a voz dele morria em confusão compreensível, Drury praguejou silenciosamente. Esquecera tudo sobre o jantar de Brix e Fanny e que Buggy havia se oferecido para apanhá-lo em sua carruagem, para poupar-lhe o trabalho de alugar uma para a noite.

– A srta. Bergerine teve um encontro desagradável com um homem que tem a ilusão de que ela e eu temos um relacionamento íntimo – explicou Drury, levantando-se. – Felizmente, a srta. Bergerine lutou com ele, fugiu e veio a mim para ajudá-la.

– Você lutou com o bandido sozinha? – exclamou Buggy, observando a srta. Bergerine com uma mistura reverente de respeito e admiração. – Você é realmente uma mulher notável.

Isto foi um pouco demais.

— O problema é: o que vamos fazer com ela? Não pode voltar para casa e não pode ficar aqui.

— Não, não, é claro que não. Você seria multado.

— Há outros motivos além deste – replicou Drury, consciente dos olhos vivos da srta. Bergerine observando-o e tentando ignorá-la. – Pagaria por um quarto de hotel para ela, mas não preciso lhe dizer o que a sociedade e a imprensa popular fariam disso.

— Concordo que um hotel está fora de questão e não podemos deixá-la voltar para o quarto dela – concordou Buggy. – Uma criança poderia arrombar a porta.

Usando uma roupa formal que o fazia parecer menos o homem sério e estudioso, o cientista que era, e mais semelhante aos almofadinhas da cidade, Buggy se encostou na cornija da lareira, sem parecer dar importância à possibilidade de amarrotar o casaco bem cortado.

— Com este novo ataque, que me mostra que você tem alguns inimigos muito perigosos e determinados, acho que você também não está seguro aqui, Drury. Estes aposentos são públicos demais, conhecidos demais. Qualquer um pode vir aqui alegando ser um procurador tentando contratar seus serviços e, se estiver bem-vestido, quem duvidaria dele?

— Sou capaz de me defender.

— Como se defendeu naquele beco?

Antes que Drury pudesse responder, Buggy ergueu as mãos fortes e capazes num gesto apaziguador.

— Seja razoável, Drury. Sabe tão bem como eu que este lugar não é uma fortaleza e, embora tenha a certeza de que pode lutar tão bem como antes contra um homem, não é o espadachim ou o boxeador que já foi.

Não, não era, e a observação não fez muito para acalmar o orgulho ferido de Drury.

O sr. Edgar surgiu na porta com uma bandeja nas mãos. Nela, havia um prato com fatias grossas de pão branco e fino, geleia e um bule de chá quente.

— Para a srta. Bergerine, senhor — disse ele, colocando a bandeja sobre a mesa.

— Por favor, coma alguma coisa — pediu Drury a ela, indicando a bandeja.

A srta. Bergerine não hesitou. Passou geleia no pão e o comeu com uma pressa que fez Drury suspeitar que havia bastante tempo que não se alimentava. Suas maneiras à mesa eram delicadas, o que era inesperado, dadas as suas origens humildes e sua fome evidente.

O sr. Edgar observou-a comer com tanta satisfação que parecia que ele mesmo assara o pão. Também deu um olhar a Drury que sugeria que ele ouviria em breve uma descompostura sobre os deveres de um anfitrião para com uma hóspede, apesar da chegada inesperada e pouco ortodoxa.

De repente, Buggy se alegrou, como se tivesse acabado de descobrir uma nova espécie de aranha.

— Achei! Vocês dois precisam ir para minha mansão na cidade. Só Deus sabe que tenho muitos quartos e criados para afugentar os vilões.

Aquela foi uma ideia malditamente idiota.

— Preciso lembrar-lhe, Buggy, do que a sociedade pensará se eu me mudar para sua casa com uma francesa desconhecida? Provavelmente vão acusá-lo de manter uma casa de prostituição.

O amigo riu.

– Por outro lado, Millstone ficará feliz. Ele acha que minha reputação é boa demais.

– Obviamente, seu mordomo não leu seu livro. – Drury pensou em outra dificuldade em potencial. – Seu pai não gostará. Afinal, a casa é *dele*.

Buggy ficou vermelho.

– Acho que você não precisa se preocupar com ele. Está muito satisfeito no campo, brincando de lorde da região. Agora, não vou aceitar um não como resposta. Pode vir para cá durante o dia, para trabalhar, mas à noite você fica na North Audley Street.

A imaginação de Drury parecia tê-lo abandonado nesta hora de necessidade, porque não conseguia pensar numa solução melhor.

– Considerando tudo, srta. Bergerine – disse Drury, sem esconder sua relutância –, concordo com a sugestão de lorde Bromwell. Até que esses bandidos sejam capturados e presos, a casa dele será o lugar mais seguro para você.

Ela olhou de um homem para o outro antes de falar.

– Não tenho o direito de escolher para onde vou?

Buggy ruborizou como um menino levado.

– Oh, sim, é claro.

– No entanto, vocês conversam como se eu não estivesse aqui – reclamou. – E, embora seja grata por sua preocupação, lorde Bromwell, não é dever de sir Douglas me ajudar? Eu não estaria em perigo se não fosse pelo descuido dele.

Drury se esforçou para combater a raiva.

– Você reclama por eu colocá-la em perigo e, no entanto, quando procuramos mantê-la em segurança, você protesta. O que quer que façamos, srta. Bergerine? Quer que chamemos o exército para protegê-la?

— Gostaria que me tratassem como uma pessoa, não um cachorro ou um cavalo que pertence a vocês. Gostaria que falassem comigo, não um com o outro. Estou aqui, e não sou surda nem idiota. E gostaria que *você* assumisse a responsabilidade pela dificuldade que estou enfrentando.

Se ela tivesse gritado, Drury teria sido capaz de ignorar sua crítica e não se sentiria tão mal como se sentia, porque ela estava certa. Eles a *haviam* ignorado e realmente cabia a ele ajudá-la, não a seu amigo.

No entanto, foi Buggy quem pediu desculpas.

— Lamento por termos sido tão ditatoriais, srta. Bergerine. Temo ter sido o instinto protetor masculino. Mesmo assim, espero que me dê a honra de ficar em minha casa até descobrimos quem está por trás desses ataques.

— E se não a convido para a minha mansão na cidade, é porque não tenho uma – disse Drury. – Se tem outra sugestão sobre como posso ajudá-la, ficaria feliz em ouvi-la.

A srta. Bergerine ficou vermelha.

— Infelizmente, não tenho. – Voltou-se para Buggy, a expressão suavizando. – Lamento ter sido rude, milorde. Agradeço sua ajuda.

— Então, por favor, quer me dar a honra de aceitar minha hospitalidade? – perguntou Buggy, como se ela fosse a rainha da Inglaterra e não houvesse mais ninguém na sala.

Drury ignorou a sensação desagradável. Também estava certo de que ela aceitaria, até que recusou.

— É muito gentil de sua parte me convidar, milorde, mas não posso aceitar – disse ela. – Sou uma mulher honrada. Posso não pertencer à alta sociedade, mas tenho uma reputação que valorizo tanto quanto qualquer dama, uma reputação que sofrerá se eu aceitar seu convite. Também tenho um emprego. Ao contrário das damas refinadas que conhece, preciso me sustentar. Se não trabalhar, perco meu emprego e, com ele, meu meio de vida.

— Já que parece ser minha culpa que esteja impossibilitada de trabalhar — disse Drury —, estou disposto a lhe dar a compensação adequada. Quanto a manter seu emprego, se me disser quem a emprega tomarei providências para avisá-la de que está visitando um parente doente e voltará assim que possível.

A srta. Bergerine não ficou satisfeita.

— O senhor não conhece madame de Pomplona. Ela não vai esperar até que eu volte.

Tendo concordado com o plano de Buggy, ele não a deixaria complicar mais o assunto.

— Conheço um excelente procurador, srta. Bergerine. Tenho certeza de que James St. Claire ficará feliz em deixar claro para ela que sofrerá graves repercussões legais se não continuar a empregá-la.

— Ainda há a questão da minha reputação, sir Douglas, que já foi manchada.

Que Deus o ajudasse, queria compensação por isso também? Suspeitaria que nunca fora atacada e inventara a história para tirar dinheiro dele se não visse que estava realmente apavorada quando invadira seus alojamentos. Parte de seu sucesso nos tribunais provinha de sua capacidade de perceber quando as pessoas diziam ou não a verdade e sabia que ela não estava fingindo o medo que sentia.

— Já sei! — exclamou Buggy, seus olhos azuis brilhando de alegria. — E se dissermos que a srta. Bergerine é sua prima,

Drury? Naturalmente ela não poderia viver com você em seus aposentos, assim os convidei para ficar comigo até você encontrar alojamentos mais adequados para ela e uma dama de companhia. Afinal, a sociedade sabe muito bem que sua mãe era francesa e você possuía parentes lá antes da Revolução Francesa.

A srta. Bergerine olhou para Drury com enorme surpresa.

– Sua mãe era francesa?

– Sim – disse Drury, ríspido, desejando que Buggy não tivesse mencionado isso. – Por outro lado... Isto deve funcionar – concordou.

– Está dizendo que posso fingir que sou parente de sir Douglas? – perguntou a srta. Bergerine cautelosamente.

Buggy sorriu, parecendo um menino que acabara de receber um presente.

– Sim. Não deve ser difícil fazer as pessoas acreditarem. Apenas mostre muito mau humor e não fale muito.

A srta. Bergerine riu, mostrando dentes muito brancos e bonitos.

– Isso não parece tão difícil.

– Menos pela parte de não falar muito – resmungou Drury, recebendo um olhar de censura de Buggy e outro de aborrecimento dela.

Por que deveria se sentir aborrecido pelo que uma francesa de temperamento forte pensava dele? Era sir Douglas Drury e havia muitas mulheres que o queriam, estivesse ele interessado ou não.

A srta. Bergerine se voltou para Buggy com um sorriso caloroso e inesperadamente atraente.

— Como o senhor é um cavalheiro realmente bondoso e honrado, lorde Bromwell, aceitarei com prazer seu convite. *Merci. Merci beaucoup.*

E, por um breve momento, Drury desejou ter uma casa em Londres.

Capítulo Quatro

~~~~~~~~~~~~~

Edgar parecia prestes a ter um ataque de apoplexia. Eu também não queria arrastar Buggy para a situação, mas ele não me deixou escolha.

– Do diário de sir Douglas Drury

Pouco tempo depois, Juliette esperava no saguão da mansão de lorde Bromwell na cidade. Do outro lado do hall de entrada, lorde Bromwell conversava com seu mordomo evidentemente surpreso, explicando o que ela estava fazendo lá. Ela achou que Millstone tinha cerca de 45 anos de idade.

Também era careca e tão rígido como um soldado em parada. O lacaio, de libré e peruca, que abrira a porta para eles estava próximo, olhando-a fixamente com enorme curiosidade, enquanto sir Douglas Drury, severo e impaciente, esperava perto da sala do porteiro.

Tentando ignorá-lo, ela voltou a atenção para o ambiente em que estava. Nunca entrara numa mansão em Mayfair ou em qualquer outra casa semelhante antes. A entrada era imensa e ricamente decorada com colunas de mármore entremeadas de espelhos. O assoalho também era de mármore, polido e liso, e uma grande e redonda mesa de mogno dominava o centro do espaço, com um belo vaso oriental no meio, cheio de flores exóticas que perfumavam o ar. Uma escadaria em curva levava para os aposentos acima.

Ela tentou não se sentir uma mendiga, embora seu cabelo estivesse desarrumado, seu vestido sujo e rasgado, os sapatos pesados e desajeitados. Afinal, lembrou a si mesma, estava em perigo por causa do amigo de lorde Bromwell. Não era como se tivesse se atirado aos pés do gentil e compassivo nobre para ganho pessoal.

– Jim, há alguma coisa errada com seus olhos que o torna incapaz de deixar de me encarar? – perguntou sir Douglas ao lacaio, numa voz alta o bastante para ela ouvir, mas não lorde Bromwell e o mordomo.

O pobre jovem enrijeceu o corpo e ruborizou até a raiz da sua peruca empoada. Ela não queria ser motivo de problema para ninguém ali. Entretanto, não esperava que um homem como sir Douglas Drury pensasse nos sentimentos de qualquer pessoa. Claramente, não se importava com ninguém a não ser consigo mesmo.

Poderia acreditar que não tinha sentimentos, se não fosse aquele beijo. Aquilo devia ter sido uma aberração, uma mudança temporária de sua personalidade causada pela pancada na cabeça.

Quando lorde Bromwell e o mordomo terminaram a conversa, o mordomo chamou o lacaio e lhe disse alguma coisa. Esperava que ele também não estivesse zangando com o pobre rapaz!

– Você ficará no quarto azul, srta. Bergerine, com janelas para o jardim – disse lorde Bromwell, aproximando-se dela com um sorriso. – Espero que fique confortável. Peça o que precisar a Millstone ou à governanta, a sra. Tunbarrow. Uma criada será enviada a seu quarto para ajudá-la esta noite.

Uma criada? Nunca tivera uma criada na vida e não saberia o que fazer com uma.

– Oh, isso não será necessário, não preciso da ajuda de ninguém para me despir.

Sir Douglas fez um barulho estranho, embora não pudesse dizer se era um grunhido de desprezo ou uma risada. E também não queria saber.

– Muito bem, se é assim que prefere – disse lorde Bromwell, como se não tivesse ouvido o amigo. – Se tiver a bondade de seguir Millstone, ele lhe mostrará seu quarto.

– Obrigada, milorde.

Ela começou a andar em direção ao mordomo, que esperava no pé da escada.

– Melhor pedir a Jones que dirija depressa – ela ouviu lorde Bromwell dizer ao amigo –, embora saiba que Brix e Fanny não se incomodarão por estarmos atrasados.

Juliette parou. Fanny? Poderia ser este o nome que sir Douglas murmurara quando estava ferido? E ela era a esposa de um amigo?

Que importância tinha para ela se havia sussurrado o nome da esposa do amigo? E se eles fossem amantes? Sir Douglas Drury podia ter casos de amor com todas as damas de Londres, casadas ou não, e isso não faria a menor diferença para ela.

QUANDO JULIETTE acordou, na manhã seguinte, soube exatamente onde estava e por quê. Pelo menos, sabia que estava na mansão de lorde Bromwell na cidade a convite dele, para que ficasse em segurança. Estava muito escuro para conseguir ver muita coisa do quarto para o qual fora levada pelo mordomo, que usara um candelabro para iluminar o caminho.

Depois que Millstone saíra, ela tirara os sapatos velhos e enlameados, as meias grossas e muito remendadas e o novo vestido que comprara com o dinheiro que lorde Bromwell havia lhe dado. Então subiu na cama macia, arrumada com lençóis que cheiravam a lavanda.

Se não estivesse completamente exausta, teria ficado acordada por horas, preocupada com o que acontecera e com o que o futuro poderia lhe trazer. Mas adormeceu assim que descansou a cabeça no travesseiro com fronha de seda.

Agora, completamente acordada, ela observou o quarto e descobriu que estava no quarto mais bonito e feminino que já vira ou imaginara.

A lareira em frente à cama tinha lindos azulejos alemães em torno da abertura. As paredes eram forradas de papel azul e branco. Cortinas de veludo azul cobriam as janelas, combinando com o dossel e a colcha de seda. A cama e um armário de cerejeira, instalado num dos cantos do quarto, brilhavam de polimento e cera. Junto à lareira, havia poltronas de veludo azul e uma pequena mesa redonda sobre um pedestal. Um espelho alto, uma penteadeira com o espelho redondo menor e um lavatório completavam a mobília.

Perguntando-se por quanto tempo dormira, e achando que fora por diversas horas, Juliette se espreguiçou e, então, se levantou. Adorando a sensação do tapete felpudo e estampado sob seus pés, foi até uma das janelas, puxou a cortina e olhou para fora, vendo que realmente o sol estava bem alto. Abaixo, havia um pequeno jardim com um muro de tijolos, uma árvore e o que parecia ser uma pequena fonte ornamental.

Foi até a penteadeira e se sentou, maravilhando-se com o conjunto de escova e pente com cabo de prata. Havia também uma delicada caixa esmaltada em dourado. Ergueu a tampa e viu que estava vazia. Outra caixa de marfim entalhado continha fitas de todas as cores e, numa terceira, também de marfim, encontrou um número impressionante de grampos de cabelo. Nunca pudera ter mais do que alguns de cada vez.

Como uma criança com um brinquedo novo, Juliette tirou as fitas da caixa de marfim, uma por uma, e espalhou-as sobre a mesa. Parecia haver todas as cores do arco-íris. Certamente poderia usar uma das mais simples, mais baratas...

Pegou a escova e passou-a pelo cabelo, o que lhe deu uma sensação maravilhosa. Escovou o cabelo por alguns minutos, depois fez uma só trança, que amarrou com uma fita verde esmeralda. Então enrolou a trança em torno da cabeça, usando diversos grampos.

Estudou o efeito e o próprio rosto no espelho... Um luxo que jamais tivera. Na fazenda, tinha apenas o lago como espelho e, em Londres, precisara se contentar com olhadelas rápidas nos espelhos da sala de provas de roupas.

Observou-se e concluiu que não era feia, mas os olhos eram grandes demais para o rosto miúdo e a boca muito larga e grossa. O queixo parecia pronunciado demais. Pelo menos, tinha uma pele bonita e dentes excelentes. E se sentia contente por estar usando a nova combinação, que fizera com o tecido comprado com o dinheiro que lorde Bromwell lhe dera. Isto a fazia se sentir um pouco menos fora de lugar.

Mesmo assim, assustou-se como se tivesse sido apanhada furtando quando ouviu uma batida de leve na porta. Uma jovem criada vestida com um uniforme marrom escuro, com touca e avental brancos, abriu a porta e passou a cabeça para dentro do quarto.

— Oh, está acordada, senhorita!

Sem esperar resposta, ela abriu a porta e entrou carregando uma grande bandeja com um bule de louça, uma xícara e algumas pequenas bandejas e jarros cobertos por guardanapos de linho branco. Juliette sentiu o cheiro de pão fresco e seu estômago roncou de fome. A criada também carregava no braço um roupão de seda estampada em verde e azul.

— A sra. Tunbarrow achou que gostaria de tomar hoje seu café da manhã no quarto e que precisaria do roupão. É da mãe do visconde e ela não o usa mais — explicou a criada enquanto deixava a bandeja sobre a mesa ao lado da lareira. — Lorde Bromwell e sir Douglas já comeram. O patrão saiu para um encontro da sua sociedade… a Linus Society ou alguma coisa assim, em que pode falar sobre insetos. Coisas horríveis, aranhas, mas ele as ama como alguns homens amam seus cães. Mas sir Douglas está aqui. Soube que não precisa ir ao Tribunal de Old Bailey. Sorte dele, poder escolher seu horário de trabalho.

Como nunca tivera uma criada, e insegura sobre o que fazer, Juliette vestiu o roupão sobre a combinação. Era macio, escorregadio e, sem dúvida, a roupa mais luxuosa que já usara. Ficou em silêncio enquanto a criada afofava uma almofada numa das poltronas.

— Sente-se aqui, senhorita, e tome seu café da manhã enquanto arrumo o quarto.

— *Merci* – murmurou, imaginando se devia perguntar à criada seu nome, como ela gostaria, ou se a criada deveria ser tratada como pouco mais do que uma peça de mobília. Nas raras vezes em que fora chamada aos andares superiores do estabelecimento de madame de Pomplona, as criadas das damas eram como objetos, sentadas silenciosas e ignoradas em cadeiras duras e pequenas dispostas num canto para esse fim.

— Sou Polly, senhorita – disse a criada, solucionando seu dilema, e nem um pouco perturbada por Juliette ser francesa, embora isso pudesse se dever ao fato de que acreditava que era prima de sir Douglas.

— Serei sua criada enquanto estiver aqui – continuou a jovem, animada. – Posso pentear seu cabelo também. Penteio o cabelo da mãe de lorde Bromwell quando ela está em Londres e ela é muito exigente. A sra. Tunbarrow acha que tenho um dom.

— Isso será adorável – disse Juliette, embora nunca tivesse tido ajuda para se vestir ou se pentear. Sua mãe morrera quando era bebê e jamais tivera uma irmã ou uma amiga para ajudá-la. Na maior parte do tempo, o pai e o irmão, Marcel, se esqueciam de que ela estava lá, e até Georges poucas vezes se lembrava. Entretanto, Polly era claramente orgulhosa de seus talentos e ansiosa por demonstrá-los, então por que não a deixar?

— É horrível o que lhe aconteceu – disse Polly, abrindo as cortinas que cobriam as janelas altas e estreitas. – Nem consigo imaginar!

— Não foi agradável – concordou Juliette enquanto erguia os guardanapos. Havia uma pequena travessa de bolinhos e um pequeno pote de geleia de morango. Ficou com água na boca ao se sentar na poltrona macia e pegar uma faca.

— Tenho que dizer, ninguém está em segurança nestes dias. Tudo culpa de todos esses soldados soltos depois da guerra, não é? Mesmo assim, é difícil imaginar que uma prima de um baronete não estaria segura e não seria roubada na estrada, ficando apenas com o vestido do corpo!

Polly, ocupada arrumando a cama, não viu o olhar intenso de Juliette. Sir Douglas e lorde Bromwell deviam ter inventado a história do roubo para explicar por que ela chegara sem bagagem. Felizmente, tinha uma combinação nova, ou o que pensaria a criada?

— Sim, foi muito desagradável.

— E sua criada, desertá-la pouco antes de embarcar na França! Eu ficaria com medo demais para tomar o barco, ficaria mesmo!

Claramente, eles também compreenderam que teriam que explicar sua falta de uma acompanhante ou dama de companhia.

— Não tive escolha. Não tinha alojamentos e meu primo me esperava – mentiu Juliette. Então mordeu o bolinho com geleia. Estava tão bom que ela fechou os olhos em êxtase.

— E um primo muito generoso ele é, devo dizer! Parece uma noite das Arábias na sala matinal.

Juliette abriu os olhos.

— Noite das Arábias?

— Deus, sim! Há todo tipo de tecidos e chapéus e sapatos e fitas. Sir Douglas saiu cedo esta manhã e voltou com uma modista para lhe fazer alguns vestidos novos e comerciantes de linho e de seda também.

Uma modista? *Mon Dieu,* não…!

— Madame de Malanche veste todas as damas finas da sociedade, inclusive as damas madrinhas do Almack's. E lady Abramarle, e lady Sarah Chelton, que foi a bela da estação seis anos atrás. Eu me lembro que a mãe de lorde Bromwell a considerava um pouco assanhada. E a viscondessa Adderly, outra boa amiga de lorde Bromwell. Ela escreve *romances* – continuou Polly, num sussurro escandalizado. – Do tipo com castelos meio arruinados e nobres misteriosos sequestrando mulheres.

Aliviada por saber que madame de Pomplona não estava na casa, e sem prestar muita atenção no que Polly dizia, Juliette engoliu o último dos bolinhos. Não esperara que sir Douglas comprasse roupas novas para ela, mas, se devia fingir que era a prima de sir Douglas, supunha que devia se vestir como tal. E, se era assim, quem mais, além de sir Douglas, deveria pagar, já que estava em perigo por causa dele?

– Há um sapateiro e uma chapeleira também – continuou Polly enquanto arrumava a cama. – Parece que trouxe a metade da Bond Street de volta com ele. Gostaria de ter um primo rico como ele, senhorita. Tantos tecidos e penas e não sei mais o quê!

Talvez houvesse mesmo itens demais, pensou Juliette, ou talvez a criada estivesse exagerando em sua excitação. Afinal, sir Douglas dificilmente gastaria uma fortuna com ela.

Polly terminou de arrumar a cama e olhou para a bandeja.

– Terminou? Não tomou o chá.

– Não tomo chá.

Polly pareceu um pouco desconcertada.

– Café, então? Ou chocolate quente? É para lhe trazer o que a senhorita quiser.

– Não, obrigada – respondeu Juliette. Nunca tomara nenhuma das duas bebidas e estava com medo de não gostar delas. E isso seria difícil de explicar se pedisse uma ou outra.

– Neste caso, vou buscar seu vestido novo.

— Posso apanhá-lo – disse Juliette, erguendo-se e se dirigindo para o armário, onde presumia que o novo vestido de musselina, também comprado com o dinheiro de lorde Bromwell, estivesse pendurado. Não estava mais aos pés da cama, onde o havia estendido na noite anterior.

— Não sei o que fazem na França agora, senhorita – exclamou Polly, em choque horrorizado –, mas não pode andar pela casa de combinação e roupão!

— O que quer dizer? – perguntou Juliette, confusa, enquanto abria as portas do armário. Estava vazio. – Onde está meu vestido novo?

— Lá embaixo, senhorita.

Deviam tê-lo levado para lavar.

— Já está seco?

Polly olhou-a como se ela tivesse enlouquecido.

— Não, senhorita, há um vestido novo para você. Madame de Melanche o trouxe. Ela o fez para outra cliente, mas quando sir Douglas lhe contou sobre seus problemas e que tinha apenas um velho vestido de viagem, ela o trouxe. Vou descer e pegá-lo... e dizer a sir Douglas que está acordada.

Quando a criada saiu apressada do quarto, Juliette voltou a se sentar pesadamente na poltrona. Sir Douglas descrevera seu vestido novo como um "velho vestido de viagem"? Podia não ser de tecido caro, mas era bem-feito, ela mesmo o fizera, e era bonito e novo.

Subitamente se sentiu como quando chegara a Calais, uma caipira ignorante. Contudo não era, não mais. E, embora fosse pobre, sir Douglas não tinha o direito de insultá-la.

A porta se abriu e Polly voltou com um vestido matinal da mais linda musselina estampada que Juliette já vira. Trazia também delicadas sandálias de camurça e um par de meias de seda branca.

Tudo isto era para *ela*?

A irritação de Juliette com a descrição que sir Douglas fizera de seu vestido novo desapareceu rapidamente, sufocada pela beleza deste que estava nos braços de Polly. Deixou a criada vesti-la e lhe calçar as meias e sandálias. Quando terminou, estudou seu reflexo no espelho de corpo inteiro.

Mal se reconheceu no vestido da moda, com mangas curtas e fofas e cintura alta, a saia cheia e flutuante.

– Eu me sinto como uma princesa – murmurou ela em francês.

– É *lindo*, não é? – disse Polly, compreendendo o sentimento, embora não as palavras. – E você parece uma pintura, senhorita, embora seu cabelo esteja um pouco fora de moda. Aqui.

Ela estendeu a mão e puxou algumas mechas finas da trança, que descansaram na testa e nas faces de Juliette.

– Não ficou melhor?

Juliette acenou, concordando. Talvez *pudesse* passar por prima de um nobre e advogado, pelo menos até que os inimigos de sir Douglas fossem capturados. Então voltaria à vida antiga... uma coisa que precisava não esquecer. Isto era um sonho e os sonhos acabam pela manhã.

– Se terminou de comer, sir Douglas está esperando por você na sala matinal. Não o deixaria esperando por muito mais tempo, se puder, srta. Bergerine. Ele, bem, está ficando um pouco impaciente.

SENTADO NA sala matinal da mãe de Buggy, cercado por rolos de tecidos levados pelos comerciantes de linho e seda, que tentavam lhe mostrar as belezas de suas mercadorias, Drury não estava só um pouco impaciente. Já perdera toda a paciência que tinha e, se a srta. Bergerine não chegasse logo, ele simplesmente ordenaria alguns vestidos, um par de chapéus e mandaria essas pessoas embora.

Não eram apenas os homens decididos a lhe vender tecidos que o faziam querer ir para seu clube, o Boodle's, para uma bebida forte e um pouco de paz. Num dos cantos da sala, um sapateiro estava terminando outra sandália, usando uma das botas da srta. Bergerine para o tamanho, batendo seu martelo como uma gota de água caindo sem parar. Um comerciante de meias insistia em lhe mostrar os mais variados modelos para sua aprovação e uma chapeleira tentava convencê-lo a comprar penas e rendas e fitas, bonés e chapéus – quando conseguia interromper por alguns segundos as exuberantes declarações da modista, que estava vestida na última moda, com babados e renda e fitas e mais ruge no rosto do que uma atriz num palco.

Mesmo os julgamentos mais tumultuados em Old Bailey pareciam uma biblioteca se comparados com aquele carnaval. A confusão também o fazia se lembrar de momentos infelizes, das extravagâncias e exigências sem fim de sua mãe e as brigas com seu pai, quando ele estava em casa.

– Agora, veja este tafetá – disse o comerciante de tecidos, desenrolando um pedaço do rolo sobre seu joelho magro, confundindo o silêncio de Drury com uma permissão para continuar. – Da melhor qualidade, pode ver.

– Tafetá – desdenhou o comerciante de sedas. – Um tecido terrível, duro. Esta ma-ra-vi-lho-sa seda veio da China! – Estendeu um pequeno rolo de seda carmesim com fios dourados. – Isto seria o tecido certo para o mais maravilhoso vestido de baile, não concorda, sir Douglas?

Apesar de seu aborrecimento, Drury não conseguiu deixar de pensar como um vestido feito com aquela seda ficaria na srta. Bergerine.

– E tenho os modelos mais recentes de Paris – interrompeu madame de Malanche, a pluma em seu chapéu balançando como se fosse viva. – Tenho certeza de que qualquer prima de sir Douglas Drury gostaria de se vestir na moda mais chique.

Como se aquela pluma tivesse algum tipo de antena voltada para a chegada de mulheres jovens com dinheiro para gastar, madame de Malanche de repente se virou para a porta e bateu as mãos como se estivesse tendo uma visão do paraíso.

– Ah, esta deve ser a jovem dama! *Que* moça charmosa!

Quando Drury se voltou e olhou para a srta. Bergerine, em pé na porta, teve que admitir que ela parecia realmente encantadora com um lindo vestido verde-maçã, com o cabelo para cima e uma expressão tímida, envergonhada, no rosto. Na verdade, parecia tão doce e inocente como Fanny Epping, agora esposa do honorável Brixton Smythe-Medway.

Isso era ridículo. Certamente, nenhuma jovem, inglesa ou não, era menos parecida com Fanny do que Juliette Bergerine.

Mesmo assim, determinado a desempenhar esse papel como desempenhara tantos outros, ele se levantou e foi até ela, beijando-a nas faces.

Ela enrijeceu quando os lábios dele lhe roçaram a pele macia e quente. Sem dúvida, ela se surpreendera... tanto quanto ele ficara surpreendido pela diferença em sua atitude e aparência.

– Bom dia, prima – disse ele, soltando-a.

— Tudo isto é para mim? — perguntou ela, olhando para ele, os lábios grossos entreabertos como se esperassem outro tipo de beijo.

O desejo... quente, intenso, lascivo... atingiu-o como um golpe, enquanto, ao mesmo tempo, experimentava aquela sensação estranha de que havia alguma coisa importante sobre esta mulher à margem de sua lembrança. Alguma coisa... boa.

Devia estar mais abalado por essa confusão do que presumira. Ou talvez devesse perguntar a Buggy sobre as possíveis sequelas de um ferimento na cabeça. A despeito dos sentimentos tumultuados, sua voz estava fria e calma quando falou:

— Depois do que sofreu, pensei que seria mais fácil trazer Bond Street para você.

— É muito gentil de sua parte, primo — murmurou, olhando para baixo, tão tímida como qualquer jovem dama bem-educada, os cílios escuros espalhados pelas faces.

Ele conseguia se manter frio quando estava com raiva. Tinha muita experiência com birras e temperamentos voláteis, e aprendera a agir como se eles não o afetassem em nada.

Isto o afetou. *Ela* o afetou. Não queria ser afetado por ela ou por qualquer outra mulher.

— Oh, o prazer é *nosso*! — exclamou a modista, passando entre eles. — Permita que me apresente, minha cara. Sou madame de Malanche, e será uma alegria para mim supervisionar a confecção de seus vestidos. Todas as damas mais finas de Londres são minhas clientes. Lady Jersey, lady Castlereagh, princesa Esterhazy, condessa Lieven, lady Abramarle e a bela lady Chelton, para citar apenas algumas.

Drury desejou que a mulher não tivesse mencionado a bela lady Chelton.

— Vejo que este vestido lhe serviu perfeitamente... e parece perfeito também, devo dizer! Tenho certeza de que, cá entre nós duas, você será a jovem mais notada da estação em pouco tempo.

A srta. Bergerine olhou-a, consternada, uma reação que, se não fossem suas palavras, teria sido inspirada apenas pelo vestido cheio de babados e fitas da modista.

— Não quero ser notada.

Madame de Malanche riu.

— Oh, minha cara! Quero dizer que todas as jovens damas a invejarão.

Não se ela persuadisse Juliette a usar vestidos parecidos com o dela, pensou Drury.

— Acredito que descobrirá que minha prima tem ideias bem definidas sobre o que gosta de vestir, *madame* — disse Drury. — Espero que atenda aos desejos dela, mesmo se isso significar que poderá não ser a jovem mais elegante de Londres.

— *Mais oui*, sir Douglas — disse madame, recuperando-se com a segurança de uma mulher experiente em lidar com clientes temperamentais. — Ela precisará de vestidos para a manhã, é claro, e vestidos para jantar. Um conjunto ou dois para passear de carruagem, outros para festas à tarde ao ar livre, em jardins, vestidos de noite, um conjunto para cavalgar, alguns vestidos para caminhar no parque e outros para o teatro. — Deu a Drury um sorriso afetado. — Todos sabem que sir Douglas Drury gosta de teatro.

Seu tom sugeria que não era bem das peças que sir Douglas gostava, mas das atrizes.

— Gosto — replicou ele, sem mostrar que compreendera a insinuação. Ou que ela estava completamente enganada.

— Acho que não vou ao teatro — objetou Juliette. — Ou cavalgar ou andar de carruagem ou caminhar em jardins.

Madame de Malanche olhou-a com espanto.

— Está doente?

— *Non*. — Juliette olhou para Drury. — Simplesmente não preciso de tantas roupas caras.

Ele mal podia acreditar. Uma mulher que não tiraria vantagem da oportunidade de ordenar uma enormidade de roupas, precisando ou não? Não era como se ela não precisasse de roupas, a julgar pelos vestidos que a vira usar. Ou pensaria que ele não sabia o custo? Ou que não podia pagar?

— Talvez não roupas de cavalgar, já que minha prima não cavalga. De outra maneira, eu lhe dou carta branca para comprar o que quiser, Juliette.

Os olhos de madame de Malanche se iluminaram com feliz avareza, mas os de Juliette Bergerine não.

— Como poderei lhe pagar?

Obviamente, ela se esquecera do seu papel... e na companhia da espécie de mulher que podia espalhar, e espalharia, qualquer boato que ouvisse.

Rapidamente, ele puxou Juliette num abraço fraternal.

— Que conversa é esta de pagamento? Somos parentes! — Abaixou a voz para um sussurro. — Lembre-se de quem você supostamente é.

Ele recuou e viu Juliette observando-o com o rosto corado. O próprio coração estava batendo com força... por causa do erro que cometera, não por ter o corpo dela pressionado ao dele.

Afinal, por que isso o excitaria? Tivera amantes; a mais recente, a bela lady Chelton. No entanto, não pôde deixar de pensar que todas elas, incluindo Sarah, teriam tirado vantagem desta situação com um prazer e cobiça que envergonhariam o maior ladrão de Londres.

– Minha prima é uma jovem modesta e sensata, como podem ver – disse ele, dirigindo-se aos ocupantes da sala. – Como sofreu muito durante a guerra, naturalmente se sente obrigada a ser frugal. Entretanto, não sinto essa necessidade quando se trata da felicidade da minha prima, portanto, por favor, garantam que ela tenha tudo que precise, e mais um pouco.

– Eu certamente farei isso! – exclamou madame de Malanche entusiasmada, enquanto os comerciantes de tecidos e o sapateiro sorriam. O dono do armarinho sacudiu um par de meias como uma bandeira chamando para a batalha, enquanto a chapeleira se aproximou ousadamente com o chapéu mais ridículo que Drury já vira, muito diferente do encantador chapéu que Juliette usara quando o deixara em seu quarto para chamar Buggy.

– Sir Douglas, a vendedora de lingerie chegou – disse Millstone, à porta.

Isso foi demais.

– Acho que é minha deixa para sair – disse Drury, andando depressa para a porta. – Deixo tudo em suas mãos, Juliette. *Adieu!*

Apesar de sua ansiedade de sair, parou à porta e olhou para trás, para a jovem em pé no centro da confusão colorida. Ela parecia um general preocupado, sitiado por tecidos e fitas e babados, e ele teve a vontade muito pouco característica de sorrir enquanto saía depressa.

SÓ MAIS tarde, quando Drury estava em seu escritório ouvindo James St. Claire pedir ajuda para defender uma lavadeira injustamente acusada de furto, ele compreendeu que deixara uma francesa com carta branca para gastar seu dinheiro como quisesse. Ainda mais surpreendente, estava mais ansioso por vê-la em algumas bonitas roupas novas do que preocupado com a despesa.

AO MESMO tempo, enquanto a modista e os outros pressionavam Juliette para escolher isto ou aquilo, ou aquilo outro, ela começou a se perguntar se não havia outro motivo para a generosidade de sir Douglas Drury.

Capítulo Cinco

~~~~~

A srta. B. é um maldito aborrecimento. Faz as perguntas mais impertinentes. Pode me tornar um bêbado antes de tudo isso acabar.

– Do diário de sir Douglas Drury

Segurando um maço de contas nas mãos, Juliette andava pela sala de estar de lorde Bromwell enquanto esperava a volta de sir Douglas.

Quando o lacaio a levara para a sala enorme, ficara assombrada demais para fazer qualquer outra coisa a não ser parar na entrada, observando com espanto a decoração e a mobília, como se tivesse entrado sem querer no palácio de um rei.

Ou o que ela imaginava que um palácio pudesse ser.

Pelo menos três quartos do tamanho do dela caberiam facilmente naquela única sala, e mais dois empilhados, um sobre o outro, já que o teto era tão alto. Ela dobrou a cabeça para cima, para estudar a intrincada decoração formada por flores, folhas e arcos e, no centro, um grande ornamento, com a pintura de uma batalha. A lareira era de mármore, também entalhado com folhas de videira.

As paredes eram cobertas de papel dourado, que combinava com o brocado branco e dourado dos sofás e das poltronas com braços e pernas dourados. As cortinas eram de veludo dourado, com franjas também douradas. Havia um piano num dos cantos, onde a luz das janelas iluminava as partituras, e sobre uma entalhada mesa de pau-rosa havia um tabuleiro de xadrez, com as peças no lugar para começar um jogo.

Diversas pinturas de retratos estavam penduradas nas paredes, entre elas, uma que devia ser de lorde Bromwell quando menino... Aparentemente, um menino muito sério.

Ao ver o retrato, lembrou-se de seu gentil anfitrião e um pouco de seu assombro diminuiu. Ousou se sentar, passando os dedos pelo tecido rico do sofá.

À medida que o tempo passava, porém, ela se tornava mais ansiosa e impaciente para entregar as contas a sir Douglas. Embora tivesse recusado os itens mais caros e tentado gastar o dinheiro de sir Douglas com parcimônia, o total ainda chegara a uma soma enorme... quase cem libras.

Se o que temia fosse verdade, sir Douglas esperaria alguma coisa em troca de sua generosidade, uma coisa que não estava preparada para dar. Se fosse assim, teria que deixar aquela casa e cuidar de si mesma sozinha. Era apavorante pensar que os inimigos dele podiam tentar feri-la de novo, mas não seria o brinquedo de um homem, comprado e pago... nem mesmo desse homem. Nem mesmo quando não podia negar que o beijo dele fora excitante e não inteiramente indesejado.

Finalmente, ouviu a sineta soar e a voz profunda e familiar de sir Douglas conversando com o lacaio. Correu para a porta da sala de estar.

Depois de tirar o sobretudo longo, sir Douglas atravessou o saguão como se a casa fosse dele. Como antes, seu paletó era de lã fina e preta, os botões largos e simples, a calça também preta. A camisa e a gravata eram de um branco brilhante, um contraste com o resto de suas roupas e com seus olhos e o ondulado cabelo escuro.

— Primo! – chamou Juliette, fazendo-o parar e se voltar para ela. – Preciso falar com você!

Erguendo uma sobrancelha, ele se dirigiu a ela, enquanto Juliette recuava para a sala de estar.

— Sim, Juliette? Estas são as contas de hoje?

— *Oui* – respondeu. Esperou até ele entrar na sala, então fechou a porta antes de lhe entregar as contas. – Quero saber o que espera de mim em troca da sua generosidade.

Ele semicerrou os olhos e uma expressão severa lhe surgiu no rosto, enquanto guardava as contas no bolso sem sequer olhá-las.

— Eu lhe disse antes que não espero ser reembolsado.

— Talvez não com dinheiro.

As sobrancelhas escuras de sir Douglas abaixaram tão ameaçadoramente como uma linha de nuvens de tempestade no horizonte, e os planos de sua face pareceram mais angulosos enquanto ele cruzava as mãos nas costas.

— Não tenho o hábito, srta. Bergerine – disse ele, com uma voz mais fria que o vento gelado do norte –, de comprar a afeição de minhas amantes. Nem tenho o costume de levar costureiras pobres para minha cama. Isso não é uma tentativa de seduzi-la e só o que quero de você em troca das roupas e badulaques comprados hoje é que faça todo o esforço para manter esta encenação em benefício da reputação de lorde Bromwell, e também pela sua segurança.

– Quem você *leva* para a cama?

O olhar de aço de sir Douglas ficou ainda mais distante.

– Não acho que seja da sua conta.

– Aquele homem que me atacou pensou que eu fosse sua amante. Se eu souber sobre suas mulheres, posso mostrar a ele seu engano se tentar me atacar de novo.

– Lorde Bromwell e eu estamos tomando todas as precauções para garantir que ele não a moleste de novo. E acredito que uma criatura como aquela dificilmente se incomoda ou não se cometeu um erro, pelo menos se a tiver no poder dele.

– Então sou uma prisioneira aqui?

Os lábios de sir Douglas se abriram no que podia ser um sorriso ou um esgar de desdém.

– Você nunca esteve numa prisão, esteve, srta. Bergerine? Ou saberia que isto aqui é muito diferente daqueles buracos infernais.

– Então sou livre para ir embora?

Uma expressão satisfeita lhe tomou o rosto, o que a aborreceu profundamente.

– É claro, se quiser.

Sem dúvida ele gostaria disso, porque então ficaria livre da responsabilidade por ela. Poderia dizer que recusara a ajuda dele e, portanto, não tinha mais obrigações com ela.

Talvez até mesmo alegasse que, tendo comprado roupas e outras coisas para ela, já a havia mais do que recompensado, como se vestidos e sapatos e chapéus pudessem pagar o terror que enfrentara e que poderia enfrentar de novo enquanto os inimigos dele acreditassem que era sua amante.

Non, ele não a abandonaria assim tão facilmente.

— Já que você pôs minha vida em risco, acho que devo ficar.

Então, determinada a tirar do rosto dele aquela expressão superior, de satisfação consigo mesmo, ela perguntou:

— Que espécie de mulher leva para sua cama?

Infelizmente, a pergunta não pareceu perturbá-lo nem um pouco. Os lábios dele se curvaram no que era definitivamente um sorriso, mas um sorriso que, aliado a seu cabelo e sobrancelhas escuros, o fazia se parecer com um demônio.

— Todas as minhas amantes foram mulheres casadas cujos maridos não se importam se têm casos ou não.

— Então gosta de mulheres velhas?

Seu sorriso lascivo aumentou.

— Experientes... mas nunca uma francesa.

— Oh? Por que não? – perguntou ela, tentando não se deixar dominar pela irritação, enquanto recuava para trás de um dos sofás.

— Acho que exageram muito suas habilidades no quarto de dormir.

— Acha? – replicou, roçando a mão ao longo do rico brocado, as sobrancelhas se erguendo. – Então não sabe realmente?

— Sei o bastante para ter a certeza de que não se pode confiar numa francesa, na cama ou fora dela.

O arrogante porco inglês!

— Então agora insulta todo um país?

— Por que está tão indignada, srta. Bergerine? Apenas lhe dei a informação que pediu.

Ela precisava ficar calma e controlar a raiva.

— Seus amigos que deram a festa... O nome da mulher é Fanny, não é? Ela é sua amante?

Ele se assustou como se alguém tivesse lhe dado um tiro na cabeça.

— De onde tirou essa ideia ultrajante?

Não estava tão satisfeito e arrogante agora!

— Quando foi ferido, chamou o nome dela, ou então foi Annie. Talvez tenha tido amantes com estes nomes?

A despeito de seu choque evidente, sir Douglas se recuperou com rapidez impressionante.

— Estava inconsciente, não estava?

— Não o tempo todo. Não quando sussurrou aquele nome e me beijou.

Ele não poderia ter ficado mais assombrado se ela lhe tivesse dito que haviam se casado secretamente.

— Eu fiz o *quê*?

— Você pôs os braços em torno do meu corpo, sussurrou *"ma chérie"* e, então, me beijou – disse ela com franqueza. – Ou o que suponho seja o beijo de um amante inglês – acrescentou, como se insinuasse que seu desempenho tivesse sido totalmente inadequado.

Sir Douglas Drury ficou ruborizado. Ruborizado como um colegial. Ruborizado como um menino.

Ela não teria considerado isso possível se não tivesse visto.

— Não acredito nisso – disse ele, áspero.

— Não estou mentindo. Por que mentiria?

As mãos ainda nas costas, ele andou até a lareira de mármore, então se virou para ela bruscamente.

— Como poderia saber os motivos que teria para dizer uma coisa tão ridícula? Ou por que você escolheria Fanny, que eu certamente *não* desejo? É uma amiga, assim como o marido dela. Nunca, jamais pensaria em me intrometer entre eles, mesmo se pudesse... o que certamente não posso. Eles se amam muito. Compreendo que isto seria considerado extremamente *gauche* em Paris, mas é verdade.

– Não estou mentindo.

Não acreditava nela. Podia ver nos olhos dele, ler em sua expressão.

– Qual é o verdadeiro motivo para essas perguntas, srta. Bergerine? – exigiu, enquanto andava em direção a ela como um grande gato preto e branco. – Alguém lhe falou sobre minha outra reputação? Quer saber se o que dizem de mim fora dos tribunais é verdade?

Ela se manteve firme, sem recuar, apesar de sua proximidade cada vez maior.

– Sei tudo o que gostaria de saber sobre você, sir Douglas.

– Oh? – Os lábios dele se curvaram naquele sorriso perigoso, diabólico. – Talvez queira descobrir como é ser beijada por sir Douglas Drury quando ele está completamente acordado.

Isso a fez se mover.

– Seu porco! Cachorro! *Merde!* – exclamou ela, recuando para longe dele.

Mas não longe o bastante. Ele estendeu as mãos, segurou-a pelos ombros e puxou-a para junto do corpo. Antes que pudesse impedi-lo... porque devia... ela a tomou nos braços e a beijou.

Esse não foi um beijo terno, como o que haviam partilhado antes. Era quente e intenso, apaixonado e possessivo. Buscando. Seduzindo. Provocando.

Os braços dele a envolveram e ele a segurou com força contra o corpo, a camisa engomada apertando-lhe os seios. O coração dela batia como o tambor de um regimento, fazendo o sangue lhe correr pelo corpo, esquentando-lhe a pele, o rosto, os lábios. Excitando-a, exigindo que cedesse ao desejo e à necessidade, que a tomavam.

Uma lembrança surgiu, do velho fazendeiro no celeiro, cheirando mal e suando, agarrando-a e tentando beijá-la, seus movimentos desajeitados. Isso não era a mesma coisa. Ou era?

Era apenas uma costureira e só havia uma forma de ela se entregar ao desejo que sir Douglas Drury estava despertando, à excitação que sentia, à necessidade.

Ela pôs as mãos no peito largo de Drury e o empurrou, preparada para lhe dizer que não era uma mulher vadia, uma prostituta. Até que viu a expressão no rosto dele...

Estava tão atormentado quanto ela. Por que não acreditava que uma mulher como ela podia repudiar seus avanços? Estava enganado. Muito enganado!

– Seu porco! *Cochon!* Tirando vantagem de uma mulher pobre que o procurou para pedir ajuda!

A porta subitamente se abriu e lorde Bromwell entrou na sala como se tivesse ouvido os insultos que dirigira a ele, mas estava sorrindo com sua amabilidade costumeira.

– Millstone disse que encontraria vocês aqui – começou ele. O sorriso morreu enquanto olhava de um para o outro. – Alguma coisa errada?

Sir Douglas se voltou para ela, os olhos escuros frios e zangados enquanto erguia uma das sobrancelhas. Não estava zangada com lorde Bromwell. Era realmente gentil. Mas se reclamasse do amigo, o que ele faria? Não podia confiar nele completamente porque era francesa e ele inglês. Não podia ter certeza de que não a mandaria de volta para seu alojamento. Rapidamente, encontrou uma desculpa para explicar por que estavam discutindo.

— Gastei demais em roupas. Quase cem libras.

Lorde Bromwell olhou intrigado para sir Douglas.

— Ora, isso não é nada. Acho que você podia gastar dez vezes isso.

— Não estava discutindo sobre o total, que é pouco — mentiu sir Douglas, calmamente. — Estava tentando fazê-la compreender que devia gastar mais. Madame de Malanche vai dizer a todo mundo que sou um sovina.

Lorde Bromwell suspirou de alívio e sorriu para Juliette.

— Essa pode lhe parecer uma quantia alta, srta. Bergerine, mas, na verdade, Drury nem perceberia se gastasse duas vezes isto.

— Uma das vantagens de ter um pai com boa cabeça para negócios — observou sir Douglas.

— Oh, e trouxe convidados para o jantar! — disse lorde Bromwell, como se só então se lembrasse.

Convidados? Ela teria que agir como uma dama rica para convidados? Como poderia fazer isso? Um olhar rápido para sir Douglas lhe mostrou que não estava mais contente do que ela, especialmente quando um casal jovem entrou na sala.

A mulher não parecia muito bonita, mas suas roupas eram ricas e elegantes, no último estilo da moda, e seu sorriso era agradável e caloroso. O cavalheiro também estava bem-vestido e na moda. Seu cabelo, porém, estava arrepiado como se tivesse passado os dedos por ele ou tivesse cavalgado sem chapéu.

— Lady Francesca, permita que lhe apresente a srta. Juliette Bergerine — disse lorde Bromwell enquanto sir Douglas se afastava para perto da janela, as mãos mais uma vez cruzadas nas costas. – Srta. Bergerine, esta é lady Francesca e o marido dela, o honorável Brixton Smythe-Medway.

– Por favor, me chame de Fanny – disse a jovem mulher.

Foi preciso um grande esforço, mas Juliette conseguiu não olhar para sir Douglas antes de fazer uma pequena mesura.

– É um prazer conhecê-la, milady – mentiu.

EMBORA O alimento fosse excelente e farto – incluindo iguarias como salmão, que ela nunca provara antes, e uma torta suculenta e doce, cujo nome não guardou, mas que era muito saborosa –, o jantar foi uma experiência extremamente difícil para Juliette. Felizmente, ela conseguiu passar por ele sem cometer muitos erros, observando com cuidado e imitando os outros, sem tocar numa peça de talher ou copo de cristal enquanto eles não o fizessem.

Também tomou cuidado em não devorar o excelente alimento como se não tivesse comido por dias e estivesse habituada a tanta fartura e refinamento.

E o vinho! *Mon Dieu*, como o vinho era farto! No entanto, apenas tomou alguns goles e nunca terminava um copo. Tinha que ficar atenta.

O alegre sr. Smythe-Medway era muito divertido e ela logo percebeu que havia muita inteligência no fundo daqueles olhos verdes. Quanto à esposa, *parecia* doce e encantadora, mas o teste seria seu comportamento quando os homens não estivessem presentes. Como Juliette aprendera na loja, mulheres podiam ser completamente diferentes quando estavam longe dos homens.

Juliette estava tão concentrada em não cometer erros que não participou da conversa. Teve a certeza de que ninguém havia reparado, já que o sr. Smythe-Medway parecia bem capaz de diverti-los, o que fazia com gosto.

Sua mulher também era espirituosa, de modo mais sereno, e até sir Douglas demonstrou ter um senso de humor seco, o que tornava mais compreensível sua amizade com o loquaz sr. Smythe-Medway.

Depois do que pareceu um século, lady Fanny se levantou e foi com Juliette para a sala de estar, deixando os homens à mesa para tomar conhaque e, Juliette supunha, se engajar numa conversa bem masculina. Não pôde deixar de imaginar o que diriam sobre ela e desejou desesperadamente que não tivesse feito nada errado.

– Preciso dizer que estou mais impressionada com sua coragem agora que a vi, minha cara – disse lady Fanny enquanto se sentava num sofá e fazia um gesto para Juliette se sentar também. A saia verde-claro de seu vestido de cintura alta se abriu lindamente e o delicado colar de pérolas que usava, embora simples, parecia adorável no pescoço alto e esguio. – Estava esperando uma amazona, não uma mulher pequena como você.

O que exatamente sir Douglas e lorde Bromwell haviam dito sobre ela e sobre o que acontecera?, perguntou-se Juliette enquanto se sentava no sofá do lado oposto, as costas retas, as mãos no colo, uma parte de sua mente lamentando que madame de Malanche não tivesse podido lhe trazer um traje de noite. Estaria lady Fanny se referindo ao ataque no beco ou ao roubo falso na estrada?

– Não fui muito corajosa. Foi apavorante – disse, sem se comprometer, numa resposta adequada a qualquer uma das duas situações.

– Drury e Buggy nos contaram tudo o que você fez por Drury. Batatas! Eu nunca pensaria nisso. Na verdade, acho que ficaria paralisada de medo.

A verdade, então.

— Vi um homem sendo atacado por quatro, então o ajudei.

— E agora precisamos pensar no ataque a você. Estou muito contente por Buggy ter tido a ideia de trazê-los para a casa dele e faremos tudo para ajudar.

— *Merci* — murmurou Juliette, imaginando como essa protegida mulher inglesa poderia ajudar contra os homens terríveis que estavam tentando ferir a ela e a sir Douglas.

— Espero que minha presença aqui não cause um escândalo.

Lady Fanny riu, e embora sua risada fosse doce e musical, Juliette ainda não podia ver o que havia nela para atrair sir Douglas. Era bonita, com certeza, e parecia gentil e bondosa, mas era tão... branda. Tão enfadonha.

Talvez fosse isso que ele gostava nela. Nunca discutiria com ele, ou exigiria sua atenção ou duvidaria de qualquer coisa que ele dissesse. Seria, pensou Juliette, uma esposa humilde e obediente.

— Eu não ficaria muito preocupada com nossas reputações — replicou lady Fanny. — Buggy era considerado muito excêntrico até seu livro se tornar um sucesso e, quanto à reputação de Drury...

Lady Fanny parou por um momento antes de continuar, seu rosto num tom de rosa mais forte.

— Estou me referindo à sua reputação de advogado. Ele é muito famoso por seus sucessos. Poderia ter sido um juiz do Superior Tribunal de Justiça, mas continua em Old Bailey. Prefere representar os pobres.

O arrogante e rico sir Douglas Drury se importava com o sofrimento dos pobres? Juliette achou difícil de acreditar.

— A vida de Drury, de muitas maneiras, foi bem problemática.

Ela achou isso também difícil de acreditar.

— Mas ele tem um título, é educado e rico.

— Isso não significa que jamais conheceu a dor ou a mágoa. Seu pai passava a maior parte do tempo cuidando de negócios, e sua mãe...

— Ah, senhoras, aqui estão vocês, e parecendo tão adoráveis como uma pintura — declarou o sr. Smythe-Medway enquanto entrava na sala, seguido por lorde Bromwell e um sombrio sir Douglas.

Por que haviam interrompido *agora*? pensou Juliette, aborrecida.

— Espero que Fanny não tenha lhe contado o horrível erro que cometeu casando-se comigo — continuou o sr. Smythe-Medway enquanto se sentava no sofá ao lado da esposa.

— Muito improvável. — Lorde Bromwell sorriu enquanto se sentava numa poltrona. — Ela sabe de todas as suas más tendências há anos, Brix, no entanto, milagrosamente, ama você apesar delas.

Aparentemente sem prestar atenção à conversa, sir Douglas se dirigiu para as janelas cobertas por cortinas. Ele abriu uma delas e olhou para fora, como se estivesse mais interessado no clima do que na conversa.

Algum demônio interno fez Juliette perguntar:

— Concorda que é um milagre, sir Douglas?

Ele se virou e olhou para ela, impassível.

— De modo algum, acredito que era inevitável.

— Bem, eu digo que *é* um milagre Fanny ter se apaixonado por mim — disse o sr. Smythe-Medway, com um sorriso. — E um milagre pelo qual sou grato todos os dias... mas chega disso agora porque, senhores, e srta. Bergerine, tenho uma notícia a dar. Fanny vai ter um bebê!

Juliette ergueu os olhos para sir Douglas. Por um momento, pareceu que não ouvira o amigo, embora lorde Bromwell tivesse corrido para beijar uma sorridente e ruborizada Fanny nas duas faces, e apertasse a mão de Smythe-Medway, congratulando os dois.

No entanto, quando sir Douglas finalmente se virou e andou em direção a eles, seu sorriso parecia muito sincero e ela acreditou que ele estava realmente feliz por seus amigos. O sorriso também o fazia parecer anos mais jovem.

– Estou muito feliz por vocês dois – disse ele, beijando lady Fanny na face, como um irmão, antes de apertar a mão do amigo.

Talvez ele fosse sincero. Talvez nunca a tivesse amado, afinal, e estivesse realmente feliz por eles. Ou talvez, pensou Juliette mais tarde, quando estava deitada sem conseguir dormir aquela noite, ele fosse um excelente mentiroso.

Capítulo Seis

Sei muito bem que Drury não gosta de franceses e por que, mas não compreendo sua crescente hostilidade para com a srta. Bergerine. Ele a trata como se ela fosse uma espécie particularmente aborrecedora de pulga.

– De *A coleção de cartas de lorde Bromwell*

DRURY SUSPIROU e se recostou no assento da carruagem de aluguel dois dias depois. Deus, esperava que encontrassem logo os bandidos que os haviam atacado! Era malditamente inconveniente ter que viver fora de seus alojamentos e não poder fazer as longas caminhadas para pensar na estratégia que desenvolveria no tribunal e nas perguntas que faria às testemunhas.

Além disso, não estava mais acostumado a viver cercado por criados. Há anos que o sr. Edgar era mordomo e valete, com uma faxineira para fazer a limpeza diária, e refeições compradas numa taverna próxima, quando não jantava com amigos ou no clube.

Drury não só era obrigado a suportar os criados que estavam por toda parte, mas também precisava se submeter à presença de uma francesa que criava muitos problemas e fazia as perguntas mais constrangedoras.

Era de admirar que não conseguisse dormir? Esperava que o exercício de esgrima, por uma hora ou duas, o cansasse o bastante para lhe permitir dormir esta noite, e não perder tempo pensando sobre as perguntas ridículas de Juliette Bergerine.

Por exemplo, Fanny era sua amante?

Certamente houve uma época em que acreditava que Fanny seria a única mulher, entre suas conhecidas, que consideraria ter como esposa, por causa de sua natureza doce e calma... até que ficara muito claro que ela amava Brix de todo o coração. Nenhum outro homem teria uma chance com ela.

E, o que quer que a curiosa e perspicaz srta. Bergerine pensasse – por que ela o observara como um falcão quando Brix dera a notícia? –, ele ficara sinceramente feliz com o casamento do amigo e seu bebê.

Brix e Fanny seriam pais maravilhosos.

Ao contrário dos dele.

Quanto a beijar a ultrajante srta. Bergerine, simplesmente fora dominado pela luxúria, das duas vezes, estivesse acordado ou não.

Pelo menos, o mistério do que estivera tentando se lembrar fora solucionado porque, assim que ela falara do beijo, ele o lembrara. Tinha sido vago, como um sonho, mas sabia que envolvera nos braços o que lhe parecera uma visão angelical e a beijara.

O que mostrava com que força fora atingido na cabeça.

A carruagem parou e ele desceu. Nem mesmo pensaria em mulheres, qualquer mulher, por algum tempo.

Subiu as escadas da Thompson's Fencing School e, passando pelas portas duplas, aspirou profundamente os cheiros familiares de serragem e suor, de couro e aço, e ouviu o som de espadas batendo vindo da grande área de prática. Passara horas ali, antes da guerra e depois, aprendendo de novo a segurar uma espada e uma adaga.

Alguns homens estavam sentados em bancos ao longo das paredes da arena de esgrima. Estava frio e era mantido assim para que os cavalheiros vestidos com seus casacos acolchoados não sentissem calor demais. Alguns estavam em pé, um dos pés descansando nos bancos, ou ao lado, e outros o observaram, curiosos, sussurrando com os vizinhos.

Drury ignorou-os e seguiu a voz de Thompson. Jack Thompson fora sargento e gritava como um, seu bigode preto salpicado de branco estremecendo. Também se movia como um sargento, as costas retas enquanto dançava em torno de dois homens *en garde* na área de prática, uma estrutura de madeira separada do resto da sala por uma corda. Sob as máscaras de proteção, o suor descia pelos queixos dos dois homens e seus peitos se erguiam e desciam com a respiração pesada.

O primeiro, mais magro e certamente menos cansado, fez uma finta, facilmente defendida pelo oponente mais gordo.

– Movimente seus pés, Buckthorne, maldição, ou por Deus, eu os cortarei! – gritou Thompson para o homem maior, balançando a lâmina sem corte de sua espada junto aos calcanhares do jovem. – Maldição, que diabos acha que está fazendo, milorde? Isto não é um chá. Invista, homem, invista! Ataque, por Deus, ou vá atrás de uma prostituta para brincar com ela.

O conde, que devia ser o quarto conde de Buckthorne, e que já era notório por suas bebedeiras e suas perdas no jogo, fez um esforço, mas sua finta não foi mais do que o roçar de uma mosca para o jovem diante dele. Facilmente afastou a lâmina, então atacou, pressionando a ponta rombuda do florete no peito acolchoado do conde.

– Então, agora, milorde, o senhor estaria morto – declarou Thompson. – É matar ou morrer no campo de batalha... e os vencedores ficam com os despojos, o saque, as mulheres e tudo o mais que conseguirem encontrar. Pense nisso, milorde, sim?

O conde empurrou o florete de seu oponente com a mão enluvada.

– Sou um cavalheiro, Thompson, não um soldado comum – disse, com desdém, as palavras ligeiramente abafadas pela máscara. Ergueu a cabeça e observou seu oponente dos pés à cabeça. – Nem o filho de um comerciante.

Isto foi um erro, como Drury e meia dúzia de espectadores poderiam ter dito a ele. Thompson agarrou Buckthorne pelo casaco almofadado num instante, erguendo o robusto jovem até seus pés mal roçarem o assoalho coberto de serragem.

– Acha que seu sangue nobre o salvaria, acha? Seu sangue é igual ao dele, seu idiota, ou ao meu, ou ao de qualquer homem. Teria feito melhor se guardasse seu dinheiro ao invés de comprar uma comissão no exército. Homens como você mataram mais soldados ingleses do que os franceses e alemães juntos. Dinheiro e sangue não fazem de Gerrard um espadachim melhor que você... a prática faz isso.

Parando para respirar, o olhar de Thompson percorreu a sala até encontrar Drury.

Com um grito de saudação e a agilidade de um homem com a metade de sua idade, ele soltou o conde e correu para encontrar Drury.

– Boa tarde, Thompson – disse Drury ao amigo e antigo professor, enquanto o conde tropeçava e tentava recuperar o equilíbrio. – Pensei em vir para me divertir um pouco.

– Peço-lhe perdão – falou o oponente do conde, tirando a máscara e mostrando um rosto jovem e ansioso, cabelo louro e ondulado, brilhantes olhos azuis e uma boca que sorria, feliz. – O senhor é sir Douglas Drury, o advogado?

– Sou.

– Por Deus, o próprio Gato do Tribunal! – exclamou o jovem, o sorriso se tornando mais largo. – Não posso lhe dizer quanta honra tenho em conhecê-lo!

– Então não diga.

Sem dar mais atenção ao jovem, que devia ter cerca de 20 anos, Drury se voltou para Thompson.

– Aceita um desafio? Estou precisando de um pouco de exercício marcial hoje.

Thompson riu.

– Demônio arrogante – respondeu alegremente. – Dando-me outra chance de derrotá-lo de novo, não é?

– Veremos se será assim. – Drury desviou o olhar para o jovem homem louro, que continuava a olhar para ele com fascinação. – Ninguém lhe disse que é falta de educação encarar assim, sr. Gerrard?

– Desculpe, s…senhor – gaguejou ele, ruborizando. – Mas o senhor é sir Douglas Drury!

– Nunca deixo de me espantar com o número de pessoas que presumem que não sei quem sou. Talvez eu deva usar um cartaz

— observou Drury enquanto começava a desabotoar o casaco, uma ação que conseguia realizar, embora com dificuldade, graças aos grandes botões.

— O sargento Thompson diz que você é o melhor espadachim a quem já ensinou — declarou Gerrard.

— Elogios assim me fazem ruborizar — replicou Drury, antes de olhar para Thompson. — O melhor a quem já ensinou, é?

O ex-soldado estendeu o amplo peito.

— Você é. Não tão bom quanto eu, mas bom... para um cavalheiro.

— Se não o conhecesse bem, Thompson, diria que está brincando.

— Não é brincadeira, sir Douglas. Você é bom, mas Gerrard poderia ser um excelente oponente para você.

— Oh, não, não poderia! — protestou o filho do comerciante, embora um brilho de excitação lhe acendesse os olhos azuis. — Nem mesmo sugira isso, sargento.

— Tarde demais — disse Drury. — Estou disposto, se você estiver.

Gerrard mudou de posição, inquieto, e dirigiu o olhar para as mãos de Drury. Estava tão atento aos dedos tortos que não viu a expressão de Drury antes de ele dizer:

— Não tenha medo de ser acusado de tirar vantagem de um aleijado, sr. Gerrard. Minhas mãos podem não ser bonitas, mas são plenamente funcionais.

Como a srta. Bergerine podia testemunhar.

Drury endureceu o queixo, irritado por não conseguir tirar Juliette Bergerine da mente nem mesmo ali. Ou em seu clube, ou em seus aposentos.

— Vá em frente, Gerrard — apoiou o conde. Removera a máscara e o casaco acolchoado, que claramente também funcionava como um espartilho para seu estômago protuberante, agora evidente. Tinha a aparência de um homem que, em poucos anos, seria gordo e provavelmente já bebia demais. – Veja se consegue derrotá-lo. Eu lhe pagarei bebidas no White's se conseguir.

– Eu lhe pagarei bebidas no Boodle's se eu perder – propôs Drury.

– Se vamos apostar – disse Gerrard –, prefiro alguma coisa melhor.

– O quê? – perguntou Drury, esperando que ele dissesse um valor em dinheiro.

– Uma apresentação à sua prima.

Drury ficou absolutamente imóvel. Aqueles que o observavam nem mesmo tinham certeza se estava respirando enquanto observava Gerrard com aquele olhar gelado.

– Não sabia que já era de conhecimento geral que minha prima está em Londres – disse ele, num tom que fez os mais jovens pensarem que estavam ouvindo a própria voz do juízo final.

– Deveria ser um segredo? – perguntou Gerrard, com uma inocência que, ou era real, ou muito bem fingida.

Se conseguisse levar o homem para o banco das testemunhas, pensou Drury, saberia com certeza.

– Minha irmã soube pela modista – explicou Gerrard.

Maldita madame de Malanche. Suspeitara que ela não conseguiria deixar de espalhar a notícia, mas esperava que levasse mais algum tempo antes que a mentira se tornasse de conhecimento geral.

Apesar de seu aborrecimento, Drury manteve o rosto inexpressivo enquanto tirava o casaco e o jogava sobre uma grade de floretes próxima.

– Não é segredo – disse ele, enrolando os punhos da camisa da melhor maneira que podia com os dedos endurecidos. – Algumas vezes esqueço com que rapidez os boatos se espalham na cidade.

– Então é uma aposta? – desafiou Gerrard.

Drury desamarrou a gravata e jogou-a sobre o casaco.

– Muito bem. E se você perder?

– O que você quiser.

Jovem bastardo arrogante.

– Muito bem. Posso lhe pedir um favor algum dia. Nada ilegal ou perigoso, mas nunca se sabe quando será necessária a ajuda de um homem de habilidade e inteligência, capaz de se defender. Então, temos uma aposta, sr. Gerrard?

Um brilho de determinação iluminou os olhos do homem mais jovem.

– Certamente. – Ele puxou a máscara para o rosto e saudou com o florete. – *En garde* assim que estiver pronto, sir Douglas.

– Estou pronto agora – disse Drury, virando-se nos saltos da bota e pegando um dos floretes da grade com surpreendente rapidez.

O rapaz tropeçou para trás enquanto Drury, sem casaco acolchoado e máscara, fez a saudação com o florete de ponta rombuda. Ele e Thompson haviam trabalhado por horas para encontrar uma forma de ele segurar um florete depois que voltara para casa e, embora parecesse estranha, pegava com firmeza e não precisava ter medo de deixar o florete cair.

Gerrard se recuperou rapidamente e tomou posição. O filho do comerciante provavelmente nunca havia duelado ou lutado por nada mais importante que uma aposta de bebida ou o direito de se exibir. Drury se perguntou se ele saberia que estava enfrentando um homem que matara sem pena nem remorso. Que havia enterrado sua lâmina em carne e sangue, e ficara feliz por isso.

É claro que isso havia acontecido sob circunstâncias muito diferentes. Isto não era a guerra, mas um jogo, uma luta de galos e nada mais... o que não significava que Drury pretendesse perder.

Esperou por uma abertura, deixando Gerrard fazer o primeiro movimento. O jovem abriu com um avanço rápido, obrigando Drury a recuar enquanto a lâmina de Gerrard brilhava, manejada com rapidez e habilidade. Drury respondeu com um *attaque au fer*, desviando o florete do oponente com uma série de batidas, deslizando com seu florete, ou a ação de escorregar do *froissement*, fazendo a lâmina de Gerrard abaixar.

Então, enquanto Gerrard ainda estava no ataque, Drury avançou com uma *riposte*. Agora na ofensiva, forçou o oponente a recuar, mantendo um ataque composto com uma série de batidas, defesas, um *croisé* e um corte.

Depois dos movimentos, os dois homens estavam respirando com força e pararam, por consentimento mútuo, para recuperar o fôlego e, pelo menos no caso de Drury, para reavaliar o oponente.

O filho do comerciante era bom... muito bom. Na verdade, um dos melhores espadachins que já encontrara. Isso não mudava o fato de que Gerrard perderia. Drury jamais admitiria a derrota, nem mesmo num jogo, nem mesmo depois que aquele canalha sujo na França quebrara seus dedos, um por um.

Lançou outro ataque. Gerrard se defendeu, depois avançou com uma enérgica e direta *riposte*. Não fazia floreios de brincadeira ou trabalho de pés, nenhum gesto tinha a intenção de impressionar os observadores excitados; o camarada lutava para vencer.

Que refrescante, pensou Drury, divertindo-se com a competição. Era como lutar com uma versão mais jovem de si mesmo antes da guerra. Antes da França. Quando uma multidão de mulheres procurava sua cama e muitas eram bem recebidas. Quando, bem no fundo, ousara esperar que encontraria uma mulher para amar com toda a devoção apaixonada de que era capaz. Antes de compreender que o melhor que jamais conseguiria seria afeição e um pouco de paz. De Fanny, talvez, se ela o tivesse querido. Se não amasse outro homem.

Ele atacou de novo, rápido e forte, e Gerrard não foi atingido por ter bons reflexos e se desviar.

– Maldição, senhor, o senhor luta de verdade – exclamou Gerrard, seu tom chocado, lembrando a Drury que isto não era uma luta mortal, nem mesmo um duelo, e que esse jovem jamais fizera coisa alguma para feri-lo. – Felizmente, eu também – disse o jovem depois de inspirar profundamente, atacando com força, tentando atingir Drury enquanto passava por ele.

O *flèche* não foi bem-sucedido porque Drury foi tão rápido quanto ele e evitou o corte. Mas agora a luta era a sério, nenhum dos dois cedia, cada um usando toda a habilidade e sutileza e experiência que tinha, até que ambos estavam tão sem fôlego e suados que podiam apenas ficar em pé e respirar com dificuldade.

– É um empate, por Deus. Uma luta com habilidades tão iguais como nunca vi – declarou Thompson, colocando-se entre os dois. – Senhores, concordam?

Drury esperou Gerrard acenar e saudar com o florete. Então ele também ergueu o florete em saudação.

— Um empate, então.

Preferia ter vencido, mas, pelo menos, não seria obrigado a apresentar este jovem patife a Juliette Bergerine.

— E a aposta? – perguntou Buckthorne. – Quem venceu a aposta?

— Ninguém, mas terei muito prazer em pagar bebidas para o sr. Gerrard no Boodle's – replicou Drury, ainda ofegante.

— Será um prazer, é claro – disse Gerrard, também respirando com dificuldade enquanto removia a máscara e a punha debaixo do braço. – Também será uma alegria conversar com o senhor sobre alguns de seus julgamentos, se puder. Pretendo me tornar advogado, compreende. – Fez uma pausa, então continuou com um misto de deferência e determinação. – Entretanto, ainda gostaria de conhecer sua prima, se permitir.

Os olhos de Drury semicerraram. Por que Gerrard estava tão ansioso para conhecer Juliette? O que madame de Malanche dissera sobre ela? Que era bonita, o que era? Que era francesa, o que era? Ou havia mais alguma coisa? O que mais poderia ser, se a fonte fora madame de Malanche?

Pareceria estranho se recusasse? Tornaria Juliette mais interessante para este jovem patife e outros almofadinhas da sociedade se a mantivesse escondida?

No entanto, quem saberia o que Juliette poderia fazer ou dizer a um sujeito como este? E se ficasse com raiva? E se não ficasse?

— Se não quiser... – começou o jovem, as sobrancelhas contraídas.

Aquela expressão de suspeita foi o bastante para fazer Drury mudar de opinião. Melhor deixá-lo conhecer Juliette do que fazer dela um mistério.

— Muito bem, sr. Gerrard. Sabe que estamos hospedados com lorde Bromwell no momento.

Deu-lhe o endereço de Buggy.

— Apresente-se amanhã de manhã às 9h e eu o apresentarei à minha prima. — Então os lábios de sir Douglas Drury se curvaram de uma forma que fazia os mais empedernidos criminosos tremerem. — E me permita sugerir que, se fala sério sobre seguir uma carreira legal, evite fazer apostas com advogados.

No fim da tarde, Juliette estava debruçada sobre o guardanapo no qual fazia bainha na elegante sala de estar. Logo a luz diminuiria, e queria terminar antes disso.

Toda a sua vida se perguntara como seria ser uma dama... ter tudo o que precisava, nunca precisar trabalhar ou erguer as mãos, ter belas roupas e criados para atender a todas as suas necessidades.

Bem, pensou ela com um sorriso triste, descobrira que, embora certamente fosse ótimo ser bem alimentada e ter belas roupas, o resto era terrivelmente enfadonho.

Agora podia compreender por que as jovens damas que iam à loja pareciam tão excitadas pela perspectiva de comprar um novo chapéu, ou um vestido da última moda em Paris ou ouvir os últimos mexericos. Se não tivessem nada a fazer com seu tempo, as roupas podiam se tornar vitalmente importantes e os mexericos tão necessários como o alimento.

Depois de passar horas sozinha durante a maior parte de dois dias, finalmente procurara a governanta e perguntara se não havia alguma costura que pudesse fazer. Ela se sentiria menos devedora de lorde Bromwell por sua gentileza e era boa na costura, explicara, o que era verdade.

— Os hóspedes de sua senhoria não trabalham! — exclamara a sra. Tunbarrow, olhando-a com horror, como se Juliette tivesse sugerido embalsamá-la.

Destemida e determinada, Juliette persistira, usando sua maneira mais persuasiva... a mesma maneira que usara quando fizera perguntas sobre Georges em Calais, barganhando por uma passagem de navio para a Inglaterra, regateando pelo pequeno quarto na casa de cômodos e persuadindo madame de Pomplona a lhe dar trabalho.

A sra. Tunbarrow finalmente concordara com relutância e dera à Juliette guardanapos para fazer bainhas, provavelmente achando que teria que refazer o trabalho se Juliette se mostrasse incompetente.

– Esperarei na sala de estar.

– *Merde!* – sussurrou Juliette, consternada, porque não era lorde Bromwell de volta de um de seus numerosos encontros para arranjar sua próxima expedição. Sir Douglas Drury voltara.

Capítulo Sete

⊱⋅ ──────── ⋅⊰

Nem mesmo a vi até que fosse tarde demais. Não tinha ideia de que pudesse ser tão silenciosa.

– Do diário de sir Douglas Drury

JULIETTE NÃO queria ver sir Douglas e, principalmente, não queria ficar sozinha com ele na sala de estar. Não ficara sozinha com ele desde que os amigos tinham vindo para o jantar. Não tinha nem mesmo falado com ele, a menos que não pudesse evitar.

Por um instante, pensou em fugir, mas seu colo estava coberto pelos tecidos que costurava e teria que passar por ele para sair da sala. Tudo o que podia fazer era se encolher na grande poltrona *bergère*, grata por ela estar virada para a lareira e não para a porta, e rezar para que ele não entrasse. Ou, se entrasse, talvez não a visse até Millstone vir chamá-los para o jantar, quando fosse a hora. A refeição esperaria até a volta de lorde Bromwell de suas muitas reuniões. Aparentemente, planejar uma expedição científica exigia muito trabalho, mesmo que quem a planejasse fosse rico.

Então a porta se abriu e ela ouviu os passos familiares de sir Douglas no assoalho antes de ele pisar no tapete.

Ele parou. Teria sido vista? Teria compreendido que não estava sozinho? O que estaria pensando, se isso fosse verdade? Quem podia alguma vez dizer o que ele pensava? Sentia-se nervosa demais para costurar, assim ficou ali sentada imóvel como uma estátua, com o guardanapo no colo, a cesta de costura sobre a mesa ao lado dela.

Sir Douglas ainda continuava calado e não o ouvira se aproximar. Talvez tivesse percebido que ela estava lá e saíra da sala. Isso seria rude, mas não surpreendente, e podia apenas se sentir grata se ele pretendesse ignorá-la durante todo o tempo que passasse na casa de lorde Bromwell como uma hóspede. Sir Douglas vinha ignorando-a muito bem ultimamente... o que era exatamente o que queria depois de seu beijo insolente, apaixonado.

Ficou com uma coceira no meio das costas. Uma coceira terrível, irritante. Precisava se mexer, se contorcer.

Estaria ele ali ou não? Não podia esperar, tinha que se coçar. Mesmo assim, mexeu-se devagar e cautelosamente, até os dedos atingirem o ponto da coceira. O que era aquele pequeno barulho? Não fora causado por suas roupas quando se coçara. Curiosa, mas cautelosa, olhou pelo lado da cadeira.

Sir Douglas estava de pé junto à mesa de mogno no centro da sala, distraidamente folheando um livro ilustrado sobre insetos que lorde Bromwell deixara lá.

Não era uma coisa fácil e simples para ele. Às refeições, era evidente que seus dedos não tinham flexibilidade e pareciam mais endurecidos hoje. Mesmo assim, estava sorrindo como nunca o vira sorrir antes. Não havia desafio no sorriso, nenhum sarcasmo, nenhum senso de superioridade, nenhuma insinuação de sedução. Parecia relaxado e divertido, muito diferente do severo, arrogante e ingrato advogado.

Diferente também do homem que a beijara tão apaixonadamente.

Seria assim que ele era antes da guerra, que mudara tantas pessoas?

Ele ergueu os olhos, a viu observando-o e seu sorriso desapareceu.

– Boa noite, srta. Bergerine. Não percebi que estava aqui. Devia ter dito alguma coisa.

– Não quis perturbá-lo – respondeu, tentando não trair seus sentimentos, quaisquer que fossem. – Você parecia tão interessado no livro de lorde Bromwell.

Ele o fechou abruptamente, como um menino apanhado com doces ilícitos no bolso.

Tornando-se ousada à imagem, ela disse:

– Não tive a intenção de perturbá-lo. Também gosta de insetos?

– Não como Buggy.

Ele olhou para a cadeira em frente à Juliette, então pegou o livro e encaminhou-se para ela.

O volume começou a escorregar de seus dedos. Quando apertou a mão no livro, encolheu-se como se sentisse dor e o livro caiu, atingindo o tapete com um som surdo. Esquecendo-se do guardanapo, ela correu para pegá-lo e entregá-lo a ele, apenas para se encontrar olhando para um par de olhos escuros e irritados.

— Obrigado — resmungou ele, e ela se perguntou se odiava ser lembrado das limitações de suas mãos ou se apenas não gostava dela. Não se importava com o que ele pensasse. Estava ali porque ele tinha inimigos que também estavam atrás dela, não porque quisesse.

Pegando o guardanapo, ela se sentou de novo na poltrona e recomeçou a costurar, desta vez com mãos firmes.

— Tem alguma notícia sobre os homens que nos atacaram?

— Não — respondeu ele enquanto se sentava em frente a ela e abria o livro. — O que está fazendo?

Ela o olhou, surpreendida, já que era evidente.

— Fazendo bainhas em guardanapos.

— Certamente Buggy não lhe pediu para fazer isto.

— *Non* — respondeu ela, a atenção voltada para o trabalho, muito embora estivesse consciente de que ele a observava em vez de olhar para o livro. — Não estou acostumada a não ter nada o que fazer e descobri que não gosto de ficar à toa. Assim, pedi à governanta algumas peças para costurar. De uma forma bem pequena, isso me dá a oportunidade de retribuir a lorde Bromwell por me deixar ficar aqui... embora não seja minha culpa que eu precise.

— Peço desculpas pela inconveniência — respondeu sir Douglas, o aborrecimento evidente em sua voz profunda.

Se estava zangado, ela não se importava.

— Lorde Bromwell... por que você o chama de Buggy? Não acho que seja um apelido gentil.

— Porque ele sempre foi fascinado por aranhas. Quando estávamos na escola, ele costumava mantê-las em jarros fechados de vidro na mesa de cabeceira.

Ela estremeceu. Detestava aquelas criaturas de oito pernas.
– Que desagradável.
– Era mesmo.
Ele nada mais disse, nem ela, mas continuou a costurar em silêncio até terminar os últimos pontos do último guardanapo. Quando estendeu a mão para pegar a tesoura e cortar a linha, ele fechou o livro com uma pancada.

– O que está fazendo em Londres, srta. Bergerine? – perguntou, numa voz tão alta e inesperada como a maneira como fechara o livro.

– Por que não deveria estar em Londres? É proibido uma mulher vir para cá se é francesa?

– É malditamente incomum.

Ele parecia muito irritado, mas ela continuaria calma. E por que não lhe contar? Não tinha vergonha de seu motivo.

– Vim procurar meu irmão, Georges.

Houve um longo momento de silêncio antes de sir Douglas responder, e seu olhar intenso se tornou menos aborrecido.

– Suponho que não teve sucesso.

– Infelizmente, não.

Outra longa pausa se seguiu, durante a qual ela se recusou a desviar o olhar de seu rosto inescrutável. Finalmente ele falou de novo, lentamente, como se estivesse pensando em cada palavra.

– Tenho alguns recursos, srta. Bergerine, os mesmos que estou usando para tentar encontrar os homens que nos atacaram. Vou pedir a eles que incluam a busca por seu irmão em seus esforços, como mais uma expressão da minha gratidão por você ter salvado minha vida.

Ela conseguiu apenas olhar para ele, sem acreditar que pudesse ser tão generoso.

– Você faria isso por mim?

Ele inclinou a cabeça.

Apesar de suas reservas em aceitar presentes de um homem como ele, foi inundada por uma sensação de alívio. Havia tanto tempo que estava sozinha em sua busca. E então a esperança se renovou, brilhante e vibrante, como uma tocha que subitamente penetrava a escuridão.

Dominada por seus sentimentos, ela se jogou de joelhos diante dele, tomou-lhe a mão e a beijou.

– *Merci! Merci beaucoup!*

Ele arrancou a mão das dela como se seus lábios fossem veneno e se levantou.

– Não há necessidade de uma demonstração tão dramática.

Foi como um tapa no rosto dela. Desconcertada, mas decidida a não mostrar como ele a havia magoado, ela se levantou com toda a dignidade possível.

– Lamento que minha gratidão o ofenda, mas não pode saber o que isto significa para mim.

Sir Douglas andou até a lareira, então se voltou, as mãos cruzadas às costas, a expressão ilegível.

– Sem dúvida, não sei. Agora, por favor, descreva seu irmão para que possa transmitir a meus associados.

Então era uma transação de negócios. Muito bem.

– Ele não se parece muito comigo – começou ela. – É muito alto, mais de 1,80 metro, com cabelo castanho liso. Os olhos são azuis e é magro.

– Tem alguma ideia de em que parte de Londres eles devem começar a procurar?

– Não. A última notícia que recebi dele foi de Calais. Escreveu que estava vindo para Londres, mas não mencionou nenhum lugar em particular, ou se iria se encontrar com alguém.

– Não escreveu para você daqui?

– Não. – Ela desviou o olhar, porque o que precisava contar a sir Douglas a seguir era constrangedor e seria mais fácil sem aqueles olhos penetrantes observando-a. – Sua última carta foi enviada por um pároco de Calais para padre Simon, na nossa aldeia. – Ela parou um momento para reunir forças. – Esse pároco escreveu para padre Simon dizendo que Georges fora assassinado, encontrado morto a facadas num beco. Uma carta dirigida a mim estava em seu bolso.

Ela olhou para sir Douglas, cuja expressão não havia mudado.

– Provavelmente está imaginando por que não acredito que meu irmão esteja morto. Uma parte de mim pensa que devo acreditar, que tenho de aceitar que Georges está morto, como papai e Marcel. Mas não vi o corpo de Georges e o padre que escreveu a carta não o descreveu. Ele simplesmente aceitou que a carta encontrada num dos bolsos do homem morto pertencia a ele, portanto o homem tinha que ser Georges. Mas e se ele se enganou? Talvez Georges tenha sido roubado e o ladrão levou o dinheiro e a carta, e foi o ladrão que morreu. Assim, fui a Calais. O padre que escrevera a carta tinha morrido de uma doença antes que eu chegasse e ninguém se lembrava muito do homem no beco, apenas que fora roubado e esfaqueado.

– Então você veio para Londres esperando que seu irmão estivesse vivo em algum lugar da cidade com base na última carta que lhe escreveu?

– *Oui*. Uma tolice, talvez – disse ela, verbalizando as dúvidas que, de vez em quando, a assaltavam –, mas preciso procurar e ter esperança. – *Ou então estarei completamente sozinha*.

– Sua busca pode se provar inútil – replicou sir Douglas, a voz baixa e inesperadamente gentil –, mas, no entanto, não posso censurá-la. Ninguém deve ser completamente só no mundo.

– Ninguém – concordou ela num sussurro, olhando o homem diante de si que, mesmo com todos os seus amigos, sempre parecia, de algum modo, solitário.

– Sir Douglas, srta. Bergerine – entoou Millstone da entrada da sala de estar, interrompendo a compreensão que haviam conseguido –, o jantar está servido.

Bem depois da meia-noite, Drury estava em pé diante da alta janela de seu quarto e ergueu as mãos para examiná-las à luz da lua. Embora geralmente evitasse olhá-las, conhecia cada dobra torta, cada pedaço mal emendado.

Lembrou-se de cada dedo sendo quebrado, da dor, da agonia, sabendo que nada seria feito para consertá-los, para emendar os ossos. Que, quando seu torturador acabasse com ele, seria assassinado, seu corpo jogado fora como lixo.

Lembrou-se das chamas bruxuleantes que jogavam luzes e sombras sobre os rostos dos homens que o cercavam. Os que o seguravam. O que lhe quebrava os dedos.

Ouviu suas vozes. O sotaque gascão de um, o sussurro do parisiense, o marinheiro de Marselha. O que usara a marreta, tão calmo. Tão deliberado. Tão cruel.

Com uma respiração trêmula, Drury abaixou as mãos, abrindo-as no parapeito da janela. Antes, fora orgulhoso de suas mãos. Da fina extensão de seus dedos. Da força deles.

Lembrou-se da excitação de passá-los, oh, tão suavemente, sobre a pele nua de uma mulher, e dos suspiros dela enquanto a acariciava.

Desde que voltara, tivera amantes. Mais de uma. Afinal, ainda era Drury, com seus olhos escuros e voz profunda e sedutora. Ainda era famoso por suas habilidades legais, e por outras habilidades também. Mas nunca, desde que voltara à Inglaterra, uma mulher lhe tocara deliberadamente as mãos. Certamente, nenhuma as beijara.

Até hoje.

Estava bem consciente de que Juliette Bergerine as beijara num ímpeto de gratidão. Sem dúvida, se tivesse tido tempo para pensar, não o teria feito.

Mas as beijara.

Ela as beijara.

Acreditava que era ingrato, e ele fora naquele primeiro dia. Achava-o arrogante também. Não tinha ideia de como aquele beijo o tornara humilde, da gratidão que sentira quando os lábios dela tocaram a pele nua de suas mãos.

Jamais saberia.

No entanto, ele a recompensaria por aquele beijo que valia mais que ouro para ele. Se o irmão dela estivesse vivo, faria tudo o que pudesse para encontrá-lo. Começando à primeira luz do dia.

JULIETTE QUERIA se mover, mas não conseguia. Estava escuro, como se estivesse numa caverna, e estava amarrada como uma múmia, os braços presos junto ao corpo. Virando a cabeça de um lado para o outro, percebeu que fora capturada em alguma coisa... uma teia de aranha, pegajosa e flexível. Tudo ao redor dela estava escuro.

– Você não pode tê-lo. – Uma voz de mulher. Nada bondosa e gentil. Áspera, triunfante, desdenhosa. – Ele é meu. Preciso dizer apenas uma palavra, e ele será meu para sempre.

A voz de lady Fanny. Distorcida. Feia. Má.

– Pensou que algum dia ele poderia realmente se importar com você, sua prostituta francesa? Pensa que não sei como o deseja secretamente, um homem tão acima de você pela posição social, pela educação e pela riqueza? Acha que algum dia pode tomar meu lugar no coração dele?

– *Non!* – protestou Juliette, lutando para se libertar. Determinada a se libertar. – Ele não a ama. Ele me disse.

A risada alta surgiu da escuridão impenetrável.

– E você acreditou nele? Acredita em tudo que diz? Oh, minha cara, ele mente. Mente o tempo todo, para você, para si mesmo, para todo mundo.

– Ele não a ama!

– Ele não ama você também. Nunca amará. Ele a usará e a deixará de lado. Ele faz a mesma coisa com todas as suas mulheres. Por que seria diferente com você?

Juliette se virou e se mexeu, lutando ainda mais para se libertar.

– Então ele a abandonará também.

– Eu não permitiria. Eu o mataria antes de deixá-lo partir.

De repente, uma luz surgiu na escuridão e Juliette viu que não estava sozinha. A cabeça caída como se estivesse inconsciente, sir Douglas estava pendurado na parede da caverna, molhada com a umidade. Estava preso em outra teia, os filamentos se espalhando como as asas de um anjo enquanto aquela risada feminina terrível e cruel lhe enchia os ouvidos...

Juliette acordou, ofegante e suando. Fora um pesadelo. Outro pesadelo. Não aquele com Gaston LaRoche no celeiro desta vez, mas uma demoníaca lady Fanny que queria sir Douglas para si mesma. Que preferia matá-lo, se não pudesse tê-lo.

– Eu a acordei, senhorita? Não tive a intenção – disse Polly enquanto cruzava o quarto para abrir as cortinas.

Tentando se sentar, Juliette descobriu que os lençóis e a colcha estavam enrolados apertadamente em seu corpo, exatamente como a teia de aranha no sonho.

– Acendi o fogo para tirar o frio da manhã e há água quente para se lavar – disse Polly, indicando o jarro e a bacia sobre o lavatório. – Está uma manhã adorável, senhorita.

Pela janela que Polly abrira entrava uma brisa e o leve cheiro de terra úmida e folhas. Juliette ficou deitada, imóvel, e fechou os olhos, desejando estar no campo. Há quanto tempo não caminhava por campos abertos, com vacas pastando, erguendo a cabeça de vez em quando para olhar para ela com seus olhos grandes e gentis? O que não daria por uma caminhada a céu aberto, longe de Londres e de sir Douglas Drury e da mulher que tentava ferir os dois...

Mulher? Eles haviam sido atacados por homens.

Homens podiam ser pagos.

Pagos por uma mulher que estava com raiva de um ex-amante? Que podia ser ciumenta e invejosa? Que podia sentir tanto ódio que queria matar o amante que a deixara e a rival do amor dele?

Juliette não vira e ouvira o bastante sobre mulheres para saber que seu ciúme podia ser tão forte e intenso como o de qualquer homem? E que eram capazes de grande crueldade e maldade?

Ela imediatamente se levantou.

– Sir Douglas está tomando o café da manhã?

— Não, senhorita. Ele saiu assim que amanheceu. Mas lorde Bromwell ainda está na sala de jantar.

Desapontada por sir Douglas não estar em casa, Juliette decidiu que podia falar sobre sua ideia com lorde Bromwell; assim, se lavou e se submeteu à ajuda de Polly para vestir um dos novos vestidos. Era um bonito vestido azul.

— Sabe quando sir Douglas vai voltar? — perguntou, enquanto Polly abotoava o vestido nas costas.

— Não, senhorita. Depende do tempo que passa no tribunal, suponho. — A criada suspirou e balançou a cabeça enquanto as mãos trabalhavam com habilidade rápida e ágil. — Não gostaria de ser interrogada por sir Douglas Drury num tribunal... ou em qualquer outro lugar. Dizem que é um verdadeiro terror no tribunal, embora jamais erga a voz ou faça qualquer coisa teatral como alguns advogados. Ele apenas fica lá, de pé, completamente calmo, e faz as perguntas naquela voz dele até que, logo, eles se incriminam. Eles o chamam de Gato do Tribunal, sabe, porque, mesmo sem se mover, é como se estivesse se aproximando sorrateiramente das testemunhas. Quieto e, então, bang! Eles são apanhados.

Juliette não teve problemas em imaginar a cena.

— Ele ganha na maioria das vezes?

— Ele ganha *todas* as vezes. É o melhor que existe em Old Bailey.

Quando Polly terminou, Juliette a deixou arrumando o quarto e caminhou pelo corredor em direção à escada. Quando desceu, passou por um lacaio que parou e olhou para o chão. Embora pudesse se acostumar a ter uma criada vestindo-a e lhe penteando o cabelo, jamais se acostumaria com a forma como os criados se viravam e baixavam os olhos quando ela passava, como se não fossem dignos de ser vistos.

Ela chegou à sala de jantar e encontrou lorde Bromwell sentado à longa mesa, vestido com roupas simples, lendo um livro e com um prato de ovos meio comidos congelando em frente a ele. Dois lacaios estavam de pé a cada ponta do longo aparador, onde havia uma grande quantidade de travessas cobertas.

Lorde Bromwell ergueu os olhos, sorriu e se levantou.

– Bom dia, srta. Bergerine! – Franziu a testa. – Parece cansada.

– Tive um pesadelo.

– Que desagradável! Venha, tome um chá. É a coisa certa para lhe dar um pouco de vitalidade. Mas eu evitaria os rins.

Não havia necessidade de lhe dizer isso, pensou Juliette, o estômago revirando ao pensamento daquele revoltante prato inglês.

– Apenas torradas, por favor – disse ela, dirigindo-se ao aparador.

– Sente-se e eu pego para você – ofereceu o nobre, com sua gentileza habitual.

Quando ele colocou o prato de torradas diante dela, Millstone surgiu na entrada da sala apainelada, uma salva de prata na mão e alguma coisa semelhante a aborrecimento nos olhos.

– Peço perdão, milorde. Há um cavalheiro aqui que se recusa a ir embora, ainda que eu tenha lhe dito que milorde está tomando o café da manhã e pretende partir em uma hora.

Juliette não soubera de viagem nenhuma.

– Vai viajar?

– Tenho que ir a Newcastle por alguns dias. Lorde Dentonbarry talvez contribua para minha expedição, se deixar claro para ele por que deve fazê-la.

A própria Juliette não podia deixar de se perguntar sobre a utilidade da expedição. Afinal, que bem as aranhas faziam a qualquer um?

Lorde Bromwell sorriu, parecendo muito jovem apesar das rugas em torno dos olhos, que não eram nem completamente azuis nem cinzentos, e do traje matinal que acentuava seus ombros largos.

— Parece estranho para você, tenho certeza – disse ele. – Mas todo conhecimento é útil de alguma forma. Considere a teia da aranha, srta. Bergerine. Dada a sua espessura e seu peso, as fibras são incrivelmente fortes e, no entanto, muito flexíveis. Se pudermos descobrir por que são assim, isso seria um conhecimento muito útil, não concorda?

Ela nunca pensara numa teia de aranha como útil. Sempre lhe pareceram um aborrecimento, fechando passagens ou se acumulando em cantos. Ou coisas que a amedrontavam em sonhos.

Millstone limpou a garganta.

— O visitante, milorde?

— Oh, sim. – Lorde Bromwell estudou o cartão. – Sr. Allan Gerrard. Não conheço o homem. – Ergueu os olhos para Millstone. – O que ele quer?

— Não quis dizer, embora, aparentemente, esperava que sir Douglas Drury estivesse aqui.

Lorde Bromwell se alegrou.

— Oh, provavelmente veio ver Drury – disse ele, como se isso tornasse tudo bem. – Não lhe disse que Drury foi para seus aposentos?

Millstone limpou a garganta com a delicadeza de uma velha tia solteira.

— Disse, milorde. Ele perguntou quando sir Douglas voltaria e, como não tenho ideia, respondi que não sabia. Então ele perguntou se milorde e a srta. Bergerine estavam em casa.

Era evidente que Millstone não aprovava o jovem, nem gostava de interromper lorde Bromwell em seu café da manhã. Lorde Bromwell não pareceu preocupado, mas confuso pelo pedido do homem.

— A srta. Bergerine? — repetiu.

— Sim, milorde — falou o mordomo. — Disse a ele que perguntaria se milorde está em casa.

Uma ideia estranha, esperançosa, surgiu na cabeça de Juliette. Talvez sir Douglas tivesse pedido a este homem que viesse ali porque podia ajudar a encontrar Georges.

Levantou-se rapidamente.

— Terei prazer em conhecer esse sr. Gerrard.

Lorde Bromwell balançou os ombros, bem-humorado.

— Muito bem, srta. Bergerine. Para onde levou o sr. Gerrard, Millstone?

— Para o estúdio, milorde.

— Excelente. Venha, srta. Bergerine. Oh, e Millstone, ainda pretendo viajar em uma hora.

JULIETTE NUNCA entrara no estúdio de lorde Bromwell na mansão. Ao contrário das outras, porém, não era uma sala agradável. Era escura demais e masculina demais, a sala típica de um cavalheiro inglês, e cheirava fortemente a tabaco.

Um jovem que estava sentado numa pesada poltrona de couro se levantou quando ela entrou com lorde Bromwell. Se este era o sr. Allan Gerrard, era um homem de boa aparência, louro e com um sorriso agradável.

— Sr. Gerrard, suponho? – perguntou lorde Bromwell.

— Sim, sou – respondeu. – Espero que perdoe a minha intrusão. Sir Douglas concordou em se encontrar aqui comigo... pelo menos, foi o que pensei.

O sr. Gerrard lançou um olhar tímido para Juliette.

— Ele ontem se ofereceu para me apresentar à prima dele. Suponho que não devia ter ficado, quando seu mordomo disse que ele não estava aqui, mas eu, hã... – Balançou os ombros e sorriu para os dois. – Estava muito ansioso por conhecê-la, srta. Bergerine... e o senhor também, milorde.

— Posso perguntar por quê? – perguntou lorde Bromwell, não tão amável como antes.

Um brilho teimoso surgiu nos olhos do sr. Gerrard, o mesmo brilho que Juliette vira nos olhos de uma mulher quando lhe diziam que um tipo de tecido ou uma cor não eram adequados para seu colorido, ou que o corte do vestido não lhe caía bem no corpo.

— Certamente não é de surpreender que eu queira conhecer o famoso autor de *The Spider's Web*, ou a bela prima de sir Douglas Drury. A modista da minha irmã lhe fez muitos elogios, srta. Bergerine.

Sem dúvida, madame de Malanche elogiava muito qualquer pessoa que fizesse muitas compras com ela. Mesmo assim, Juliette sorriu.

— Estou lisonjeada.

Aparentemente encorajado, o sr. Gerrard explicou, ansioso.

— Sir Douglas e eu decidimos ter uma disputa de esgrima e apostamos no resultado. Propus uma apresentação a você, se vencesse.

— Está aqui por causa de uma *aposta*? – perguntou lorde Bromwell, incrédulo.

O sr. Gerrard ficou ruborizado e olhou de um para o outro.

– Sim, bem, a esgrima fica mais interessante se há uma aposta.

– *Drury* fez uma aposta dessas? – repetiu lorde Bromwell, como se tentasse se convencer de que isso era completamente impossível.

Pelo que Juliette ouvira dos homens daquela classe, eles todos jogavam. Com frequência.

– Ele não faz apostas?

– Não recentemente, ou assim pensei. Agora, se isso é tudo, senhor, acho que está na hora de nos deixar – disse lorde Bromwell, com uma brusquidão que era completa e chocantemente diferente de sua maneira habitual.

Constrangida por si mesma e pelo ruborizado sr. Gerrard, Juliette não sabia o que fazer ou para onde olhar.

No entanto, o que quer que estivesse sentindo, o sr. Gerrard lhe fez uma polida mesura.

– Estou encantado em conhecê-la, srta. Bergerine. Espero que não fique contra mim por causa das circunstâncias de nosso primeiro encontro e que nos encontremos de novo.

Então ele lhe tomou a mão e a beijou.

Ninguém nunca lhe beijara a mão antes. Descobriu que não gostava e rapidamente a retirou.

– Bom dia, srta. Bergerine. Lamento minha intrusão, lorde Bromwell. Gostei muito de seu livro, principalmente a parte sobre escorpiões. Não é agradável ser picado por um, é?

Com isso, ele bateu a mão na testa numa pequena e atrevida saudação e saiu da sala.

Quando ele se foi, as longas e finas mãos de lorde Bromwell se fecharam em punhos.

– Lamento, srta. Bergerine. Drury não devia ter usado uma apresentação a você como o prêmio de uma aposta. Foi de extremo mau gosto e ele, entre todos os homens, devia saber disso. – Seu anfitrião se dirigiu para a porta antes que ela lhe perguntasse o que queria dizer. – Se me der licença, é melhor eu sair. Bom dia, srta. Bergerine. Embora espere que os vilões que atacaram você e Drury sejam logo capturados, gostaria de vê-la quando voltar.

E então ele se foi, deixando-a imaginando por que ficara tão aborrecido sobre uma aposta. Os nobres não apostavam o tempo todo? Ouvira diversas histórias de apostas registradas no livro de apostas do White's que pareciam muito mais chocantes que a de um homem jovem ser ou não apresentado a uma mulher.

Então por que lorde Bromwell ficara tão zangado? Ou era esse mais um exemplo da diferença entre seu mundo e o deles?

Capítulo Oito

~~~~~~

Quase tive uma briga com Buggy. Terrivelmente desconfortável.
Mas não tão estranho como o que aconteceu depois.
— Do diário de sir Douglas Drury

M<small>UDANDO O</small> peso de um pé para o outro, como se estivesse com coceira, o sr. Edgar estava em pé na entrada do escritório interno, a pequena sala onde Drury guardava seus livros de direito e os memoriais dos procuradores.

— Algum problema? — perguntou Drury, uma sobrancelha erguida em interrogação.

— Lorde Bromwell está aqui para vê-lo, senhor. Ele está um... ele não me deixou pegar seu chapéu.

— Sem dúvida está com pressa para chegar o mais longe possível de Londres no primeiro dia de viagem — disse Drury enquanto se levantava da cadeira junto à escrivaninha e se dirigia para a sala de estar.

Buggy estava de pé perto da lareira, usando casaco, chapéu e botas. E parecia furioso, uma expressão raramente vista no rosto dele.

— Em que diabos estava pensando? Ou nem mesmo *pensou* em nada? – perguntou, todo o corpo tremendo de indignação.

Drury não ficaria mais assombrado se Buggy tivesse lhe batido.

— Como pode sequer *pensar* em fazer uma coisa dessas depois de quase ter arruinado a felicidade de Brix e Fanny por causa de uma aposta? – acusou. – Como pode envolver a srta. Bergerine numa aposta? Já não lhe causou problemas suficientes?

De repente, Drury compreendeu por que Buggy estava tão irritado e teve vontade de bater em si mesmo.

— Gerrard. Esqueci de Gerrard.

— Pode ser que sim, mas ele não se esqueceu de sua aposta. Chegou esta manhã determinado a ter a apresentação que queria.

Outra emoção dominou Drury, mas ele a manteve sob controle enquanto se servia de uma dose de conhaque.

— Presumo que a conseguiu.

— Ele conseguiu!

— E ficou encantado com a srta. Bergerine? Ela pode ser encantadora quando quer.

— Como ousa? – exclamou Buggy, indignado. – Como pode insultá-la depois do que *você* fez? Não foi culpa dela o fato de ele ter ido conhecê-la. – Buggy espetou-o com um dedo. – Foi sua! E, se foi encantadora, preferiria que sua suposta prima fosse rude? Talvez preferisse. Você é rude quando quer.

Amigo ou não, Drury não gostava de ser repreendido. Aguentara muito disso na infância.

— Esqueci da maldita aposta.

— Isto não é justificativa! Pensei que já havia aprendido o dano que essas coisas aparentemente tolas podem causar depois de ter revelado a aposta de Brix sobre nunca se casar com Fanny. Isso quase os separou para sempre.

— Não é a mesma coisa. Gerrard soube sobre a srta. Bergerine pela irmã, que ouviu da modista que contratei. Se eu agisse como se uma apresentação fosse impossível, o que acha que Gerrard pensaria, e qualquer outro janota no Thompson's? Ficariam ainda mais curiosos sobre ela. Tentei evitar que surgissem mais especulações concordando com a aposta.

— Você também perdeu por esse motivo?

— *Não* perdi. Foi um empate. — Drury estendeu as mãos. — Preciso lhe lembrar que não sou mais o homem que fui? Além disso, o sr. Gerrard é um excelente espadachim.

Buggy ficou ruborizado e finalmente tirou o chapéu, rodando a aba nas mãos.

— Esqueci sobre a aposta porque, na noite passada — continuou Drury —, antes de você voltar da Linnean Society, descobri que a srta. Bergerine veio para Londres procurar pelo irmão. Ela soube que ele havia sido assassinado em Calais, antes de embarcar para Londres, como planejara. Acredita que foi um engano terrível e, embora provavelmente seja inútil, veio para Londres na esperança de encontrá-lo. Como você sabe, tenho alguns associados que podem ser úteis nesses assuntos e, tendo decidido ajudar a srta. Bergerine em sua procura, como mais uma expressão da minha gratidão, estava ansioso por dar início à busca sem demora. Esqueci completamente de Gerrard e da aposta.

Buggy jogou o chapéu sobre uma mesa e se sentou pesadamente na cadeira mais próxima.

— Foi uma boa ação, Drury. Sei que esta espécie de busca não é barata. Desculpe por ter ficado tão irritado, mas fui apanhado completamente desprevenido pela visita de Gerrard. E então, pensar que você fez uma aposta dessas... Não quero passar por isso com você de novo. Já foi ruim o bastante com Brix.

– Lembro a você de que Brix estava realmente apaixonado por Fanny, apesar de suas negativas; portanto, aquela aposta teve consequências mais sérias. No entanto, não tenho sentimentos assim pela srta. Bergerine.

Quanto aos sentimentos de Juliette por ele... Preferia não pensar nisso. Serviu uma dose de conhaque ao amigo. Buggy pegou o copo que lhe foi estendido e tomou tudo de uma vez. Certa ocasião, dissera que conhaque parecia água ligeiramente temperada quando comparado com algumas das bebidas que tomara em suas viagens e, de vez em quando, provava que isso era verdade.

Drury teria preferido esquecer o assunto, sem mais comentários, mas havia uma pergunta que se sentiu obrigado a fazer.

– A srta. Bergerine ficou aborrecida?

Buggy desabotoou os botões de cima do casaco.

– Ela ficou um pouco surpresa, embora muito polida com o sr. Gerrard.

– Ela não ficou zangada? Posso facilmente imaginá-la tendo um ataque de raiva. Então só Deus sabe os boatos que correriam sobre ela no Almack's ou White's.

Perguntou-se se esses rumores sobre ela já estariam sendo espalhados.

– Na verdade, ela foi muito amistosa.

Drury lamentou não ter usado aquela pequena e traiçoeira manobra que Thompson lhe ensinara quando tivera a oportunidade. Então Gerrard não se intrometeria exigindo apresentações.

– Preciso ir – disse Buggy, se levantando. – Deixei minha carruagem esperando por tempo demais.

Drury acenou um adeus.

— Tenha uma viagem segura e espero que lorde Dentonbarry seja generoso.

Buggy inclinou a cabeça em resposta.

— Tente ser gentil com a srta. Bergerine, Cicero. Ela é uma jovem extremamente inteligente e corajosa – disse ele, chamando Drury pelo nome do grande orador da Roma Antiga.

— Reconheço os méritos da srta. Bergerine – replicou Drury, embora talvez não da mesma maneira que Buggy.

A menos que ela o tivesse beijado também.

— Então aja de acordo. Pode começar dizendo a ela que lamenta – sugeriu Buggy, saindo. Suas palavras incomodaram tanto Drury que não foi mais capaz de se concentrar no caso que defenderia em breve.

Porque Buggy tinha razão.

ALGUMAS HORAS depois, naquela tarde, Drury entrou na pequena estufa nos fundos da mansão de Buggy. As grandes janelas envidraçadas deixavam entrar bastante luz e muitas plantas, algumas delas levadas dos trópicos para a Inglaterra pelo jovem naturalista. Ali, cresciam com vigor mesmo no inverno.

Embora nunca tivesse perguntado, Drury frequentemente imaginava se Buggy também havia trazido espécies exóticas de aranhas com as plantas. Hoje, no entanto, vendo Juliette sentada numa pequena cadeira de ferro perto de uma enorme samambaia, ele se esqueceu das plantas de Buggy e de sua área de especialização.

Num vestido de macio tecido azul, o abundante e brilhante cabelo numa trança presa por uma fita azul e enrolada na cabeça, Juliette parecia uma ninfa ou uma dríade sentada muito quieta em meio à vegetação... Até que lhe ocorreu, pela maneira como apoiava a cabeça na mão, um cotovelo no braço da cadeira, que ela também parecia triste e solitária.

Como ele se sentira tantas vezes, antes e depois da guerra.

Pelo bem dela, esperava que estivesse certa e seu irmão ainda vivesse. Também esperava poder ajudá-la a encontrá-lo.

Não podia haver nada duradouro entre eles... seus mundos eram diferentes demais... mas ele sentia que encontrar o irmão dela era um feito tão bom como salvar um inocente da forca ou do desterro.

Embora não fizesse barulho, Juliette devia tê-lo ouvido. Ergueu a cabeça e fitou-o com aqueles brilhantes e interrogativos olhos castanhos.

Ele, que podia prever com tanta frequência o que um homem ou uma mulher diria no banco das testemunhas, que podia deduzir vários movimentos de mãos ou o brilho de um olhar, não fazia a menor ideia do que ela estava pensando. Era tão inescrutável como ele sempre tentava ser.

Decidiu não perder tempo; assim, foi diretamente ao assunto:

– Peço desculpas pela aposta, srta. Bergerine, e lamento ter lhe causado qualquer constrangimento. Garanto-lhe que isto não se repetirá.

– Lorde Bromwell ficou muito zangado com você – disse ela.

Por que mencionara Buggy? Drury ainda não conseguia decifrar nada da expressão ou do tom de voz de Juliette.

– Sim, eu sei. Ele foi me ver no meu alojamento antes de partir para Newcastle e deixou isso muito claro.

– Então agora você veio se desculpar.

Ele realmente não podia alegar que teria se desculpado de qualquer maneira.

— Vim. — *Derrotado por um, derrotado por mil.* — Também lamento não estar aqui para fazer a apresentação. Não tive a intenção de deixar o assunto nas mãos de Buggy. Fui ver um homem que vai a Calais para nós. Trabalhei com Sam Clark durante a guerra. Ele é da Cornualha e a família dele está envolvida com contrabandistas há décadas; assim, ele tem muitos amigos no porto de lá. Se alguém pode descobrir se era mesmo o seu irmão o homem assassinado naquele beco, ou se tomou um barco para a Inglaterra, Sam pode.

Ela se levantou e se aproximou e, enquanto o fazia, ele se perguntou por que nunca percebera como era graciosa.

— Nesse caso, tudo está perdoado — falou ela. — Além disso, *monsieur* Gerrard é um jovem muito agradável. Não me incomodei de ele ser apresentado a mim.

Allan Gerrard era um jovem atrevido e atirado e Drury não tinha a menor vontade de falar sobre ele.

Juliette ergueu uma folha no formato de uma pá, de uma planta que ele não pôde identificar, embora Buggy certamente pudesse. Buggy, que claramente gostava muito dela. Juliette passou um dedo ao longo da espinha da folha, então nas bordas.

— Os homens que nos atacaram... ainda não foram encontrados?

Drury tirou os olhos daqueles dedos adoráveis com dificuldade e cruzou as mãos às costas.

— Londres é uma cidade grande, com muitos lugares para homens se esconderem. Uma busca dessas leva tempo, mesmo para MacDougal e seus homens, e para os Runners também.

Ela passou por ele, a mão roçando outra planta.

— Então teremos que aceitar a hospitalidade de lorde Bromwell por mais algum tempo.

— Sim.

Ela se voltou para ele. Mulheres frequentemente ficavam intimidadas por ele, ou intrigadas; raramente o olhavam como se tivessem alguma coisa séria a discutir.

— Alguma vez pensou, sir Douglas, que os homens que nos atacaram podem ter sido contratados por uma mulher? Uma de suas ex-amantes, talvez?

Não, não pensara porque era ridículo.

— Duvido muito disso. Minhas amantes foram todas mulheres da classe nobre... mulheres casadas que já tinham dado um herdeiro aos maridos e que já haviam tido outros casos. Não arruinei lares felizes, ou impus um filho meu no lugar de um verdadeiro herdeiro de sangue, ou seduzi jovens inocentes. E todas as mulheres com quem partilhei uma cama compreenderam que nossos casos eram temporários, nada mais. Não posso imaginar que uma delas seria ciumenta ou tola o bastante para contratar rufiões para nos atacarem.

Juliette continuou a olhá-lo com aqueles sagazes e enervantes olhos castanhos.

— Você parece muito seguro.
— Estou.
— Talvez tenha razão, mas mulheres assim também são muito orgulhosas. E o orgulho de uma mulher pode ser ferido exatamente como o de um homem. Posso acreditar com facilidade que uma mulher assim pode ficar tão louca de ciúmes que queira feri-lo. Que fique com tanto ódio por você ter terminado a ligação com ela que não hesitaria em lhe causar dano, ou contratar um homem para fazer isso. E detestaria a mulher que ela acredita ter tomado o lugar dela na sua cama.

– Elas todas compreendem as maneiras do mundo – argumentou ele. – Damas não contratam assassinos e, certamente, não por causa do fim de um caso de amor.

Os olhos de Juliette se abriram com surpresa sincera.

– Acredita mesmo que, porque são ricas e nobres, não sejam capazes de ciúme, ou raiva, quando um caso termina? Que são criaturas mais refinadas, mais nobres que os homens? Se acredita, devia trabalhar para uma modista de Bond Street. Compreenderia logo que essas damas, com todo o seu nascimento nobre e suas maneiras refinadas, são capazes de grande despeito e maldade. Algumas se deliciam em provocar danos.

– Com palavras, o que é muito diferente de planejar assassinato. – E muito, muito diferente de dar o golpe fatal, como ele já fizera.

Forçou aquelas lembranças a voltarem ao passado a que pertenciam, e a focalizar-se apenas no presente e em Juliette, que estava balançando a cabeça como se ele fosse pateticamente estúpido.

– Uma mulher ciumenta, ou negligenciada, ou frustrada pode ser capaz de qualquer coisa, tentar reconquistar o homem amado ou puni-lo. Se pensa o contrário, é realmente ingênuo.

Ninguém jamais chamara sir Douglas Drury de ingênuo e, depois do que conhecera sobre a natureza humana em sua juventude e infância, durante a guerra e no tribunal, ele realmente sabia que não era ingênuo, sobre mulheres ou qualquer outra coisa.

– Nenhuma das *minhas* amantes faria uma coisa dessas.

– Então deve ser elogiado por escolher bem. Ou, elas não o amavam o bastante para sentir ciúme.

Ele teve que rir disso.

— Sei que não me amavam, como não as amei.

As sobrancelhas de Juliette se juntaram, fazendo uma pequena ruga entre elas enquanto erguia a cabeça e perguntava:

— Alguém, *alguma vez*, o amou?

A pergunta o atingiu com força e não a responderia de maneira alguma. Ela era insolente demais, curiosa demais, e isso não tinha relação com a situação que viviam.

— *Você* já amou alguém? – persistiu ela, nem um pouco atemorizada por seu silêncio zangado. – Nunca sentiu ciúme?

Até alguns dias atrás, teria respondido com um "não" inequívoco às duas perguntas... até ter sua vida salva por uma francesa irritante, curiosa, frustrante, excitante, com uma cesta de batatas. Mesmo assim, não responderia às perguntas.

— Se meu amor foi dado ou não, recebido ou não, srta. Bergerine, não é da sua conta.

— Se não tivesse sido atacada por sua causa, concordaria que seus casos não são da minha conta – concordou ela. – Mas fui, e se é um especialista no tribunal, certamente não é um especialista no amor. Nem consegue ver dentro do coração de uma pessoa. Acho fácil acreditar que, o que quer que tenha pensado sobre seus casos ou sobre os sentimentos dela, pelo menos uma de suas *amours* amou você com paixão, certamente o bastante para ter ciúmes e desejar lhe fazer mal. Se ela acha que tomei o lugar dela, gostaria de me ver morta também. E uma mulher rica geralmente consegue o que quer.

Isto era risível. Ele saberia se qualquer uma de suas amantes o odiasse tanto.

— Felizmente, *posso* ver dentro do coração de uma pessoa, srta. Bergerine, ou o mais próximo disso. É por isso que sou tão bom na minha profissão. É por isso que sempre ganho. Assim, posso dizer com toda a confiança que nenhuma de minhas ex-amantes está envolvida nesses ataques.

– Se é tão bom em ler o coração humano, *monsieur le barrister*, o que estou pensando agora?

Pergunta malditamente estúpida.

Mas... o que ela *estava* pensando? Seria sobre ele ou sobre outro homem? Buggy? Allan Gerrard? Deus, ela poderia estar pensando sobre Millstone por tudo que Drury sabia. Jamais encontrara ninguém mais obscura.

E, no entanto, houve momentos em que as emoções dela estavam evidentes em seu rosto tão claramente como as palavras numa página. Era de admirar que ela fosse a mais irritante e fascinante mulher que já conhecera?

– Bem, sir Douglas? O que estou pensando? – repetiu ela.

Ele adivinhou. Era bom em adivinhação... em fazer suposições com a mais leve das indicações e pressionar até que a verdade fosse revelada, mesmo se não fosse exatamente o que achava que seria.

– Acho que está muito satisfeita consigo mesma porque pensa que compreende as mulheres melhor que eu.

Lembrou-se da maneira como acariciara aquela folha e observou o pequeno rubor que lhe coloria as faces. E, como ela parecia querer descobrir seus segredos, ele não hesitaria.

– Acho que também sente desejo... um desejo que não quer admitir.

Juliette riu. Juliette Bergerine, uma francesa na Inglaterra, que não tinha um tostão, ria na cara de sir Douglas Drury!

– Está apenas adivinhando, *monsieur le barrister* – provocou ela –, e está enganado. Embora não possa negar que exerça uma certa atração, não é a espécie de homem capaz de despertar minha paixão.

Ele sentira a dor da rejeição antes. Conhecia-a bem e intimamente. Quando era criança, e mesmo durante sua doença fatal, sua mãe sempre o rejeitara. Embora seu falecido pai tivesse herdado uma fortuna considerável, sempre estava envolvido em negócios. Drury frequentemente suspeitara que isso era uma desculpa para evitar a esposa e o filho, a quem considerava apenas aborrecimentos adicionais. Nenhum dos dois tinha a devoção ou o temperamento para ser pai e mãe. Ao longo dos anos, Drury chegara a acreditar que era imune a farpas como essa, apenas para descobrir, ali e agora, que não era.

— Assim, compreenda, pode ter se enganado da mesma maneira sobre suas amantes — continuou ela, falando com confiança, sem perceber a dor que causara. — Portanto, sir Douglas, acredito que não devemos nos esconder e aguardar, com a esperança de que nossa inimiga apareça. Devemos forçá-la a agir. Não devo ficar presa aqui. Preciso sair e me mostrar... e você deve contar a todos que vamos nos casar. Porque, se há uma coisa que levará uma amante rejeitada ao total desespero, é a ideia de que sua usurpadora conseguiu o maior prêmio de todos, um anel de noivado.

Drury podia pensar em mil coisas erradas com essa ideia... bem, na verdade, apenas em duas, mas eram vitais.

— Dissemos a todos que você é minha prima.

— E daí? Primos não se casam neste país?

Deus.

— E se isso levar nossa inimiga a agir... desde que a mesma pessoa seja responsável pelos dois ataques... você correrá perigo.

– Esses homens que contrata, este sr. MacDougal... não pode nos proteger e capturar nossa inimiga se formos atacados de novo?

– É arriscado demais.

– Mas precisamos fazer *alguma coisa*. A busca não progride e não quero impor minha presença a lorde Bromwell por muito mais tempo.

Estava preocupada em impor sua presença a Buggy?

– Ele tem recursos para isso.

– Então quer continuar com esta charada? E se levar semanas, ou meses?

Semanas ou meses voltando para uma casa confortável, com Juliette esperando, sentada perto da lareira com os olhos brilhantes e os dedos ágeis ocupados, a presença vibrante como uma flama para aquecê-lo.

Ele devia estar ficando louco. Horas demais naquela cela, esperando para ser assassinado. Ou talvez tivesse apanhado alguma doença tropical de uma daquelas plantas ou espécimes que Buggy estava sempre lhe mostrando. Ou aquela pancada na cabeça fora pior do que imaginara, porque a viva Juliette, com suas ideias ultrajantes, jamais lhe daria a paz que buscava.

Na verdade, a vida com ela jamais seria plácida.

Ela o olhou seriamente, evidentemente decidida.

– Não quero viver para sempre numa gaiola dourada. Sempre tive trabalho para ocupar meu tempo, mesmo quando não era agradável. Meu quarto era horrível... sei disso. Mas era *meu*. Aqui, sou como uma das aranhas de lorde Bromwell, presa numa jarra. A jarra pode ser limpa, mais segura que a floresta, porém a aranha logo morre por falta de ar livre.

Então ela queria ir. Ser livre e deixá-lo.

– Se quiser ir embora, arranjarei sua proteção pelo tempo que achar necessário.

– Não sou tão ingrata assim! – exclamou ela. Finalmente, seu olhar firme falhou e sua voz ficou um pouco menos segura. – Não posso partir pensando que você ainda está em perigo quando posso ajudá-lo a fazer nossa inimiga sair do esconderijo.

Devia acreditar que ela se importava com ele? Depois de tudo que lhe dissera?

– Anunciar que vamos nos casar é uma ideia tola e perigosa. É também inútil, porque nenhuma ex-amante minha está pretendendo nos matar. Entretanto, se esta vida a aborrece, está livre para partir assim que arranjar proteção para você.

Com a expressão inequivocamente teimosa, Juliette se jogou em outra cadeira de ferro.

– *Non* – disse ela. – Não sou *sua* convidada. Sou convidada de lorde Bromwell e ele me disse para ficar. Assim, *voilà*, eu fico.

– Inferno, não ficará! – Deus, mas ela era irritante! – Quanto a dizer que estamos noivos...

O som de um pigarro interrompeu-os. Millstone estava à porta da estufa, o rosto escarlate.

– Com licença, sir Douglas, a modista chegou com roupas para a srta. Bergerine. Está esperando na sala matinal.

– Oh, que maravilha! – exclamou Juliette, pulando como se tudo fosse sensacional. – E agora você poderá me levar ao teatro, e a Vauxhall, e a todos os lugares de Londres de que ouvi falar. Não é de admirar que tenha concordado em me casar com você, apesar de seu horrível mau humor.

Os olhos de Millstone pareciam prestes a cair.

– Você não devia ter dito nada – rosnou Drury com os dentes cerrados, tão furioso e frustrado como nunca ficara na vida.

– Oh! – Ela ofegou, o remorso claramente falso quando cobriu a boca com a ponta dos dedos. – Perdão! Mas estou tão feliz!

Então ela lhe deu um caloroso e rápido beijo nos lábios antes de lhe tomar a mão e puxá-lo para a porta.

A pequena atrevida!

– Nem uma palavra sobre isto a ninguém, Millstone – ordenou Drury enquanto ela o puxava.

– Até lhe dizermos que pode – disse Juliette com uma risada alegre, como se seu noivado secreto fosse logo se tornar de conhecimento geral.

Ela podia se sentir como uma aranha numa jarra, mas ele é que fora apanhado na teia dela.

– Oh, madame de Malanche, como estou feliz em vê-la! – exclamou Juliette quando entraram na sala matinal, uma sala muito bonita usada pela condessa de Granshire, a mãe de Buggy, quando queria escrever cartas ou receber amigas.

As paredes eram cobertas com papel que mostrava uma cena bucólica e a mobília era refinada e delicada. Até a escrivaninha no canto parecia que quebraria se alguém se apoiasse nela.

No momento, havia pilhas de caixas sobre o sofá, as cadeiras forradas de damasco azul-claro e sobre cada mesa lateral.

– Srta. Bergerine! – respondeu a modista. – Você parece radiante hoje.

– É porque estou tão feliz! – Juliette lançou ao cativo Drury um sorriso tímido, deliciado.

Ele queria fugir, mas não ousava deixar Juliette sozinha com esta mulher mexeriqueira, usando um vestido do mais impressionante tom de amarelo que ele já vira. Olhar para ela era como olhar para o sol e lhe dava a mesma dor de cabeça.

– Minha prima está feliz com seu novo guarda-roupa – disse ele, interrompendo a volúvel modista antes que ela pudesse dizer uma palavra. – Juliette, toque a campainha para chamar sua criada enquanto eu pago a *madame*.

– É claro, meu amor. Mas primeiro, *madame*, gostaria de lhe pedir para fazer meu vestido de casamento.

Os olhos cor de avelã de madame de Malanche ficaram quase tão brilhantes como seu vestido.

– Você vai se casar? Você e sir Douglas?

– Juliette, toque a campainha! – ordenou Drury, furioso.

– Oh, ele é tão tímido! – exclamou ela, batendo as mãos como se estivesse encantada. – É por isso que o amo tanto!

– Juliette! – advertiu ele.

Em vez de tocar a campainha, porém, correu para ele e atirou-lhe os braços em torno do pescoço.

– Não sou a mulher mais sortuda da Inglaterra?

Maldição! Pensaria que podia controlar essa situação? Que podia controlá-*lo*? Ele lhe mostraria como estava enganada.

– Como eu sou o mais afortunado dos homens – disse ele, num sussurro baixo, rouco, reservado apenas para amantes.

Então tomou-a nos braços e a beijou como se já fossem casados e esta fosse sua noite de núpcias.

Capítulo Nove

Então, agora, a sociedade pensa que estou comprometido para me casar. Que confusão. Suponho que Buggy compararia a situação a uma rede emaranhada de aranha.
E eu sou a mosca.

– Do diário de sir Douglas Drury

DRURY SENTIU Juliette enrijecer em seus braços e disse a si mesmo que isso era bom... até ela começar a retribuir o beijo ainda com mais fervor.

Estaria ela pensando que o venceria nesse duelo? Acreditaria que era escravo de qualquer de suas emoções? Determinado a provar o contrário, ele virou a boca e usou a língua para lhe separar os lábios. Enquanto o beijo se aprofundava, ela passou as mãos pelas costas de Drury e misturou os dedos em seu cabelo.

Oh, que Deus o ajudasse, ela era a mais excitante...

– Hã-hã!

Esquecera da maldita costureira. Ainda bem que interferira; de outro modo... Estava determinado a não pensar em *de outro modo* quando recuou.

Juliette parecia um pouco... tonta. Quanto ao que ele sentia... Melhor ignorar isso também.

– Chame a criada, meu amor – disse ele, rouco –, e vá com ela para guardar estas coisas. Tenho medo de escandalizar madame de Malanche com outra demonstração inadequada de nossa afeição mútua.

Ele fixou o olhar de aço na modista.

– Espero contar com sua discrição, madame, até fazermos um anúncio formal. Se não puder guardar essa informação para si mesma, a srta. Bergerine pode ter que fazer suas compras com outra pessoa.

– Pode contar com minha absoluta discrição! – exclamou madame de Malanche. – Mas deve me permitir desejar-lhe felicidades.

– Obrigado – respondeu Drury. Apesar da garantia dada, ele acreditava que a costureira nunca seria capaz de manter segredo do que vira e ouvira. Mesmo assim, tinha que tentar.

– Toque a campainha para chamar a criada, Juliette – repetiu ele, e, desta vez, ela finalmente obedeceu.

Assim que pôde sair, Drury foi para seu clube, o Boodle's. Precisava de uma bebida e precisava se afastar de mulheres, assim como de seus pensamentos tumultuados, por algum tempo.

Devia ter dito à madame de Malanche que não estava comprometido com Juliette, e *realmente* jamais deveria tê-la beijado.

Especialmente daquele *jeito*.

Que diabos havia com ele?, perguntou-se enquanto entrava naquele bastião de aristocratas rurais quando vinham à cidade.

Ao contrário dos clubes White's e Brooks's, o Boodle's era o favorito de homens mais sensatos que a maioria dos aristocratas que frequentavam os outros clubes de cavalheiros.

Era por isso que Drury o preferia. Também evitava o White's desde que escrevera aquela aposta infame sobre Brix e Fanny no livro de apostas de lá. Brix, no entanto, nunca parecia aborrecido com a associação e alegava que o Boodle's atraía os membros mais enfadonhos da aristocracia.

Assim, Drury se surpreendeu ao encontrar o amigo recostado num sofá de couro no salão principal, as longas pernas esticadas, uma bebida na mão. Ao contrário da maioria dos associados, não estava jogando. Nem bêbado.

Brix ergueu uma taça quase cheia de vinho vermelho e sorriu para o amigo.

– Saudações, Cícero! Estava com a esperança de que você aparecesse.

Mistificado pela presença do amigo, Drury temeu o pior.

– Brigou com Fanny?

– Deus do céu, não! – exclamou, endireitando o corpo. – Não brigamos mais… bem, não com frequência, e em geral por questões completamente sem importância. Então nos esquecemos do motivo da briga e nos beijamos para fazer as pazes. É bastante estimulante, na verdade. Devia se casar e tentar.

– Não sou do tipo doméstico – disse Drury, pensando em como explicaria o plano maluco de Juliette a seus amigos e muito perturbado com o que a sociedade pensaria dele, se as outras pessoas, além de madame de Malanche, acreditassem nele. Provavelmente não acreditariam, percebeu com… alívio. Claro que era alívio. O que mais poderia sentir?

– Mas por que está aqui? – perguntou de novo ao amigo.

– Meus estimados pai e irmão mais velho estão na cidade e convocaram um encontro familiar para celebrar minhas felizes notícias – respondeu Brix, com outro sorriso. – Estão maravilhados por eu não só ter cumprido meu dever e finalmente me casado... com uma garota fabulosa, como meu pai descreve Fanny... mas também provado que sou capaz de continuar a linhagem familiar.

O relacionamento de Brix com o pai e o irmão mais velho nunca fora muito bom, assim Drury não estranhou o tom ligeiramente sarcástico do amigo. Então, Brix, sendo Brix, piscou.

– Posso pensar em deveres muito piores, garanto a você. E, desde que eu estava aqui, pensei em esperar um pouco para ver se você aparecia... e aqui está você!

– Sim, aqui estou eu.

Brix não era completamente insensível às sutilezas do tom do amigo e ficou logo sério.

– Mais problemas? Não outro ataque, espero?

– Não, embora a srta. Bergerine acredite que outro ataque seria uma ocorrência benéfica.

Brix pareceu justificadamente confuso.

– Benéfica? Como?

– Ela decidiu que os ataques são obra de uma das minhas ex-amantes ciumenta, uma *amour* descartada que está pagando para nos matarem. Ela acredita que devemos tentar fazer nossa inimiga aparecer alegando que estamos noivos e saindo juntos em público.

Por um momento, Brix ficou imóvel em silêncio assombrado... mas apenas por um momento.

– Deus, nunca pensei nisso, mas devia. Ficaria feliz em matá-lo quando o vi beijando Fanny.

Drury tinha esperanças de que Brix houvesse se esquecido disso.

— Aquilo teve apenas a intenção de encorajá-lo a, finalmente, verbalizar seus sentimentos – disse ele. E rapidamente passou para o ponto mais importante. – Todas as minhas amantes sabiam as condições de nossos relacionamentos. Duvido muito que alguma delas jamais fosse tão longe a ponto de...

— *Eu* acredito nisso – interrompeu Brix. – Acho que é uma explicação brilhante, especialmente do ataque à srta. Bergerine. A questão é: qual de suas amantes seria capaz de uma coisa dessas? Houve... quantas?

Não era hábito de Drury discutir suas ligações, nem mesmo com os amigos mais íntimos.

— Algumas. – Foi a única resposta que deu. Também não estava disposto a aceitar que Juliette pudesse ter razão. – Duvido que qualquer uma delas fosse tão má ou soubesse como encontrar homens para praticar a ação se quisesse me ver morto.

— Acho que você subestima o sexo frágil – discordou Brix – tanto quanto subestima a atração que exerce sobre as mulheres.

— Sou um advogado, Brix. Sei tudo sobre crimes passionais.

— Então por que acha tão difícil acreditar na ideia da srta. Bergerine? – perguntou Brix. – Porque é dela?

— Não seja ridículo. Se não acredito na ideia é porque conheço as mulheres de quem fui íntimo. Ela não conhece.

— Tudo bem. Vamos dizer que não é uma ex-amante, mas outra pessoa que quer matar você e a srta. Bergerine. Depois de todos os seus triunfos no tribunal, você certamente tem centenas de inimigos e qualquer um deles poderia contratar uma quadrilha de bandidos para matar você. Podem até decidir feri-lo através de uma mulher que acreditam ser sua amante. Mesmo assim, ainda é uma boa ideia vocês aparecerem em público. De outra forma, quanto tempo está disposto a esperar para eles fazerem o próximo movimento? Acho que deve fazer o que a srta. Bergerine sugere e trazê-los até você. Estará preparado e pode contratar os homens de MacDougal como guarda-costas e pegá-los, se atacarem. E a srta. Bergerine? – continuou. – Quanto tempo levará até você decidir que ela pode voltar com segurança para casa? Ela não pode viver indefinidamente com Buggy. Não acho que ele se importe, mas *é* uma imposição e ele espera viajar para o exterior na próxima primavera.

– Ela não está "vivendo com Buggy". É uma hóspede.

– Chame como quiser. Os Runners não estão conseguindo encontrar os homens que atacaram vocês e nem aqueles que você contratou. O que mais pode fazer? Ou estou errado e você está satisfeito com a situação?

Drury suspirou, derrotado.

– Não, não estou. Portanto, me dê os parabéns, Brix, e me deseje felicidades com minha bela noiva francesa.

Brix o fez, e não apenas isso, mas também pagou uma rodada de bebida para todos os sócios presentes no clube, anunciando alegremente o motivo da generosidade.

Depois de Drury aceitar as felicitações de diversos sócios meio bêbados, Brix o puxou de lado, sorrindo como um palhaço.

– Fanny e eu vamos ver *Macbeth* no Covent Garden esta noite. Você e a srta. Bergerine deviam se juntar a nós. Isso realmente jogará o gato em meio aos pombos da sociedade.

Por mais descontente que estivesse, Drury decidira seguir esse caminho; assim, iria até o fim.

– Muito bem, iremos. E obrigado, embora saiba que essa notícia já estará em toda a cidade antes de chegarmos ao teatro.

Brix riu.

– Acho que você está certo.

E ele estava.

– Então, quando o pequeno patife me disse, tão solene quanto possível... – A sra. Tunbarrow fez uma pausa em suas lembranças, acenando com a cabeça de cabelo branco e touca de renda para Juliette. – "Há coisas mais apavorantes que aranhas, sra. T.", era assim que ele me chamava... sra. T. Ele não conseguia dizer sra. Tunbarrow quando era pequeno.

Juliette sorriu da história sobre lorde Bromwell enquanto fazia a bainha de um avental.

Impressionada com a perfeição de sua costura e, Juliette suspeitava, feliz por ter com quem conversar, a sra. Tunbarrow a havia convidado para costurar em sua sala de estar particular. As paredes pintadas de branco e a mobília simples certamente tornavam o ambiente mais confortável e hospitaleiro que a sala de estar formal de lorde Bromwell. Era quase como a casa de fazenda na França.

A princípio, pensara que a sra. Tunbarrow fosse comentar seu suposto noivado, mas aparentemente Millstone seguira à risca as ordens de sir Douglas e se calara. Ficara tentada a mencioná-lo, mas não o fizera, temendo fazer pressão excessiva sobre sir Douglas, apesar daquele beijo tempestuoso. Melhor ser paciente e convencê-lo a perceber o mérito de seu plano do que forçá-lo a aceitar.

Quanto à sra. Tunbarrow, ela parecia ter aceitado bem sua presença. Ou talvez a mulher tivesse um conceito tão alto de lorde Bromwell que acreditava que qualquer hóspede dele merecia respeito e aprovação. No entanto, Juliette não conseguia deixar de imaginar se a sra. Tunbarrow, apesar de maternal, a trataria de modo diferente se soubesse que essa hóspede, em particular, era uma pobre costureira francesa e não a prima do amigo de lorde Bromwell.

Apesar dessa preocupação, sentia-se mais segura ali. Sir Douglas certamente não pensaria em procurar por ela na sala de estar da governanta. Se procurasse por ela. Se voltasse. Ficara muito zangado com o que ela fizera. Sentira isso no beijo dele, pelo menos no começo. Mas depois de alguns momentos...

Estava sendo ridícula. Ele ficara furioso e saíra assim que pôde, anunciando que iria para o clube. No entanto, não negara o noivado como ela temera que fizesse. E o beijo ajudara a confirmá-lo, o que significava que aceitara seu plano. Por enquanto. Ela esperava. Porque *alguma coisa* tinha que mudar.

Sentiu uma fisgada na nuca, como se estivesse sendo observada. Virou-se e viu sir Douglas parado à porta. Por quanto tempo ficara lá, as mãos cruzadas às costas, observando-as?

– Bom dia, sir Douglas – disse ela, cautelosa.

A sra. Tunbarrow rapidamente pegou o avental do colo de Juliette, sem se lembrar da agulha e da linha presas a ele.

– Estávamos apenas conversando – disse ela, como se temesse que sir Douglas reclamasse.

– Não me importo se Juliette quer costurar – falou ele. – Na verdade, vocês compõem uma linda cena.

Ele a chamara de Juliette, e na frente da governanta. Bem, por que não? Não eram supostamente primos?

Douglas entrou na sala e sorriu para Juliette, um sorriso caloroso, terno, incrivelmente atraente, que parecia genuinamente sincero.

— Decidi que você tem toda razão, minha querida — disse ele, a voz também calorosa e terna. — Não há necessidade de manter nosso noivado em segredo.

Ele percebera que seu plano era bom?

Sir Douglas estendeu uma caixa coberta em veludo azul-escuro.

— Brix e Fanny nos convidaram para o teatro esta noite. Gostaria que você usasse isto.

Juliette pegou a caixa e a abriu com os dedos trêmulos. Dentro, havia um colar de diamantes que brilhavam mais que as estrelas no céu noturno. Era a coisa mais delicada que já havia visto... e a mais cara.

O olhar dela pulou para o rosto dele.

— Quer que eu use isto?

— Eu insisto — disse ele, tomando-lhe a mão e beijando-a de leve. Delicadamente. E, no entanto, parecia que raios tempestuosos a percorriam.

Enquanto a sra. Tunbarrow olhava, muda, Juliette engoliu com força e se obrigou a olhar para o colar enquanto ele continuava a segurar-lhe a mão.

— É adorável.

— Deixe-me colocá-lo em você — murmurou ele, pegando a caixa e pondo-a sobre a mesa. Removeu o colar e foi para trás dela, colocando-o em torno de seu pescoço.

Sentindo-se como se estivesse num sonho ainda mais maravilhoso, ela passou os dedos de leve no colar, enquanto ele tentava abotoar o fecho. Então ele deu um suspiro de frustração, seu hálito quente na nuca de Juliette.

— Sra. Tunbarrow, pode fechar isto para mim?

A governanta se assustou, como se acabasse de acordar.

— Noivos! Vocês dois... noivos? Justy sabe?

Justy? Queria ela dizer lorde Bromwell?

– Pretendo contar a lorde Bromwell quando ele voltar – disse sir Douglas, calmamente. – Esperava manter nosso noivado em segredo até um anúncio formal.

– Bem! – exclamou a sra. Tunbarrow, indignada, levantando-se e deixando os aventais caírem de seu colo. – *Bem!* Isso é muito estranho, devo dizer! Mantendo segredos assim! De todos!

Ela marchou para a porta enquanto Juliette colocava o belo colar de volta na caixa, suspeitando que nunca mais fosse convidada para a sala de estar da governanta. A sra. Tunbarrow se virou quando chegou à porta e, as mãos nos amplos quadris, olhou fixamente para eles.

– Que bom amigo *você* é, sir Douglas Drury, partindo o coração daquele pobre menino!

Então, com um amuo, ela marchou para fora, os passos pesados no assoalho.

– Ela obviamente acredita que Buggy tem um interesse em você que foi frustrado – observou sir Douglas, com uma calma irritante, enquanto Juliette se sentia como se tivesse feito alguma coisa que não devia.

– Espero, de todo o coração, que ela esteja enganada – disse Juliette, a voz muito baixa.

– Espera? Ele *é* um nobre do reino – replicou sir Douglas enquanto punha as mãos nos bolsos de seu casaco negro. – Muitas mulheres a invejariam.

– Não quero um amante – disse ela, movendo-se para ficar atrás da cadeira. Aquilo lhe pareceu, de algum modo... necessário. – Ele nunca se casaria com uma mulher como eu.

Sir Douglas não franziu a testa, nem sorriu. Sua expressão era completamente vazia.

– Buggy não é o tipo de homem que dá atenção à opinião pública, ou à de seus pais. Se quiser se casar, tenho certeza de que não deixará ninguém ficar no seu caminho.

– Se ele me amasse, eu também não – disse ela. – Mas teria que me amar de todo o coração. Não sou ignorante dos modos do mundo, sir Douglas. Sei que seria desprezada por seus amigos, sua família e por toda a sociedade. Seríamos apenas nós, sozinhos, e apenas o mais profundo, mais devotado e apaixonado amor pode garantir que ele não se arrependeria de se casar com uma moça como eu.

– Você não acha que Buggy possa amá-la tanto assim?

Ela pensou na maneira amistosa de lorde Bromwell... mas era apenas isto. Amistosa. Não havia sinais de anseio, de paixão escondida nos olhos dele quando olhava para ela.

– *Non*. Ele é bom e afetivo, mas não me deseja. Tenho a certeza de que pensa em mim apenas como uma amiga, nada mais.

Sir Douglas se virou e andou em direção ao outro lado da sala, onde havia uma prateleira com alguns pequenos cães de *papier-mâché*.

– Talvez você possa esclarecer isso com a sra. Tunbarrow – disse ele, depois de estudar os pequenos objetos.

– Vou fazer isso. E precisa contar a lorde Bromwell sobre nosso plano de fingir que estamos noivos.

Ele continuou a examinar os objetos bem vulgares.

– É fácil de fazer. Mas não será fácil para você voltar à sua vida antiga quando essa situação for resolvida.

– Acho que não voltarei.

Ele se virou lentamente sobre os saltos das botas para olhar para ela.

– Não?

Ela não via motivos para não lhe falar sobre os planos que fazia enquanto costurava.

– As roupas que comprou para mim... elas são minhas para fazer com elas o que eu quiser, não são?

– Sim.

– Então as venderei e levarei o dinheiro de volta à França. Vou me tornar modista.

Ele pegou o avental que ela estivera costurando e o pôs sobre a cadeira.

– Não sou especialista nesses assuntos, mas acredito que costura muito bem e seu gosto é refinado... Certamente, melhor que o de madame de Malanche. Tenho certeza de que você será um grande sucesso.

Ela ficou lisonjeada e satisfeita, mas desapontada também, embora não houvesse motivo para isso.

– Quanto você precisa para estabelecer uma loja?

– Não sei – respondeu ela honestamente, olhando para a caixa de veludo. Provavelmente uma fração do valor daquele colar. – Vou trabalhar em meus alojamentos a princípio, até ter uma clientela e dinheiro suficiente para alugar um estabelecimento separado.

– Isso pode levar anos.

Ela não discordou.

– Acredito que seria um bom investimento lhe fazer um empréstimo para estabelecer sua loja em Paris, ou onde você escolher.

Ele falou com calma, desapaixonadamente, como se sua oferta fosse nada... mas era tudo para ela. Só ficaria mais feliz se encontrasse Georges vivo.

No entanto, tentou não reagir com emoção demais, já que isso o perturbava.

– Obrigada. Pagarei cada tostão.

– Não duvido disso, ou não faria o oferecimento. – Seus lábios se curvaram para baixo. – Não há nenhuma obrigação comigo além do que se emprestasse o dinheiro a qualquer amigo.

– Pensei que sim – disse ela. Desta vez, nem lhe passou pela mente que ele poderia fazer exigências imorais a ela.

– Você não parece muito satisfeita.

Ele parecia desapontado.

– Estou tão feliz que não consigo encontrar as palavras! – exclamou ela, abandonando a tentativa de sufocar a excitação que o oferecimento dele despertou. – Você não pode imaginar o que isso significa para mim!

Os lábios dele se abriram num sorriso que até lhe chegou aos olhos.

– Acho que posso adivinhar de forma bem precisa.

– Oh, não, não pode... a menos que tivesse crescido pobre, com um pai que nem sabia como criar uma filha. Que foi para a guerra quando se viu afundado em dívidas, levando o filho mais velho com ele e deixando o mais novo para se virar como pudesse. Mas era responsabilidade demais para Georges, que queria excitação e aventuras. Assim, ele hipotecou a fazenda pelo máximo que conseguiu e me deixou como uma presa para Gaston LaRoche, que supostamente cuidaria de mim. Georges não sabia que Gaston era um homem horrível, mas logo descobri. Graças a Deus sei costurar e, agora, graças a você, posso usar minha agulha em meu benefício e de Georges, se ele for encontrado. Se trabalhar muito... e lhe garanto que trabalharei... serei livre e independente. – Ela balançou a cabeça, os olhos brilhando. – Oh, não, sir Douglas, você não pode nem imaginar o que isso significa para mim!

Assim como ela não podia nem imaginar o que a felicidade dela significava para ele, compreendeu sir Douglas, e que ele gostava mais dela quando não tentava esconder seus sentimentos. Não gostava quando ela era... como ele.

Abalado por essa revelação, ele pegou a caixa de veludo e começou a andar em direção à porta.

– Brix e Fanny virão nos pegar para irmos ao teatro às 18h. Até então, srta. Bergerine.

– *Adieu*, sir Douglas.

Ele parou e olhou para ela por cima do ombro.

– Se somos noivos, deve me chamar de Drury.

– Não Douglas?

– Não, não Douglas. Só meus pais me chamavam assim.

QUANDO ELE saiu, Juliette se deixou cair na cadeira. Com a ajuda de sir Douglas, seria livre para viver na França ou em qualquer outro lugar que quisesse.

Menos em Londres.

Não podia viver onde sir Douglas vivia, com seus olhos escuros e a voz profunda e o modo como olhava para ela. E o modo como a beijara. Não, a menos que quisesse arriscar seu coração, entregando-o a um homem que jamais se casaria com uma mulher como ela.

Capítulo Dez

※

Noite passada no teatro, para assistir Macbeth. Não prestei atenção na peça... ocupado demais vigiando a audiência. O que quer que J pense, não vi ninguém me olhando com ódio. Vi muitos homens de olho em J. Queria que estivessem todos no fundo do oceano e com eles aquela cadela da Burrell.

– Do diário de sir Douglas Drury

– Este é o vestido mais bonito que já vi – suspirou Polly enquanto abotoava as costas do vestido de teatro de Juliette. – E lhe serve perfeitamente.

Juliette não podia negar as duas afirmações quando se olhou no espelho. Era realmente um belo vestido de seda carmim com fios de ouro, feito na última moda. A linha da cintura não estava na cintura, mas sob o busto. E o decote era baixo, expondo as curvas dos seios. As mangas eram pequenas e fofas e a saia fluida como água. Sob ele, usava tão pouca roupa de baixo que parecia estar vestida para dormir.

O tecido tinha custado muito caro e ela tentara recusá-lo, até o comerciante de sedas lhe dizer que sir Douglas achava que ficaria bem nela. Até seu inimigo, o comerciante de tecidos, concordara; então Juliette aceitara com relutância.

Não se arrependia.

– Não é de admirar que sir Douglas esteja apaixonado por você! Está linda como uma pintura.

Juliette ficou ruborizada quando ouviu uma batida rápida na porta.

– Ainda não está pronta? – perguntou Drury, impaciente, quando Polly a abriu. – Brix e Fanny estão...

Ele se calou quando Juliette se voltou para ele.

– Sim, estou pronta – disse ela, rompendo o silêncio tenso, mas interiormente excitada pela aprovação que viu naqueles olhos escuros. Não queria que ele se envergonhasse de sua suposta noiva.

Assim como podia se sentir orgulhosa de ser vista com um homem tão bem-vestido e impressionante. Suas roupas negras de noite lhe serviam perfeitamente e a camisa de babados e a gravata engomada eram mais brancas que nuvens de verão. Seu cabelo, penteado para trás, parecia mais severo que o comum; no entanto, enfatizavam suas feições angulares, que pareciam ainda mais atraentes.

Certamente, seria o objeto da inveja de todas as mulheres solteiras no teatro e de algumas casadas também.

Sir Douglas finalmente acenou e disse, com a voz áspera:

– Brix e Fanny estão esperando. – Ele pareceu se lembrar de que tinha alguma coisa nas mãos. – Ajude a srta. Bergerine a colocar isto, por favor – acrescentou, entregando a caixa de veludo à Polly.

— Oh, sir Douglas, é maravilhoso! — suspirou a criada, depois de fazer o que ele lhe pedira.

— Foi de minha mãe.

A mão de Juliette ergueu-se instintivamente para o colar. De sua mãe? Uma relíquia de família?

— Venha, então, srta. Bergerine — disse ele, estendendo o braço para escoltá-la. — Não queremos perder o começo da peça.

Polly os seguiu com o xale de caxemira de Juliette quando eles saíram do quarto e andaram até a escada em curva. Na sala de estar, Brixton Smythe-Medway estava ao lado da mesa de mogno, os braços em torno da esposa. Ele sussurrava alguma coisa no ouvido dela que a fazia sorrir até perceberem que não estavam mais sozinhos e, rapidamente, se separarem. Lady Fanny ficou ruborizada, embora seu marido não parecesse nem um pouco constrangido.

Ele realmente era um homem ousado, mas, quando sorria com aquela expressão maliciosa, Juliette tinha que sorrir de volta.

— Que casal bonito vocês formam! — exclamou lady Fanny enquanto se dirigia a eles.

Usava um vestido adorável num tom azul muito claro e tinha no cabelo uma pena de avestruz pintada no mesmo tom. Safiras brilhavam em suas orelhas e no colar, e tinha uma pulseira de brilhantes e safiras sobre o pulso enluvado. Também usava um leve xale de caxemira para protegê-la do frio.

— Este vestido é perfeito! E seu colar...

Lançou um olhar interrogativo a Drury.

— Achei que ela devia ter alguma coisa desse tipo para combinar com o vestido.

— Muito atencioso — disse lady Fanny.

– Muito caro também – observou o sr. Smythe-Medway. – Deus, homem, vocês *querem* causar sensação.

– Se vou fazer isso, pretendo fazê-lo bem.

– Como faz tudo o mais – disse o amigo de modo distraído, sugerindo à Juliette que essa não era uma observação nova e que o sr. Smythe-Medway não invejava os talentos ou habilidades de Drury.

– Já viu *Macbeth*? – perguntou lady Fanny enquanto tomava o braço de Juliette e Drury punha o chapéu.

– *Non*. Nunca fui ao teatro, aqui ou na França.

– Então vai ser absolutamente fantástico. As cenas de lady Macbeth simplesmente fazem meu sangue gelar!

Pelo modo como lady Fanny falou, era claro que não se importava de ter o sangue gelado de vez em quando. Quanto a Juliette, apenas esperava não perder o colar ou ficar frente a frente com as inimigas do seu suposto noivo.

QUANDO CHEGARAM ao teatro através de ruas cada vez mais fervilhantes de pessoas, Drury foi o primeiro a desembarcar. Ainda dentro da carruagem, com o brasão do pai de lorde Bromwell e do conde de Granshire na porta, Juliette pôde ouvir as vozes de muitas pessoas ficarem mais altas e excitadas quando ele desceu.

– É sempre assim – disse lady Fanny, dando uma leve e simpática palmada no braço de Juliette. – Drury é famoso, você sabe. Devia ouvir quando estamos com Buggy, ou com nossos amigos que também escrevem livros, Edmond e Diana. Algumas vezes, perdemos a abertura da peça porque as pessoas nos rodeiam muito.

O sr. Smythe-Medway piscou.

– Enquanto nós, satélites menores, nos arriscamos a ser pisados. – Ele pôs uma das mãos na abertura da porta e fez uma pose de mártir. – Vou na frente para abrir caminho para vocês, belas donzelas! Se não voltar até a batida da meia-noite...

– Vamos para casa sem você – interrompeu a esposa, a voz severa, mas os olhos sorrindo. – Chega de bobagem, bom senhor cavalheiro, ou perderemos o começo da peça e, então, você *enfrentará* mesmo um dragão.

Fazendo uma expressão cômica de pavor, o sr. Smythe-Medway desceu. E, então, estendeu a mão para ajudar a esposa.

Juliette esperou um momento para criar coragem. Na verdade, não havia nada a temer. Estaria com Drury e com o sr. Smythe-Medway, e Drury certamente teria homens vigiando-os, se alguém fosse tão idiota a ponto de atacá-los num lugar público e cheio de gente.

– Juliette?

Sir Douglas estava à porta, olhando-a com expectativa.

– Os homens que contratou...? – perguntou ela num sussurro, tão preocupada com o colar como com sua segurança.

– Estão aqui, em meio à multidão – garantiu ele.

Ela pôs a mão na dele, observando como as luvas serviam para esconder seus dedos aleijados. Com a outra mão no precioso colar, ela desceu da carruagem. Imediatamente, os sussurros excitados ficaram mais altos e pareciam mais próximos, e ela percebeu quantas pessoas finamente vestidas observavam-nos com grande atenção.

Sem parecer nem um pouco perturbados, o sr. Smythe-Medway e lady Fanny entraram no teatro. Com a mão no braço poderoso de sir Douglas, Juliette e ele seguiram o casal amigo.

Ao entrar no pórtico de pilares, Juliette fez uma pausa momentânea diante da escadaria flanqueada por grandes colunas. O espaço estava cheio de gente e muitas pessoas pararam de conversar para olhar para eles. Um grupo de mulheres estava reunido junto ao pé da escada como um bando de pássaros exóticos, com roupas de cores coloridas e decotes tão baixos e saias tão aderentes que deixavam pouco à imaginação. Diversas delas olhavam diretamente para sir Douglas sem disfarçar, os olhares o secando, e mais de uma tentou chamar sua atenção.

Poderia uma dessas mulheres...?

Sir Douglas se debruçou.

– Não – sussurrou ele, o hálito quente. – Estas mulheres são cortesãs e nunca paguei pelo meu prazer.

Cortesãs. Isso explicava seus vestidos e suas maneiras ousadas.

Havia diversas outras mulheres no vestíbulo que pareciam igualmente ousadas e curiosas. Seriam elas todas também prostitutas de diversas categorias?

Enquanto o grupo andava, sir Douglas e seus amigos acenavam cumprimentos para diversas pessoas. Finalmente chegaram ao topo da escada, onde havia uma pequena sala com uma estátua.

– Bem, isto não é maravilhoso? – declarou uma mulher. – Há anos que você não vem ao teatro, sir Douglas.

Todos se voltaram para a mulher que falara. Era da idade de sir Douglas, pensou Juliette, e muito bonita, vestida numa elaborada toalete de seda azul, com um turbante da mesma cor, as dobras presas por um broche brilhante de rubi.

– Lady Dennis, um prazer, como sempre – respondeu sir Douglas. – Permita-me apresentar minha noiva, srta. Bergerine. Acredito que já conheça o sr. Smythe-Medway e sua esposa.

Lady Dennis sorriu enquanto passava um olhar calculista sobre Juliette.

– Como é linda – disse ela, sem entusiasmo. Bateu de leve no ombro de Juliette com seu delicado leque de marfim. – Parabéns, minha cara. Nunca pensei que alguma mulher o capturasse... ou desejasse capturá-lo.

Juliette apertou mais a mão no braço de sir Douglas.

– Pensei que ele fosse considerado um grande prêmio.

– Bem, de certa forma, sim, é claro – replicou lady Dennis, enquanto roçava o leque pelos seios e observava Drury dos pés à cabeça. – Mesmo assim, eu lhe desejo toda a sorte, srta. Bergerine – continuou ela, deixando implícito que não havia sorte que a salvasse de um destino lamentável.

Lady Dennis devia ser uma mulher muito amarga... o tipo de mulher que se vingaria de um caso de amor terminado. Quando ela saiu para se reunir a seu grupo, Juliette se debruçou mais perto de sir Douglas e sussurrou:

– Ela foi...?

– Não – disse ele enquanto continuavam a andar, pondo um fim àquela especulação em particular. – Também tomei o cuidado de ficar longe de mulheres vingativas.

Ele acenou para outra jovem mulher, não tão bonita, mas também muito bem-vestida. Ela respondeu com um sorriso caloroso.

– Esta é lady Elizabeth Delamoute. E, sim.

Juliette nada disse, nem naquele momento nem quando sir Douglas acenava calmamente para outras cinco mulheres e dizia sim sobre cada uma delas.

Finalmente, chegaram ao camarote do sr. Smythe-Medway e, mesmo antes de Juliette se sentar numa cadeira estofada em tecido azul-claro, sir Douglas havia cumprimentado três outras ex-amantes, incluindo uma bela mulher no mais adorável dos vestidos, com o corpo muito bonito, num camarote do lado oposto do teatro. No momento, estava cercada de homens que, claramente, a admiravam.

— Lady Sarah Chelton... minha última – observou sir Douglas, com calma. – O sujeito pomposo à esquerda dela é o marido.

— Ela não parece sentir sua falta – disse Juliette, a observação ligeiramente áspera, escapando sem pensar. Embora ficasse assombrada por lady Sarah Chelton aceitar as atenções daqueles homens... incluindo o marido... depois de ser amante de sir Douglas.

Em vez de parecer aborrecido, ele sorriu, como se estivesse achando engraçado.

— Ouso dizer que os lençóis mal tinham esfriado quando fui substituído.

— Então ela é uma tola!

Percebendo de repente o que havia dito e, mais importante, o que havia sugerido, Juliette se calou.

Sir Douglas ergueu-lhe a mão enluvada e beijou-a de leve.

— Minha querida, estou lisonjeado.

Ela devia puxar a mão... gentilmente, é claro, já que, supostamente, estavam noivos. Ou, pelo menos, ela devia querer fazê-lo. Não devia estar pensando que havia lugares no camarote que ninguém podia ver da plateia ou do palco, onde poderiam se esconder como se estivessem sozinhos.

— Por mais que esteja gostando do *seu* desempenho – disse o sr. Smythe-Medway em voz baixa –, a peça vai começar, assim, sugiro que você se contenha, Drury, ou os atores podem começar um tumulto porque você está roubando toda a atenção.

Juliette imediatamente olhou em torno do teatro e dos três níveis de camarotes decorados em ouro e percebeu que ele tinha razão. Enquanto isto, sir Douglas se sentou na cadeira atrás dela.

Devia estar impressionada e maravilhada com a arquitetura, a plateia e a peça prestes a começar, e não imaginando quantas mulheres a mais naquele edifício haviam partilhado a cama de sir Douglas Drury.

A DESPEITO do que qualquer pessoa da plateia pensasse do desempenho do famoso ator Edmund Kean como Macbeth naquela noite... e muitos deles o acharam maravilhoso, a julgar pelos aplausos... Drury ficou aliviado quando a peça acabou.

Como era possível que tantas de suas ex-amantes estivessem em Covent Garden esta noite? Até lady Abramarle, que não via há meses, estava lá. As únicas que faltavam eram lady Tinsdale, que fugira com o administrador da propriedade do marido e agora vivia, feliz, no Canadá, e lady Marjorie, que se afogara quando o navio em que viajava para a Itália afundara. Talvez as demais tivessem ouvido falar de seu noivado e tivessem vindo conhecer sua futura esposa.

Quando Kean surgiu para agradecer, a plateia se levantou, batendo palmas e gritando. Depois de um momento de hesitação, Drury também se levantou, aplaudindo como devia. Brix assobiava através dos dedos como um menino mal-educado e Fanny enxugava as lágrimas que lhe escorriam pelo rosto.

Juliette, obviamente confusa, levantou-se devagar.

– É hora de sair? – perguntou ela.

– É um cumprimento ao ator – explicou Drury, ao mesmo tempo em que via Allan Gerrard e o conde de Buckthorne na plateia, entre diversos outros janotas e mulheres de má reputação.

A boca muito carnuda do conde estava aberta enquanto ele olhava fixamente para Juliette, fazendo-o parecer um peixe gigantesco. Gerrard, por outro lado, apenas olhava para Juliette com admiração. Diversos outros homens que deviam estar aplaudindo o excelente ator também encaravam Juliette.

Drury pôs um braço possessivo em torno da cintura dela.

– Apenas para reforçar a informação de que estamos noivos – explicou ele em sua orelha delicada, dizendo a si mesmo que esse era o único motivo pelo qual a tocava.

Se também era agradável... bem, por que não seria? Ela era uma mulher jovem, bonita, com um belo corpo, o que, sem dúvida, explicava por que tinha de combater o impulso de beijar-lhe o pescoço delicado e exposto, assim como desejar que todos os outros homens no teatro, menos o bem casado Brix, estivessem no inferno, incluindo os atores.

Drury ergueu a voz acima do barulho dos gritos e aplausos.

– Acho que já conseguimos o que queríamos.

Tirou o braço da cintura fina de Juliette quando os aplausos começaram a diminuir.

– Você teve muitas outras amantes? – perguntou Juliette.

A pergunta não teve o tom de uma condenação, mas mesmo assim ele se sentiu constrangido. Deus, estava se tornando irracional e emocional como a mãe dele.

– Não. Só mais duas. Uma está no Canadá e outra morreu.

Ele ergueu a mão de Juliette e a pôs no braço.

– Agora vamos ver se conseguimos chegar à rua antes que o vestíbulo se torne outra cena de multidão fora de controle.

Fanny não protestou e, como ela e Brix estavam mais perto do corredor, lideraram o caminho para fora do camarote.

Estavam começando a se dirigir para a escadaria quando Brix resmungou uma praga baixinho, parou e sussurrou para Drury e Juliette sobre o ombro:

– Oh, céus, cuidado! Lady Jersey e sua tropa se aproximam.

Drury não se deu ao trabalho de disfarçar o mau humor. Não gostava das senhoras que escolhiam quem podia ou não entrar nos socialmente sagrados salões de Almack's. Lady Sefton era considerada gentil e agradável, assim como lady Cowper, mas o mesmo não podia ser dito sobre as outras, tão altivas e arrogantes como qualquer mulher, ou homem, podia ser.

Ele não precisou dizer à Juliette quem eram ou por que Brix falara daquele jeito, porque seu aperto no braço dele ficou mais forte e ele viu um indício de apreensão no rosto dela.

– Não se preocupe – disse ele em voz baixa. – Elas nunca me convidaram antes, assim não espero que comecem agora, quem quer que seja minha noiva.

Ela olhou para ele, não com alívio ou surpresa, mas com indignação impressionada.

– Não convidaram? Nunca?

Ele piscou antes de responder. Não esperara que ela se importasse.

– Nunca – respondeu, enquanto Brix e Fanny recuavam e ficavam encostados contra a parede.

Juliette ficou exatamente onde estava, sem se importar com quem vinha em direção a eles.

– Você não é o melhor advogado de Londres e um nobre, também? – perguntou ela. Sua testa lisa estava contraída, como se estivesse realmente tentando encontrar um motivo adequado para o desprezo das mulheres. – Ou é por causa de todas as amantes que você teve?

– Deus do céu, não é isso – respondeu Brix atrás deles. – A condessa Lieven teve muito mais amantes que Drury. É porque ele teima em ficar em Old Bailey. Se apenas aceitasse ir para o Superior Tribunal, acredito que o convidariam.

— Como se eu quisesse ir ao Almack's — resmungou Drury.

Ele odiava tudo que o Almack's e estas supostamente finas senhoras representavam.

— Brix e Fanny também nunca mais foram convidados desde que anunciaram o noivado lá. Buggy não irá mesmo se receber um convite, e nem eu.

— Baixo, Drury, baixo — censurou Brix. — Acalme-se.

— Estou calmo — disse ele, áspero. Sacudiu-se mentalmente e lembrou a si mesmo que as grandes damas da sociedade de Londres eram menos importantes que o mais pobre de seus clientes. — Se me importo com estas mulheres, é pela maneira como tratam meus amigos.

— Como se nós também nos importássemos — falou Fanny, com um sorriso.

Com a audácia de um moleque, Brix de repente deu um passo à frente e pôs uma das mãos sobre os ombros largos do amigo.

— O que você diz, Cicero? Devemos dar a elas mais motivos para fingirem que não nos conhecem?

Sem esperar a resposta de Drury, Brix se moveu para bloquear a passagem das senhoras e cavalheiros.

— Princesa Esterhazy, está encantadora esta noite — disse ele à mulher gorda que liderava o grupo.

Os lábios dela se curvaram, desdenhosos, quando parou.

— Sr. Smythe-Medway, tenha a bondade de sair do caminho — ordenou, seu sotaque austríaco tornando difícil compreender as palavras, mas sem disfarçar a opinião que tinha sobre Brix.

— É claro! Mas primeiro permita-me lhe apresentar uma jovem dama que certamente será um ornamento para a sociedade de Londres. — Ele literalmente puxou Juliette à frente, fazendo-a soltar o braço de Drury. — Princesa Esterhazy, permita-me apresentar-lhe a srta. Juliette Bergerine, noiva do advogado mais brilhante de Old Bailey, sir Douglas Drury. Ele teve muita sorte, não teve?

A resposta da princesa Esterhazy foi uma fungadela e ela claramente pretendia passar sem outra palavra. Drury não se importava com o que pensavam dele, mas não deixaria a gata velha ofender seus amigos ou Juliette.

— Permita-me a honra de continuar — disse ele, aproximando-se para ficar do outro lado de Juliette. — Lady Jersey, posso apresentar a srta. Bergerine? — E foi em frente, apresentando-a a todos os membros do grupo.

Lady Cowper e lady Sefton sorriram e acenaram. Lady Jersey e a condessa Lieven franziram a testa, lady Castlereagh fechou a cara e o nariz da sra. Drummond Burrell não podia subir mais, a menos que levitasse de seu rosto.

Depois que Juliette fez uma pequena mesura adequada, Drury achou que isso seria o fim. Juliette, porém, sorriu com toda a aparência de cortesia, todo o tempo olhando para lady Jersey como olharia para uma nódoa em seu vestido.

— Lady Jersey... já ouvi falar daquela pequena ilha — disse ela. — É famosa por produzir excelentes *vacas*, não é?

Os olhos de lady Jersey semicerraram.

— Sem dúvida está partilhando muito daquele leite com a princesa Esterhazy — continuou Juliette, como se estivesse em meio a uma conversa muito agradável. — Talvez devesse tomar um pouco menos, vossa alteza, e então seria mais esguia. Lady Castlereagh, soube que é excêntrica para se vestir e posso ver que não é mentira. Falando de excentricidades, sra. Drummond Burrell, como é corajosa em usar marrom arroxeado com sua compleição. E, condessa, estou tão feliz por ter algum tempo livre entre seus muitos outros interesses para vir ao teatro e assim me dar a oportunidade de conhecê-la.

As bondosas senhoras patrocinadoras, que haviam sido poupadas dos aparentemente inocentes, mas, na realidade, bem ferinos comentários de Juliette, desviaram o olhar. Os lábios de lady Jersey, porém, tinham afinado até quase desaparecerem; a princesa Esterhazy ficou vermelha como um pimentão maduro; lady Castlereagh parecia ter sido esbofeteada pela insolente garota; e a compleição da sra. Drummond Burrell ficou ainda mais manchada. Quanto à condessa, ela olhou fixamente para Juliette e Drury como se suas atividades amorosas fossem um segredo de estado que Juliette acabara de revelar ao inimigo.

– Venham, senhoras! – comandou lady Jersey, enquanto praticamente empurrava Drury da frente.

– Desejo-lhe felicidades com sua esposa francesa, senhor – desdenhou a sra. Drummond Burrell. – Espero que não tenha a tendência a ter acessos de raiva como sua infeliz mãe. Sempre me espantei por ela não ter sido enviada para o asilo de Bedlam.

Aquela cadela amaldiçoada.

Sentiu a mão de Juliette em seu braço.

– Sinto muito – desculpou-se ela suavemente, uma expressão de grande preocupação nos olhos castanhos. – Talvez eu não devesse...

– Não pense mais nisso – disse ele bruscamente, cobrindo-lhe a mão com a sua. – Minha mãe era certamente saudável e a sra. Burrell sabe disso. – Pensou na surpresa assombrada das senhoras com os comentários de Juliette e não só se sentiu melhor como quis rir alto. – Além disso, a expressão delas valeu mais que o insulto.

— Valeu mais? Concordo plenamente! – exclamou o sr. Smythe-Medway, com enorme satisfação. – Você foi maravilhosa, srta. Bergerine! Acho que nunca foram tão humilhadas na vida!

— Sir Douglas! Sr. Smythe-Medway!

Drury não gostou de ver Allan Gerrard se encaminhando para eles, principalmente porque era seguido de perto pelo conde de Buckthorne.

— Quem é ele? – perguntou Brix pelo canto da boca.

— Eles treinam esgrima no Thompson's. Tive o prazer de uma luta com o mais alto. O outro é um conde de Surrey.

O sr. Gerrard e seu companheiro pararam, ofegantes, em frente a eles.

— Senhoras, cavalheiros, boa noite! – exclamou o sr. Gerrard. – Sir Douglas, srta. Bergerine, que prazer encontrá-los aqui!

Apesar de seu aborrecimento, Drury fez o que a cortesia mandava e os apresentou.

— Gerrard disse que você era linda, e raios me partam, ele estava certo! – declarou o conde, tomando a mão de Juliette na pata gorda para babar sobre ela antes de erguer os olhos para observar-lhe os seios.

O sr. Gerrard parecia tão irritado como Drury também estava, mas não foi ao inconveniente conde que ele falou, foi a Juliette.

— Você devia ter me contado que estavam noivos. Nunca teria feito aquela aposta, se soubesse.

— Por favor, não se preocupe – disse Juliette, tirando a mão do aperto do conde. – Achei bem divertido meu querido Drury fazer alguma coisa tão atrevida. Normalmente ele não é assim. – Olhou para ele com cautela. – Deve ser o amor, acho.

— Ele é um homem de muita sorte – comentou o sr. Gerrard, dirigindo-lhe um sorriso melancólico.

— Uma sorte maldita! – exclamou o conde.

Drury olhou fixamente para o desagradável conde.

— Tenha a bondade de se lembrar de que não está num antro de jogo. Sua linguagem é ofensiva.

O conde ficou ruborizado.

— Oh, sim, bem, fiquei assombrado... pela beleza dela.

— Então sugiro que encontre algum lugar para se esconder até ter mais controle sobre a língua.

O conde acenou e, ainda ruborizado, se afastou.

— Há mais alguma coisa que queira dizer à srta. Bergerine? – perguntou Drury ao filho do comerciante rico.

— Apenas que lhe desejo toda a felicidade – respondeu Gerrard, com uma pose digna do próprio Drury.

— Obrigada, sr. Gerrard – respondeu ela, dando-lhe um sorriso que pareceu rasgar o coração de Drury de cima a baixo.

— Agora, Gerrard, se nos der licença – disse ele –, está ficando tarde e tenho um dia ocupado no tribunal amanhã.

— Estava agora mesmo dizendo a Buckthorne que vou a Old Bailey ver você. Sabe quando seu caso será levado ao juiz?

— Não – mentiu Drury.

— Qualquer pessoa pode assistir a um julgamento? – perguntou Juliette, com uma expressão de curiosidade inocente.

O sr. Gerrard se acendeu como uma fogueira.

— Sim, pode. Você irá?

Ela se debruçou um pouco sobre Drury, os seios roçando-lhe o braço e fazendo todo o corpo dele se aquecer contra sua vontade.

— Gostaria muito de ver meu Drury fazendo seu trabalho.

Meu Drury. Por que tinha de chamá-lo assim? Por que ele tinha que gostar tanto de ouvi-la dizer isso?

— Você pode ter que ficar no tribunal o dia todo — advertiu ele, esperando dissuadi-la.

Devia saber que não adiantaria.

— Não me importarei. — Ela desviou o olhar para Brix, que estava sorrindo como se assistisse a uma comédia desempenhada apenas para sua diversão, enquanto Fanny parecia um pouco preocupada... como deveria.

— A sala do tribunal de Old Bailey não é um teatro, minha querida — disse Drury a Juliette. — É para assuntos da lei, não para diversão.

Ela fez beicinho tão lindamente. Jamais vira uma mulher fazer beicinho assim. Então o fitou com olhos que imploravam.

— Quero saber por que você é tão famoso.

Era difícil resistir a ela quando o olhava assim, mas na verdade não achava que o tribunal de Old Bailey fosse adequado... especialmente se Gerrard, e talvez o lascivo conde, estivessem lá também.

— Já faz tempo que não vejo você fazer sua mágica — comentou Brix. Voltou-se para a esposa. — O que você acha, Fanny? Gostaria de ver Drury espremer sua última vítima?

Por que diabos ele tinha que usar aquelas expressões?

— Acho, considerando a condição delicada de sua esposa, que seria melhor se todos vocês ficassem em casa.

Fanny olhou para Juliette... Juliette!... antes de responder ao marido, como se a opinião dela fosse mais importante que a de qualquer outra pessoa.

— Eu nunca o vi interrogar ninguém antes, e não sou tão frágil que ficar sentada me cause problemas. A qualquer hora poderemos ir embora, se me sentir mal.

Juliette sorriu como se tivesse recebido o que seu coração mais desejava e lhe apertou o braço de novo.

— Por favor, meu docinho, meu querido, não vai me deixar ir?

Ele provavelmente se arrependeria. Mas o que podia fazer? Fora tão apanhado na teia dela como naquela manhã com a costureira.

— Não posso dizer não.

— Oh, obrigada! Estou tão contente!

Ele certamente não estava. Tinha muito a pensar durante um julgamento e a última coisa de que precisava era da presença de Juliette e daquele impudente e atrevido Gerrard na galeria.

— Se vocês não se importam, acho que preciso de um pouco de ar fresco — disse Fanny, em voz baixa.

Brix lançou um olhar à esposa, que ficara um pouco pálida, e tomou-a nos braços. Apesar dos protestos dela, continuou a carregá-la para a escada.

— Adeus, sr. Gerrard, e até amanhã — gritou Brix. — Venham, Drury e srta. Bergerine. Não, Fanny, não vou pôr você no chão. Sim, tenho certeza de que está bem, mas não vou me arriscar a vê-la desmaiar nos degraus.

— *Adieu*, monsieur Gerrard! — disse Juliette com um aceno de mão, enquanto Drury a apressava atrás deles. — Ele é um jovem agradável, não é? — falou ela levemente, enquanto desciam as escadas depressa.

Drury não respondeu.

Capítulo Onze

~~~~~~~~~~~~~~

Sir Douglas Drury realizou um interrogatório que, embora não tivesse os fogos de artifício emocionais de alguns de seus colegas, ultrapassou seu objetivo.

– Do *London Morning Herald*

Na manhã seguinte, o honorável Brixton Smythe-Medway acompanhou sua mulher e Juliette através do grande portão na parede externa de tijolos, semicircular, de Old Bailey. O prédio era tão imponente como uma fortaleza e Juliette podia facilmente imaginar como seria aterrorizador ser levada para lá como prisioneira.

O sr. Smythe-Medway, talvez impressionado pela arquitetura e a natureza do edifício, pagou a taxa de ingresso sem comentários e liderou o caminho através da entrada estreita para a galeria dos espectadores.

Não eram os únicos que iam assistir aos acontecimentos do dia e Juliette ouviu sussurros excitados de diversos grupos, em que se destacava o nome de sir Douglas, enquanto seguiam até a galeria. Pensar que ela conhecia uma pessoa tão famosa... e que ele a conhecia.

Pensar que até mesmo a beijara.

– Parece que demoramos demais a vir – disse o sr. Smythe-Medway, virando o pescoço para ver se encontrava espaço para três pessoas se sentarem juntas.

– Sr. Smythe-Medway!

Acenando com o braço e sorrindo, nem um pouco constrangido pelo ambiente, o sr. Gerrard ficou de pé dentro da galeria, perto de um dos pilares, os pés plantados bem abertos, como se tentasse ocupar o máximo de lugar. Felizmente, o conde de Buckthorne não estava com ele.

– Ah, bravo, sr. Gerrard! – disse o sr. Smythe-Medway com satisfação para suas companheiras e acenou de volta para o sr. Gerrard. – Entre os dois, conseguiremos encontrar lugar para todos nós. Fique atrás de mim, Fanny, e você também, srta. Bergerine. Eu as levarei até lá. – Fez uma pausa e olhou, preocupado, para a esposa. – Está infernalmente cheio, porém. Talvez você deva ir para casa, Fanny.

Lady Fanny balançou a cabeça, os olhos demonstrando uma determinação inesperada enquanto segurava um lenço perfumado sobre o nariz.

– Já devia saber que não consigo fazer você mudar de ideia – disse o sr. Smythe-Medway, exasperado. Mesmo assim, o amor brilhava nos olhos dele, como todas as vezes que olhava a esposa. – Muito bem. Fiquem bem perto atrás de mim. Atacar!

Ele começou a passar pela multidão, a maioria das pessoas conversando como se estivessem num teatro. O cheiro de tantos corpos sem lavar era muito desagradável, mas Juliette estava acostumada a situações muito piores e, portanto, seu lenço continuou na bolsa.

Chegar onde estava o sr. Gerrard também não foi tão difícil como achara a princípio. A multidão se abria para o bem-vestido cavalheiro e para as senhoras atrás dele.

– Bom dia, srta. Bergerine, lady Francesca, sr. Smythe-Medway – disse o sr. Gerrard, falando em tom baixo, embora estivesse quase dançando de excitação. – Vamos ver um julgamento da melhor qualidade! Até mesmo ouvi apostas sobre o resultado do caso de sir Douglas... e, no entanto, lá está ele, completamente frio. Espero conseguir pelo menos a metade da frieza dele quando for chamado para representar um prisioneiro no banco dos réus!

– Onde está sir Douglas? – perguntou Juliette, olhando pela sala do tribunal, que estava quase tão cheia como a galeria.

– Lá está nosso Drury – disse o sr. Smythe-Medway, apontando para os homens de curtas perucas brancas e túnicas negras, sentados em torno de uma mesa semicircular coberta de baeta verde.

Devia tê-lo visto logo. Era o único que não tinha pilhas de papel diante de si. Sentava-se como se estivesse num jantar de sociedade, um braço sobre a mesa à sua frente, o outro no colo, encostado aos painéis que formavam a frente de uma área mais alta, em que homens com perucas mais longas e túnicas vermelhas se sentavam.

– Todos os advogados se sentam àquela mesa – explicou o sr. Gerrard. – Alguns trazem memoriais, outros esperam consegui-los dos funcionários. – Acenou com a cabeça para um lado.

– E aqueles camaradas ali, com os dedos manchados de tinta, são os estenógrafos do tribunal. Eles usam um tipo de escrita especial chamado estenografia.

— Para que é aquele espelho sobre a cabeça daquele homem? – perguntou Juliette, indicando uma figura em pé diante dos juízes, separado do resto da sala por uma parede de madeira até a cintura.

— Ele é o acusado – explicou o sr. Gerrard. – Ele está no que é chamado banco dos réus e o espelho supostamente deve refletir a luz das janelas em seu rosto para que os jurados... aqueles homens bem abaixo de nós... possam vê-lo melhor e observar como ele reage quando as testemunhas falam.

— Onde estão as testemunhas?

— Há uma falando agora no banco das testemunhas. As outras estão esperando em outra sala.

Juliette não compreendeu por que era chamado banco de testemunhas quando elas ficavam em pé, e perguntou o motivo. O sr. Gerrard não fazia ideia.

Ela olhou para as grandes janelas, então de volta para a testemunha.

— Aquele dossel de madeira sobre a cabeça dele é para dar sombra?

O sr. Gerrard sorriu, indulgente.

— Não, é uma caixa de som, para ampliar as vozes de modo que o juiz e os jurados ouçam melhor.

— Não parece estar funcionando muito bem. Não consigo ouvi-lo.

— Ele está falando em voz muito baixa.

Como se a tivesse ouvido, o juiz de peruca branca, de meia-idade, de repente se virou para a galeria com uma expressão severa, intensa.

— Ordem no tribunal! Silêncio, ou mandarei esvaziar a galeria.

Juliette ficou ruborizada, como se a culpa fosse toda dela, enquanto Drury calmamente erguia os olhos e lhe dava um leve aceno de reconhecimento. Ela não conseguiu ler sua expressão... se estava contente por vê-los ou se teria preferido que não tivessem ido.

A testemunha pareceu um pouco abalada pela interrupção, mas logo se recuperou e continuou a gaguejar em seu testemunho sobre o caráter do jovem no banco dos réus, que fora acusado de quebrar a vitrine de uma loja durante uma bebedeira.

– Senhores do júri – começou o juiz quando a testemunha terminou.

– O juiz está fazendo o resumo da acusação para o júri – disse o sr. Gerrard à Juliette num sussurro, debruçando-se sobre ela de uma forma que a deixou desconfortável. Se estivesse usando um vestido mais decotado, sem um xale e touca, suspeitaria que ele estava tentando olhar para dentro do vestido. Felizmente, estava bem coberta, mas, mesmo assim, se sentiu inquieta e se aproximou mais de lady Fanny.

Depois que o juiz terminou, os homens do júri se ergueram, aproximaram-se mais uns dos outros e, depois de um minuto ou dois, um deles se levantou.

– Culpado da acusação, milorde.

O juiz acenou e os ombros do prisioneiro caíram, mas logo depois ele se alegrou quando o juiz o sentenciou a pagar apenas uma multa.

– Os julgamentos são sempre assim tão rápidos? – perguntou Juliette, impressionada.

– Assassinatos geralmente levam mais tempo – explicou o sr. Gerrard, enquanto uma mulher velha era levada ao banco dos réus. Usava uma coleção heterogênea de saias e xales e uma velha touca preta desbotada lhe cobria o cabelo grisalho. Claramente atemorizada e nervosa, ela olhou em torno como se, de alguma forma, tivesse naufragado e sido abandonada numa terra estranha.

Embora sir Douglas não tivesse se movido, Juliette percebeu uma nova e sutil tensão em seus ombros enquanto ele continuava sentado à mesa dos advogados. A mulher velha devia ser o motivo de ele estar ali.

Um homem sentado a uma pequena mesa se levantou.

– Harriet Windham, você foi acusada pelo seu patrão, sr. John Graves, de apropriação indébita, pelo furto de 50 libras.

– Não fiz isto! – exclamou ela.

O juiz bateu alguma coisa que fez um barulho forte e Juliette se assustou.

– Você poderá falar na hora certa – disse ele, severo. – Quem representa o acusador?

Um advogado gordo, com papadas trêmulas, se levantou.

– Eu represento o sr. Graves.

– Bem, vamos com isto então, sr. Franklin – ordenou o juiz.

– Sim, milorde.

Segurando os lados de sua túnica aberta, o sr. Franklin se virou para os jurados, e, portanto, para a galeria também.

– Senhores do júri, como logo descobrirão, este é um caso simples. Na tarde de 2 de setembro, Harriet Windham, então empregada pelo sr. Graves como lavadeira, furtou 50 libras de seu quarto de dormir enquanto supostamente pegava as roupas de cama para serem lavadas. Entretanto, não havia necessidade de ela pegar as roupas de cama, porque já haviam sido levadas, como sempre, para a área da casa onde as roupas são lavadas. Além disso, senhores, pode ser provado que Harriet Windham tinha extrema necessidade de dinheiro para pagar uma dívida de 39 libras e 10 xelins, que contraíra com um agiota. Na tarde de 4 de setembro, ela pagou o total da dívida sem explicar onde conseguira o dinheiro. Também, como ouvirão, a sra. Windham foi vista descendo furtivamente a escada do andar superior da casa no dia 2 de setembro e estava guardando alguma coisa no bolso da saia enquanto descia. O sr. Graves, que descobriu o furto na noite de 2 de setembro, ouviu falar do comportamento estranho da sra. Windham, assim como da impressionante quantia paga, e imediatamente a procurou para uma explicação. Ela se recusou a dar, levando-o a concluir, como os senhores também devem, que a coincidência da perda do sr. Graves e das atividades incomuns da sra. Windham são provas de que ela é culpada do furto das 50 libras.

Ele olhou rapidamente para sir Douglas.

— Devo também enfatizar, senhores do júri, que se pode apenas imaginar o que aconteceu com o resto das 50 libras e como uma mulher como a sra. Windham pôde pagar uma representação legal a um procurador como James St. Claire e a um advogado como meu estimado colega sir Douglas Drury, se *não* tivesse furtado o dinheiro.

Houve um ruído forte de conversas generalizadas e excitadas das pessoas na galeria e a velha segurou com força a divisão de madeira diante dela, como se fosse um salva-vidas num mar tempestuoso.

— Ela pode ter Drury como advogado porque ele a representa *pro bono* – sussurrou lady Fanny para Juliette, que não sabia o que isso significava.

Vendo sua confusão, lady Fanny explicou em voz baixa, para que apenas ela ouvisse.

– Por nada, sem pagamento, embora ele mantenha isso em segredo, exceto para alguns poucos amigos.

Isso era prudente, pensou Juliette, ou ele seria perseguido por todo tipo de ladrões e assassinos. Também era inesperadamente bondoso da parte dele.

O sr. Graves foi chamado ao banco das testemunhas e jurou dizer a verdade.

Entretanto, no momento em que Juliette o viu, não gostou dele e, quando começou a contar sua versão dos fatos, gostou ainda menos. Agia de forma humilde, rodando a aba do chapéu alto nas mãos finas, os ombros um pouco caídos como se estivesse sob um grande peso pelo que havia acontecido. Sua maneira deixava implícito que não queria acusar a sra. Windham, mas que não tinha escolha. Ela havia furtado seu dinheiro, depois que confiara nela.

Juliette não se deixou enganar. Ele agia exatamente como as clientes que iam ao salão de madame de Pomplona e a tratavam como se fosse a mulher mais agradável da Inglaterra quando ordenavam um vestido, apenas para constantemente exigirem mudanças, ou insinuarem que o trabalho devia ser feito por uma quantia menor, ou então elas teriam... oh, com muita pena... de levar seus pedidos para outra modista, mesmo quando os vestidos estavam quase prontos.

– Está acontecendo alguma coisa? – perguntou-lhe lady Fanny. – Você parece ter visto o sr. Graves antes.

O sr. Smythe-Medway se aproximou mais dela.

– Ele é o sujeito que a atacou?

– Não – respondeu ela com rapidez, vendo a ávida curiosidade do sr. Gerrard. – Não tem a voz dele e é magro demais. Porém acredito que está mentindo.

— Se estiver, Drury o desmascarará – garantiu o sr. Smythe-Medway. – Apenas espere.

O sr. Graves ainda estava no banco das testemunhas quando sir Douglas se levantou. Olhou para o sr. Graves silenciosamente por um longo momento, depois começou, de forma amena, como se os dois fossem apenas amigos conversando enquanto tomavam uma bebida.

— Soubemos, sr. Graves, que a sra. Windham tinha uma dívida. – Fez uma pausa.

— Agora vai começar – sussurrou o sr. Gerrard, excitado, no ouvido de Juliette, um som tão desagradável como o zunido de uma mosca.

— O *senhor* tem dívidas?

O sr. Graves pareceu confuso, assim como o sr. Franklin, e seu rosto escureceu com um rubor antes de ele responder.

— Sou um homem de negócios e todos os homens de negócios têm dívidas de uma espécie ou outra.

— É verdade. Exatamente que tipo de dívidas o senhor tem, sr. Graves?

— Já lhe disse… dívidas de negócios. Não se pode comprar e vender mercadorias sem pedir empréstimos de vez em quando.

— Se o senhor diz, sr. Graves. Como não sou um comerciante, sou totalmente ignorante dos detalhes desse tipo de empreendimento. Entretanto, o senhor tem dívidas que *não* estão ligadas a seus negócios? Dívidas de jogo, talvez, na quantia aproximada de 800 libras?

Graves ofegou.

— Quem lhe contou isto?

— Não sou eu que estou sendo interrogado, sr. Graves. Você tem dívidas de jogo no total de 800 libras, 12 xelins e 6 pence?

– Não! Isso é uma mentira! E quem quer que lhe tenha contado isso é um maldito mentiroso!

O juiz bateu aquela coisa de madeira de novo.

– Tal linguagem não é permitida neste tribunal. Contenha-se, sr. Graves.

O homem pareceu se encolher um pouco.

– Sim, milorde. Mas não é verdade.

– Muito bem, então, sr. Graves – continuou sir Douglas, calmamente. – Há quanto tempo conhece a sra. Windham?

– Dez anos.

– O senhor a conhecia antes de empregá-la como lavadeira?

Graves levou um momento mais longo do que o necessário para responder.

– Não.

– E o senhor não *deu* à sra. Windham as 50 libras que agora alega que ela furtou?

– Não! – Graves enxugou a testa com as costas da mão. – Por que faria isso?

– Precisamente o que espero revelar. O senhor não lhe deu o dinheiro e então a ameaçou, dizendo-lhe que, se ousasse contar isso para qualquer pessoa, especialmente para sua esposa, ela se arrependeria?

– Não!

Sir Douglas ergueu as sobrancelhas como se tivesse ficado surpreendido pela resposta, entretanto não disse mais nada enquanto voltava para sua cadeira junto à mesa coberta de baeta verde. O sr. Graves, liberado do testemunho, rapidamente deixou o banco.

Quaisquer que fossem as respostas que o homem dera, Juliette tinha a certeza de que estava mentindo e que sir Douglas descobrira a verdade. O sr. Graves dera o dinheiro à sra. Windham e, mais tarde, a acusara falsamente de furto.

E Juliette não duvidava que o júri também pensava assim.

O sr. Franklin chamou a seguir o agiota, a quem a sra. Windham havia pago. Ele confirmou que ela fora a seu local de negócios na manhã de 4 de setembro e pagara a dívida. Na verdade, levara o recibo ao tribunal.

Sir Douglas, então, se aproximou do banco das testemunhas.

– A sra. Windham lhe contou como conseguiu o dinheiro para lhe pagar?

– Não – respondeu o homem magro e cauteloso. – Não era da minha conta, desde que recebesse o que me devia.

– Como ela estava?

– Exatamente como agora.

– Oh? Nervosa e apavorada?

– Usando as mesmas roupas – esclareceu o agiota, para a diversão da galeria, incluindo o sr. Gerrard.

Mas não Juliette. Podia facilmente se imaginar no lugar daquela pobre mulher, falsamente acusada e confusa por tudo o que estava acontecendo. Também percebeu que lady Fanny e o sr. Smythe-Medway não tinham achado graça na resposta.

– Peço desculpas por não ter sido mais claro – disse sir Douglas, ignorando a reação dos espectadores. – Ela estava agitada e abalada?

– Um pouco, mas todos os meus clientes ficam assim.

– Não parecia furtiva ou com medo de ser vista em sua companhia?

– Não, não posso dizer que estava.

– Obrigado, sr. Levy.

A sra. Graves, de meia-idade e aflita, foi chamada a seguir. Ela jurou dizer a verdade e repetiu uma história semelhante à do marido... que o dinheiro desaparecera do quarto deles e mais ninguém fora lá, a não ser a sra. Windham.

Quando o sr. Franklin terminou de fazer as perguntas, sir Douglas se levantou de novo, suas maneiras bem diferentes das que usara quando interrogara o sr. Graves. Embora sua expressão não tivesse mudado, Juliette sentiu, e tinha certeza de que todos os outros também sentiram, que ele queria ser gentil com a mulher ansiosa que brincava com as fitas de sua touca com dedos trêmulos.

– Então, sra. Graves, compreendemos que a sra. Windham trabalhou para a senhora por dez anos.

– Sim.

– Seu marido nunca disse que a conhecia antes de empregá-la?

– Não.

– Em todo o tempo em que a conheceu, a sra. Windham alguma vez furtou qualquer coisa?

– Não que eu saiba.

– E, no entanto, ela sempre foi tão pobre como é agora?

– Eu... eu suponho que sim.

– O que pode nos contar sobre a família dela e suas responsabilidades?

– Bem, o marido dela morreu há muito tempo – disse a sra. Graves lentamente. – E o filho dela, Peter, foi morto em Waterloo. Depois disso, sua nora e seu neto foram morar com ela. Mary... esta é a nora... ficou doente desde que teve o bebê. Sei que Harriet se preocupava terrivelmente com ela e com o pequeno Arthur... o neto dela. Tiveram que chamar o médico mais de uma vez e ele lhe disse que Mary precisava de alimentos especiais e ar fresco, então Harriet mandou Mary e o menino para Brighton, por causa do ar marinho.

Juliette se perguntou por que sir Douglas procurara obter essas informações. Esses problemas explicariam por que a pobre lavadeira precisaria de dinheiro e por que o furtaria?

– Ela sabia das dívidas do seu marido?

A sra. Graves balançou a cabeça.

– Jamais falei sobre os negócios de meu marido.

– Não é a essas dívidas que estou me referindo, sra. Graves. Não contou a Harriet Windham que seu marido havia começado a jogar e que a senhora temia que ele levasse a família à ruína? Não disse a ela que descobrira notas promissórias no estúdio dele no total de 750 libras e que achava que ele devia ainda mais?

– Eu... eu posso ter lhe contado alguma coisa assim – disse a sra. Graves –, mas Martin me explicou tudo, depois que o dinheiro desapareceu. Ele me disse que não eram dívidas de jogo. Uma carga de azeite de oliva foi perdida no mar. Nunca jogou. Estava apenas sendo tola e me preocupando por nada.

– Compreendo – falou sir Douglas, seu tom insinuando que, embora não quisesse interrogá-la mais sobre o assunto, ele certamente não acreditava na explicação do marido. – Que motivos ele deu para ter 50 libras em dinheiro no quarto?

– Não me deu nenhum. Eu nem sabia que o dinheiro estava lá até desaparecer.

– No passado, quando seu marido tinha dificuldades financeiras, como a perda de cargas de bens, aonde ele ia para pedir dinheiro emprestado? A um banco, talvez, ou a um agiota?

– Ele procura meu pai.

– Ele tem que pagar o dinheiro que recebe de seu pai?

A sra. Graves olhou em torno e molhou os lábios antes de responder.

— Não. É um presente.

— Um sogro extremamente generoso, na verdade! De seu conhecimento, quando foi a última vez que seu marido recebeu um presente desses?

— No mês passado, quando a carga de azeite de oliva foi perdida.

Sir Douglas não tinha mais perguntas para a sra. Graves, assim ela voltou para a sala ao lado enquanto a testemunha seguinte entrava no tribunal.

A nova testemunha era uma jovem e bonita mulher, vestida de maneira a exibir seus encantos físicos, como as cortesãs no teatro. Juliette também suspeitou que os lábios e as faces dela deviam sua cor tanto a cosméticos quanto à natureza, e ela balançava os quadris com ousadia enquanto caminhava até o banco das testemunhas.

Observando de cima, Juliette percebeu o olhar que foi trocado pelas duas mulheres, uma entrando e a outra saindo da sala do tribunal. A sra. Graves claramente não gostava da mulher mais jovem, enquanto a outra evidentemente olhava para a sra. Graves como se ela fosse uma pobre e patética idiota.

Capítulo Doze

Devo dizer que Drury estava em ótima forma. Naturalmente, suspeitei que tinha um incentivo adicional. Normalmente, ele não presta a menor atenção à galeria, mas, com certeza, desta vez, prestou.

– Uma carta do honorável Brixton Smythe-Medway a lorde
Bromwell, de *A coleção de cartas de lorde Bromwell*

UMA VEZ no banco das testemunhas, a jovem, identificada como Millicent Davis, uma das criadas dos Graves, observou a sala do tribunal. Seu olhar ousado demorou-se nos advogados e em sir Douglas, em particular.

Ele, porém, mal olhou para ela e ouviu, impassível, o sr. Franklin começar as perguntas.

– Srta. Davis, por favor, conte ao tribunal o que testemunhou na tarde de 2 de setembro.

– Bem, sr. Franklin, foi assim – começou a srta. Davis, animada. – Estava espanando a sala de estar e vi a sra. Windham descendo furtivamente a escada da frente e ela estava guardando alguma coisa no bolso da saia. Foi muito estranho, já que ela não tinha motivo nenhum para estar na escada.

– Apenas para deixar bem claro – disse o sr. Franklin –, a sra. Windham não tinha motivos para estar na escada da frente naquele dia?

– Não, nem em qualquer outro dia. Ela é apenas a lavadeira.

– Obrigado, srta. Davis – disse o sr. Franklin enquanto voltava para seu lugar.

Sir Douglas se levantou e, mesmo de onde estava sentada, Juliette podia dizer que a atrevida mulher devia ser cautelosa.

– Então estava espanando a sala de estar, srta. Davis?

– Sim, estava – replicou ela, com um sorriso insolente.

– Você é diligente em suas tarefas, não é?

– Tanto quanto a maioria, tenho certeza. Podia ver a escada de onde estava trabalhando.

– Contou ao sr. Graves sobre o comportamento estranho da sra. Windham?

– Sim, é claro que contei!

– Quando?

A única palavra pareceu um tiro, assustando todo mundo, inclusive o juiz.

Enquanto a srta. Davis ficava ruborizada e recuava, sir Douglas disse:

– Quando exatamente contou a seus patrões o que havia visto?

– No dia s… seguinte – gaguejou ela. – Eu… me esqueci, naquela confusão toda.

– A confusão que ocorreu no dia em que o dinheiro desapareceu e você viu a sra. Windham agindo furtivamente na escada?

A srta. Davis olhou em torno da sala do tribunal como se esperasse que alguém a ajudasse ou respondesse por ela.

— Sim — resmungou ela, quando ninguém surgiu.

Sir Douglas ergueu uma sobrancelha friamente interrogativa.

— *Você* foi ao quarto dos patrões naquele dia?

A srta. Davis pareceu, de repente, um pouco doente.

— Está sob juramento, srta. Davis — lembrou-lhe sir Douglas.

— Fui ao quarto — respondeu, desafiadora —, mas não sabia que o dinheiro estava lá. O sr. Graves me disse que não tinha dinheiro nenhum.

— Você tinha algum motivo para falar sobre a situação financeira do sr. Graves e ele lhe revelou isso?

— Ele... ele prometera comprar um vestido novo para mim e depois me disse que não tinha dinheiro.

— Havia algum motivo, em particular, para ele lhe prometer um vestido novo?

A srta. Davis olhou em torno da sala do tribunal antes de se voltar para o juiz.

— Tenho que responder a essa pergunta?

— Suponho que a resposta dela tenha relação com este caso, sir Douglas? — perguntou o juiz ao advogado.

— Acredito que sim, milorde.

— Responda à pergunta, srta. Davis — ordenou o juiz.

— Ele devia me comprar um vestido novo porque... porque eu o mereci!

— É mesmo? — perguntou sir Douglas, como se estivesse fascinado. — Como?

Ela comprimiu os lábios, então jogou a cabeça para trás e declarou:

— Fui para a cama com ele... mas o que quer que eu tenha feito, ainda assim eu a vi... – Apontou para a sra. Windham – ... descendo furtivamente a escada!

Muitos dos espectadores começaram a falar em sussurros excitados, até que um olhar severo do juiz os silenciou.

Juliette, porém, estava ansiosa demais para falar. Soube que não era a única preocupada com esse testemunho aparentemente arrasador quando lady Fanny lhe segurou a mão com força.

No entanto, sir Douglas parecia completamente tranquilo quando voltou para seu lugar, acalmando Juliette sem uma palavra e lembrando a ela que o julgamento não terminara.

O sr. Franklin convocou mais algumas testemunhas, todas elas afirmando as grandes qualidades do caráter do sr. Graves e negando, com ênfase, que ele jogasse ou agisse de qualquer forma remotamente imoral. Mas, depois das respostas da srta. Davis, esses testemunhos pareciam totalmente inúteis.

— Milorde, isto conclui o caso para a acusação – disse o sr. Franklin quando o último dos homens deixou o banco das testemunhas.

— Agora Drury vai falar, não vai? – perguntou Juliette à lady Fanny, certa de que ele faria um discurso que jogaria na poeira os comentários de abertura do caso feitos pelo sr. Franklin.

— Não, o advogado do acusado não faz isso – explicou o sr. Gerrard, embora ela não tivesse perguntado a ele. – A sra. Windham tem que se defender sozinha.

— Isto não me parece justo – disse Juliette, franzindo a testa.

O sr. Gerrard pareceu abalado, claramente chocado por qualquer pessoa duvidar dos procedimentos legais britânicos.

— Se uma pessoa é inocente, por que precisaria de um advogado, a não ser para interrogar as testemunhas?

– Não é evidente? – replicou Juliette. – Olhe para a pobre sra. Windham! É como uma pessoa perdida numa floresta. Como vai enfrentar todos estes homens em suas perucas e suas túnicas sem ficar com medo? E, se tiver medo, pode ficar confusa e cometer erros.

– Ela tem um bom procurador e sir Douglas também.

– E se não pudesse pagar esses profissionais?

O sr. Gerrard ficou vermelho e balançou os ombros.

O que ele *poderia* dizer? Reafirmou a si mesma que não era justo.

A sra. Windham limpou a garganta, olhou ansiosamente para sir Douglas e começou, numa voz alta e trêmula, que demonstrava mais seu medo do que sua idade.

– Sou uma mulher boa, honesta, temente a Deus. Trabalhei minha vida toda, primeiro como copeira, então como lavadeira depois que meu pobre marido morreu. Trabalhei para os Graves por quase dez anos, e nunca tive problemas com a patroa... nem com o sr. Graves. No dia em que o dinheiro desapareceu, o sr. Graves me procurou e me disse que sua esposa não estava se sentindo bem, então eu teria que subir e pegar as roupas de cama do quarto eu mesma. Fiquei preocupada com a patroa e perguntei qual era o problema e ele disse que não era nada sério. Mesmo assim, ela não tivera tempo para trocar a roupa de cama. Sem problema, eu disse, e fui para o quarto de dormir. Mas não havia roupa de cama lá, então desci de novo. Três dias depois, os Runners vieram a minha casa, dizendo que o sr. Graves me acusara de furtar e fui com eles. Eu estava apavorada, nunca roubei nada na minha vida, mas eles não me ouviam. Então fui levada para Bow Street e lá estava o sr. Graves, severo como um juiz... com o seu perdão, milorde... dizendo que eu tinha furtado 50 libras do quarto dele.

Mas, sobre a vida do meu pobre filho, não roubei dinheiro nenhum! Sou uma boa mulher, eu sou!

Ela começou a chorar, fungando e passando as costas das mãos nos olhos.

— Obrigado, sra. Windham — disse o juiz. — Sir Douglas, pode chamar sua primeira testemunha.

— Tenho apenas uma testemunha. Por favor, chamem Mary Windham.

Harriet Windham se assustou e pareceu que ia protestar, mas um olhar de sir Douglas a fez ficar calada, e ela cobriu o rosto com as mãos enquanto uma jovem pálida e magra, parecendo não ter mais de 16 anos, entrava e se dirigia para o banco das testemunhas.

Seu vestido era pobre, mas limpo, e a touca barata e sem enfeites. Ela mordeu o lábio e cruzou as mãos diante da saia enquanto esperava ser interrogada.

— Você é a nora de Harriet Windham, não é? — perguntou sir Douglas, a voz calma e sem expressão. Na verdade, era quase tranquilizadora.

— Sim.

— Sua sogra, a sra. Windham, não deu qualquer explicação ao agiota sobre o pagamento que fez a ele. Ela contou a *você* onde conseguiu o dinheiro?

— Sim, mas me fez prometer que não diria a ninguém.

Isso causou nova sensação na galeria e Juliette também se debruçou, ansiosa para ouvir.

— Você jurou dizer a verdade no julgamento — disse sir Douglas a Mary Windham. — Parece que tem de quebrar a promessa que fez à sra. Windham para dizer a verdade no tribunal. Você fará isso?

Embora parecesse completamente infeliz, a jovem mulher acenou com a cabeça.

— Sim. — Harriet Windham deixou escapar um grito de terror. A nora a olhou com angústia. — É melhor a verdade e a vergonha pelo que não é um crime do que você ser condenada por furtar, quando é inocente.

— Sra. Windham, onde sua sogra conseguiu o dinheiro? — repetiu sir Douglas.

— Do sr. Graves.

— Do mesmo homem que a acusou de furto?

— Sim, senhor.

— Ela lhe contou *por que* ele lhe deu o dinheiro?

Com olhos angustiados, Mary Windham olhou de novo para a sogra. Então sua postura mudou para uma de forte determinação.

— Porque ele lhe devia, ela me disse, pelo que fez a ela 20 anos atrás. Ela era copeira na casa da mãe do sr. Graves e ele a engravidou. Meu marido era filho dele.

Juliette suspeitara que não se podia confiar naquele homem; mesmo assim, não esperava aquilo, nem os outros espectadores. Até os estenógrafos do tribunal suspenderam seus trabalhos, as bocas abertas.

— Assim, quando o agiota ameaçou nos mandar para a prisão dos devedores se não pagássemos o que devíamos, ela procurou o sr. Graves e lhe pediu para lhe emprestar o dinheiro. Ele recusou. Disse que fizera o bastante por ela ao lhe dar trabalho, embora ele fosse o motivo de ela ter perdido o emprego tantos anos atrás. Então Harriet lhe disse que sabia que ele não havia mudado suas maneiras... que estava fazendo a mesma coisa com a criada da casa e que, se não a ajudasse, ela contaria tudo à esposa dele. Isso lhe despertou o temor de Deus, porque é o pai dela que mantém o negócio funcionando. Então o sr. Graves disse: "venha ao quarto e lhe darei 50 libras". Ela foi e ele lhe deu, mas avisou a ela que, se contasse à esposa dele sobre o dinheiro ou sobre o que estava acontecendo entre ele e a srta. Davis, ela se arrependeria. Disse que conhece homens que matariam por um xelim e ela seria encontrada flutuando no Tâmisa... e eu e Arthur também. É por isso que ela não disse onde conseguiu o dinheiro... tem medo de que ele faça isso. Prefere ser enforcada ou desterrada a arriscar nossas vidas.

Enquanto as conversas na galeria ficavam mais altas, Juliette começou a imaginar se Graves era um vilão ainda maior do que ela suspeitara. Talvez soubesse que sir Douglas seria o advogado da sra. Windham; certamente, conhecia sua reputação. Talvez estivesse tão determinado a manter seus segredos que tentaria matar o homem que representaria a sra. Windham no tribunal... um homem conhecido por sua capacidade de descobrir a verdade.

Mas por que mandaria atacar Juliette também?

– Oh, Mary, Mary! – exclamou Harriet Windham. – Oh, meu pobre Arthur!

– Silêncio! Silêncio no tribunal! – ordenou o juiz. – Sir Douglas, tem mais perguntas para a testemunha?

– Não, milorde – respondeu, voltando mais uma vez para a mesa semicircular e se sentando de novo. Apesar de sua aparente tranquilidade, Juliette viu a tensão em seu corpo e o olhar de compaixão que lançou a Mary Windham quando a jovem deixou o banco de testemunhas.

– Senhores do júri – disse o juiz depois que ela saíra da sala do tribunal –, ouviram a acusação contra a ré e os testemunhos do que aconteceu durante a tarde de 2 de setembro. O sr. Graves, o acusador, deu sua versão dos fatos, como deram as suas testemunhas. A testemunha da acusada deu a dela. Observo que não há provas além do que disseram as testemunhas, o sr. Graves e a acusada. Vocês devem, portanto, dar o veredicto com base apenas nos testemunhos.

Quando o juiz terminou, os jurados mais uma vez se juntaram e sussurraram entre si.

Juliette apertou as mãos, preocupada, enquanto sir Douglas também esperava, sentado imóvel demais, os ombros retos demais, seu olhar não no júri ou na sra. Windham nem na galeria. Olhava pela janela.

Os jurados logo voltaram a seus lugares e o homem na ponta se levantou.

— Milorde, concluímos que Harriet Windham é inocente.

Juliette deixou escapar um grito de alívio e alegria. A cabeça de Drury se ergueu de repente e ele olhou diretamente para ela. Imediatamente constrangida, ela cobriu a boca com a mão e se encolheu atrás do pilar. Enquanto o fazia, percebeu que o sr. Smythe-Medway e sua esposa estavam aparentemente ocupados demais sorrindo um para o outro para ter percebido sua gafe.

— Eu sabia! — exclamou o sr. Smythe-Medway com alegria depois de um momento, enquanto lady Fanny apertava a mão de Juliette. — Venham, vamos sair daqui. Fanny, você precisa de ar fresco.

Juliette também não queria continuar na sala do tribunal, agora que o caso de sir Douglas terminara. Infelizmente, o sr. Gerrard também decidiu sair e os seguiu, enquanto passavam lentamente pela multidão em direção à entrada estreita. Diversas outras pessoas também estavam saindo, muitas delas fazendo comentários sobre o caráter do sr. Graves, ou da falta dele.

Juliette imediatamente previu uma queda nos negócios do homem e, embora não tivesse pena dele, tinha da esposa. Esperava que o pai da sra. Graves garantisse que ela não sofresse danos materiais por causa do comportamento do marido.

Quando chegaram à rua, o sr. Smythe-Medway andou um pouco à frente delas para encontrar uma carruagem de aluguel.

– Por quanto tempo sir Douglas ainda ficará no tribunal? – perguntou Juliette à lady Fanny, tentando não dar atenção ao sr. Gerrard, que continuava perto delas.

– Não sei – disse lady Fanny. – Oh, lá está ele, com aquela pobre mulher e a nora.

Juliette seguiu o olhar de lady Fanny para onde sir Douglas, agora sem a peruca e a túnica, estava parado conversando com as duas mulheres. Elas estavam evidentemente agradecendo a ele com grande emoção. Havia outro homem com ele e Juliette o reconheceu da sala do tribunal. Não era bonito, mas também não era feio e havia alguma coisa agradável em seu sorriso.

– Podemos esperar por Brix lá ou aqui – disse lady Fanny. – Você poderá conhecer Jamie St. Claire. É um procurador que frequentemente procura Drury para defender casos no tribunal. É um homem muito inteligente, diz Drury.

Juliette não viu motivos para não atravessar a rua e o fato de que isso as afastaria ainda mais do sr. Gerrard a fez ficar ainda mais ansiosa para aceitar a sugestão de lady Fanny.

Depois de cumprimentá-las com um aceno sóbrio, sir Douglas fez as apresentações e as duas mulheres timidamente fizeram mesuras. Jamie St. Claire parecia apenas um pouco mais à vontade e, quase imediatamente, pediu licença.

– Tenho outro cliente para ver em Newgate – falou ele, tocando o chapéu. – Bom dia, sir Douglas, senhoras.

– Fiquei tão feliz por você ser inocentada – disse lady Fanny às duas senhoras Windham depois que ele partiu.

— Devemos tudo a sir Douglas — afirmou Mary.

— Acho que não — objetou sir Douglas. — Harriet deve tudo a você, por revelar o que ela se recusou a contar. E garanto, não precisam temer o sr. Graves. Ele não levantará um dedo contra vocês, agora que todos ouviram o que ele ameaçou fazer.

As duas mulheres acenaram e, pela primeira vez, Harriet Windham sorriu com alívio genuíno.

Sir Douglas se voltou para Juliette.

— Bem, srta. Bergerine? O que pensa da justiça britânica?

— Nunca assisti a um julgamento francês, assim não posso comparar — respondeu ela com franqueza. — Mas acho que você é um advogado muito bom.

A mulher mais velha ofegou, então recuou como se Juliette a tivesse amaldiçoado. As sobrancelhas da mais jovem se abaixaram e seus olhos se encheram de ódio.

Por um momento, Juliette ficou espantada pela mudança súbita... até se lembrar do que ouvira no tribunal. O filho de uma e marido da outra morrera em Waterloo. Por alguns instantes conseguira esquecer como a maioria do povo inglês se sentia em relação aos franceses.

A chegada da carruagem felizmente impediu a continuação da conversa, especialmente quando o sr. Smythe-Medway abriu a porta e chamou alegremente:

— Milady, srta. Bergerine, sir Douglas, sua carruagem os aguarda!

— Entre — ordenou sir Douglas.

Juliette entrou, sem se demorar ou fazer perguntas.

Enquanto a carruagem se dirigia para a casa de Buggy, Drury não deu atenção aos excitados comentários de Brix sobre o julgamento e às respostas mais contidas de Fanny. Estava consciente demais do silêncio triste de Juliette enquanto ela olhava pela janela ao lado dela.

Ele havia esquecido. Ele, que jurara odiar os franceses enquanto vivesse, perdera o ódio sem nem mesmo perceber. Esquecera, também, que não estava sozinho em seu preconceito e que até as mais gentis das mulheres, como as duas senhoras Windham, partilhavam dele.

No entanto, ficariam ainda mais angustiadas se soubessem a verdade... que Peter Windham não morrera em Waterloo. Tinha sido assassinado em outro lugar da França por homens cruéis que matavam lentamente. Fora enganado pelo mesmo francês canalha que traíra Drury. E lhe quebrara todos os dedos.

– Já sei! – exclamou Brix, fazendo-o esquecer as lembranças infelizes. – Devemos todos ir a Vauxhall para celebrar o mais recente triunfo de Drury!

Não queria celebrar. Não agora. Nem mesmo quando Juliette se virou da janela, o rosto iluminado pelo interesse e disse:

– Nunca fui lá e gostaria de ir... gostaria muito.

– Então está combinado – declarou Brix, tomando a mão da esposa.

– Tem certeza? – perguntou ela a Juliette. Fanny sempre fora mais perceptiva que o marido.

– Oh, sim.

Talvez ela realmente quisesse ir. E suas palavras seguintes revelaram a ele o motivo.

– É um lugar público, não é? Talvez nossos inimigos finalmente mordam a isca.

Capítulo Treze

❦

O comportamento de homens jovens nos Vauxhall Gardens é uma vergonha e uma afronta a todas as pessoas decentes. Peço com veemência ao prefeito que considere salvaguardas mais eficazes, ou os Gardens não deixarão de ser outra coisa a não ser um local de indecência e de atividades inaceitáveis.
— De uma carta ao editor do London Morning Herald

— Os Vauxhall Gardens? – repetiu Polly enquanto penteava o cabelo de Juliette em preparação para uma noite de celebração.

— *Oui* – confirmou Juliette, tentando parecer animada.

Queria conhecer os famosos jardins, mas aquelas duas mulheres lembraram-lhe que jamais poderia pertencer realmente à Inglaterra. Os últimos dias tinham sido um sonho. Um sonho agradável, mas mesmo assim um sonho.

— Oh, é uma maravilha, senhorita, é mesmo! – exclamou Polly. – Os caminhos e a fonte e, de vez em quando, há fogos de artifício também. Mas é uma boa coisa você ir com cavalheiros, senhorita.

Sempre há patifes se escondendo nos Caminhos Escuros. Eles ficam à espreita de mulheres jovens e as agarram e... bem, soube que eles praticam todo tipo de maldades.

Parecia um lugar adequado para uma emboscada, pensou Juliette. Devia estar contente, supunha. Não era seu plano encorajar os inimigos a agirem? Não devia estar esperando, ansiosa, pelo fim dessa vida estranha, especialmente quando recebera a promessa de ter a própria loja no futuro?

Ela *queria* que essa situação tivesse um fim. Sir Douglas lhe prometera um futuro para o qual estava bem preparada e no qual certamente seria feliz, mesmo se Georges estivesse morto. Quanto mais cedo ficasse livre para torná-lo realidade, melhor.

– Não está se sentindo bem? – perguntou Polly, preocupada, enquanto punha o último grampo no cabelo de Juliette, penteado num estilo simples *à la grec*. Usava um vestido bonito e quente, de veludo azul-escuro, sem enfeites. Era simples e, ao mesmo tempo, lhe caía bem e não chamava atenção para ela. Diferente dos vestidos que aquelas mulheres usavam no teatro.

– Não, estou bem – disse Juliette, se levantando. – Estava apenas tentando imaginar o lugar. Será a primeira vez que vou lá.

– Você vai se divertir muito, tenho certeza!

Juliette sorriu com mais esperança do que certeza enquanto pegava o xale de caxemira e se apressava em direção à sala de estar, onde sir Douglas esperava por ela.

– Feche a porta, por favor – disse ele quando ela entrou, sua maneira sombria e contida.

Subitamente aterrorizada, temendo que alguma coisa ruim tivesse acontecido, ela fechou a porta como ele pedira.

– É Georges? – perguntou ela num sussurro, a garganta tão seca como um copo vazio.

– Oh, Deus, não! – exclamou ele. Deu um passo hesitante à frente. – Sam ainda não voltou de Calais e não tive mais notícias dos homens de MacDougal. Não é nada disso.

Mesmo enquanto o alívio espantava seu terror, ela se perguntou o que havia acontecido à sua arrogância, à sua suprema confiança em si mesmo.

Ele se aproximou mais, ainda inesperadamente hesitante, quase... humilde?

– Queria lhe pedir perdão, Juliette – disse ele, a voz deferente. – Fui muito grosseiro com você no dia em que nos conhecemos, ainda pior do que aquelas mulheres hoje. Desde que voltei da guerra, alimentei um ódio intenso aos franceses pelo que me aconteceu lá. Culpei toda uma nação pelas ações cruéis de alguns homens. Devia ter sido mais sábio, me comportado melhor. Estou realmente arrependido e envergonhado. Devo minha vida a você e reagi como uma criança mimada, ignorante. Espero que possa me perdoar.

Ela olhou para ele assombrada, sem saber o que dizer.

Ele franziu a testa.

– É tão difícil acreditar que sou capaz de reconhecer quando estou errado?

Era de novo o Drury que conhecia... para seu alívio. O comportamento humilde, inseguro, o fizera parecer um estranho. Um estranho interessante, mas ela preferia o homem confiante, no controle de si mesmo e do seu mundo, que a fazia se sentir segura e confiante também.

– Você apenas me pegou de surpresa – explicou ela. – Não estava esperando um pedido de desculpas.

– Você me perdoa?

Não era exatamente uma exigência, mas também não era um apelo. Estava agindo como ela esperava que um homem orgulhoso agisse.

– Já que se desculpou, sim, eu o perdoo – respondeu ela com sinceridade.

Ele deu outro passo em direção a ela, a cabeça ligeiramente inclinada para um dos lados, um sorriso sedutor surgindo em seu belo rosto moreno.

– Fico muito feliz de ouvir isso, srta. Bergerine. E você está muito bonita esta noite.

Essa mudança não foi... tão bem-vinda. Ela se sentiu menos confiante, mais como uma mulher pobre em dívida com um homem rico. Recuou, afastando-se dele e daquele sorriso sedutor.

– Por que está dizendo isto?
– Estou lhe fazendo um elogio. Você é uma mulher linda.
– Meu espelho diz que não sou.

Ele estava perto agora. Perto demais.

– Seu espelho, srta. Bergerine, é um mentiroso.

Ela devia correr para longe dele antes que a tocasse e enquanto ainda era a dona de seu coração disparado. Enquanto podia ignorar o desejo que lhe percorria o corpo como o mais forte dos vinhos. No entanto, seus pés se recusavam a cooperar.

– Você é mais do que bela, srta. Bergerine – disse ele, a voz suave. – É também a mulher mais corajosa que já conheci.

– Você... você me lisonjeia – gaguejou ela, incapaz de encontrar seu olhar intensamente perspicaz.

Que pergunta estava ele realmente fazendo? Que resposta esperava? Que resposta queria lhe dar?

— Sir Douglas, o honorável Brixton Smythe-Medway e sua esposa chegaram — anunciou Millstone atrás da porta fechada da sala de estar.

Juliette arquejou, com se estivesse se afogando, enquanto sir Douglas franzia a testa como se detestasse o honorável Brixton Smythe-Medway e sua esposa.

— Estamos indo — disse ele, a voz alta. Então ergueu uma sobrancelha friamente interrogativa. — Vamos, srta. Bergerine?

— Sim — respondeu ela, tomando-lhe o braço.

Embora o que realmente quisesse fazer... Deus a ajudasse... era beijá-lo.

Enquanto seguiam na carruagem de Smythe-Medway para os Gardens, Juliette não conseguiu parar de imaginar o que poderia ter acontecido se Millstone não os tivesse interrompido.

Beijar seria o mínimo, suspeitava ela, e, enquanto estava sentada na carruagem com Drury ao lado, a coxa dele tocando a sua, o braço contra o dela, Juliette abriu o leque entalhado de sândalo que estava pendurado em sua cintura e tentou desesperadamente esfriar seu sangue quente.

— Calor demais? — perguntou, solícito, o sr. Smythe-Medway.

— Apenas um pouco — murmurou ela.

— Drury, você também está vermelho — observou o amigo. — Espero que não tenha apanhado uma febre.

— Estou me sentindo muito bem — respondeu ele.

Apesar da resposta brusca, o sr. Smythe-Medway estendeu o braço e abaixou um pouco a vidraça da carruagem.

— Melhor?

— Eu lhe disse, estou bem — repetiu Drury com mais veemência. — Não gostaria que Fanny ou a srta. Bergerine pegassem um resfriado.

— Estou muito confortável – mentiu Juliette.

— Este xale novo é bem quente – assegurou lady Fanny ao marido, com um sorriso. – Diana o mandou para mim.

Durante o resto da viagem, Drury e os amigos conversaram sobre o visconde Adderley, sua esposa e seu filho bebê, assim como alguém da marinha chamado Charlie.

Juliette não conseguiu deixar de se sentir excluída, mas, então, por que seria incluída na conversa? Não conhecia nenhuma dessas pessoas e logo sairia das vidas deles e eles da dela.

Quando chegaram aos Gardens, desembarcaram rapidamente, os cavalheiros pagaram os ingressos e entraram.

Era como cair dentro de um conto de fadas.

— Oh, é adorável! – exclamou Juliette ao ver a avenida ladeada por árvores e iluminada por lanternas penduradas em postes.

— Cinco mil lanternas é realmente um número impressionante – disse Drury enquanto lhe tomava o braço para levá-la pelos Grandes Caminhos, ladeados por olmos. O sr. Smythe-Medway e a esposa os seguiam num passo mais lento e, logo, estavam bem atrás deles.

Para qualquer observador casual, ela e sir Douglas pareciam com qualquer dos muitos casais nos Gardens aquela noite, pensou Juliette. Havia grandes grupos de pessoas também, e mais de uma acompanhante evidentemente tensa, além de grupos de jovens que encaravam as mulheres com ousadia. Alguns homens olharam para ela, mas, para seu alívio, um simples olhar de Drury era suficiente para levá-los a afastar sua atenção insolente para outras mulheres.

Perguntou-se se algum dos homens parados ali pertencia ao grupo de MacDougal. Alguns deviam, ela esperava.

— Temo já estar acostumado demais com essas coisas para apreciar as glórias de Vauxhall – comentou sir Douglas depois de um momento. – São necessários olhos inocentes e entusiasmo juvenil para valorizá-las.

— Você fala como se tivesse cem anos.

— Fiz 30 anos no ano passado.

— Oh, sim, muito velho – respondeu ela, pensando como um homem maduro era muito mais atraente que um jovem, como o sr. Gerrard. – Sem dúvida logo precisará de uma bengala.

— Quantos anos tem, srta. Bergerine?

— Vinte.

— Apenas um bebê.

— Sou velha o bastante para cuidar de mim... e de você também. Lembra-se?

— Como poderia esquecer? – respondeu ele com uma insinuação de sarcasmo.

— Como *eu* poderia esquecer? – ela contradisse. – Mas não sou criança.

— Também não consigo esquecer isso – falou ele calmamente, a voz baixa e um pouco rouca.

O pulso dela acelerou. Plano ou não, talvez não devesse ter ido ali com ele.

— Acho que ambos somos mais velhos que nossas idades em alguns pontos – disse ele, depois de outro silêncio. – Nossas experiências nos fizeram assim, quiséssemos ou não.

Ela ouviu a aceitação e uma sugestão de desespero.

— No entanto, sobrevivemos, e você faz um bom trabalho, eu acho. – Ele lhe deu um sorriso quando a ouviu.

– E você pode fazer uma mulher feliz criando para ela um belo vestido. Algumas vezes, são as pequenas coisas que fazem a diferença num dia que, de outra forma, poderia ser infeliz.

Ela não havia pensado em seu trabalho dessa forma, mas, quando ele o dissera, sentiu que recebera um elogio maravilhoso. Certamente, jamais salvaria a vida de ninguém costurando, mas, mesmo assim, era agradável pensar que podia fazer uma pequena diferença na vida de uma mulher, mesmo se apenas com um vestido.

Continuaram a caminhar em silêncio, embora estivesse se tornando claro que mais de uma pessoa reconhecera sir Douglas ali também. Ela supunha que era de se esperar.

– Vejo que você é bem conhecido em todo lugar em Londres.
– Infelizmente, sim.
– Não gosta de ser bem conhecido?
– Tem suas desvantagens. Esqueceu?

Ela se virou para que ele não lhe visse o rosto. *Tinha esquecido*. Por alguns momentos, esquecera que isso era apenas uma armadilha e que não estava realmente com ele, não dessa maneira.

Não da maneira como gostaria de estar.

Pronto. Admitira, pelo menos para si mesma. Mas não podia ser. Tinha muito a perder, incluindo o orgulho e o respeito por si mesma, se sucumbisse aos anseios de seu corpo.

Tentando desviar seus pensamentos do impossível, ela mostrou uma estrutura à esquerda deles com um alto domo em curva.

– O que é aquilo?
– O templo de Comus.
– Quem?

— Comus, o deus das festividades, festas e...
— E? – insistiu, quando ele se calou.

Graças à relutância dele, Juliette teve uma ligeira noção do que o "e" significava, mas isso não a impediu de querer ouvi-lo descrever o que era.

— Certas atividades que geralmente ocorrem à noite.
— Oh? – murmurou ela, com inocência fingida. – Que tipo de atividades?
— Entre um homem e uma mulher.
— Conversas? Música? Um jantar?

Ele parou de andar para olhar para ela com uma expressão zombeteira.

— Está me provocando, srta. Bergerine? – Sua voz ficou mais baixa. – Ou realmente não sabe a que tipo de atividades íntimas estou me referindo?

A diversão que havia no fundo dos olhos dele se transformou em outra coisa, alguma coisa mais profunda e mais poderosa, alguma coisa que exigia uma reação semelhante dela naquele lugar mágico que parecia separado do mundo real. Ali, tudo poderia acontecer, se ela quisesse, e, se algum homem pudesse afastá-la de seus princípios morais, estava olhando para ele agora. Se algum dia quisesse fazer coisas impróprias, estava tentada a fazê-las ali, com ele.

— Tenho uma ideia. – Podia ser virgem, mas ouvira coisas na loja, quando as mulheres estavam conversando entre elas. Além disso, fora *criada* numa fazenda.

— Apenas uma ideia?
— *Oui*. Pensou que fosse diferente?
— Sua condição, virginal ou não, não é da minha conta.

Ela voltou à realidade com um choque. O que mais esperava? Que ele ficasse contente? Aliviado? Por que se importaria?

— Vejo que nos afastamos demais de Brix e Fanny. Que acompanhantes conscienciosos eles são. Bem, que caminho quer tomar, srta. Bergerine? O Caminho do Sul, com suas belas ruínas e fontes, ou o do Eremita, com a representação encantadora de um fanático religioso?

— Se queremos provocar sua inimiga, não devemos tomar os Caminhos Escuros?

Ele olhou para ela um pouco assustado.

— O Caminho dos Amantes?

— Estamos aqui para tentar nossos inimigos a agirem, não estamos? — desafiou ela. — Que atitude melhor do que ir a um lugar adequado para uma emboscada? Você tem homens para nos proteger, mesmo se não podemos vê-los, não tem?

— Tenho, mas não acho que entrar deliberadamente numa emboscada seja uma boa ideia. — Subitamente, seu rosto escureceu com uma expressão de raiva. — Aí vem aquele detestável Buckthorne.

O conde realmente vinha tropeçando na direção deles, os braços em torno de duas mulheres de seios grandes, muito pintadas. Havia outro homem com eles, também meio andando, meio se apoiando em outras duas mulheres vestidas de maneira que denunciava que eram acompanhantes pagas. Juliette ficou aliviada ao ver que o segundo homem não era o sr. Gerrard. Ele a aborrecera no tribunal, mas não gostaria de pensar que era um bêbado como Buckthorne.

O conde e suas amigas pararam, assim como os outros atrás deles, o homem escorregando para o chão.

— Saiam da frente, está bem? Vocês estão bloqueando o maldito caminho — disse Buckthorne, a voz lenta pela bebida. Seus olhos semicerraram, depois se abriram muito. — Oh, digo, é... é!

Boa noite, sir Douglas. – Tentou fazer uma mesura para Juliette sem cair. – Srta. Brid...Bertin...Bergine?

– Boa noite, Buckthorne – resmungou Drury, tomando o braço de Juliette e arrastando-a para longe deles. – Se nos der licença.

– O que é isto! – exclamou o conde, indignado.

Drury ignorou-o.

– A má criação sempre aparece, como meu pai costumava dizer – desdenhou o conde atrás deles. – Afinal, a mãe dele era uma prostituta.

Drury hesitou e Juliette se perguntou se ele iria desafiar o nobre embriagado para um duelo depois de um insulto daqueles. Mas sir Douglas apenas cerrou os lábios e continuou a escoltá-la nos Caminhos Escuros.

– Aquele homem é desprezível – declarou ela, indignada pelo insulto a sir Douglas.

– Acho que é uma avaliação bem generosa – resmungou ele antes de parar de novo e perguntar: – O que sabe sobre minha mãe?

– Muito pouco, a não ser que acho que não foi uma mãe amorosa.

– Não foi amorosa comigo nem com meu pai – respondeu ele, voltando a andar. – Com outros homens, frequentemente. Assim, o odioso conde de Buckthorne está correto, infelizmente. Ela também era dada a ataques de raiva. Podia ser bondosa num momento e terrível no seguinte. Nunca sabia o que esperar, então rapidamente aprendi a evitá-la sempre que podia.

Juliette podia imaginar. Podia ver um menino apavorado de olhos grandes e cabelo escuro se escondendo dos pais, querendo ser amado, mas também com medo deles.

— Minha mãe morreu pouco depois que nasci, assim, tive apenas papai e meus irmãos – disse ela em voz baixa. – Papai não sabia o que fazer com uma filha. Não tinha medo dele, mas, na maior parte do tempo, era como se eu não existisse. Acho que ficou aliviado de ir para a guerra, de se afastar da fazenda e de suas responsabilidades e... e de mim – sussurrou ela, a dor desta convicção ainda intensa apesar dos anos que haviam se passado desde que ele fora embora. – Ninguém se importava com o que pudesse acontecer a mim... exceto, talvez, Georges – acrescentou, dizendo a si mesma que era verdade apesar da excitação nos olhos dele quando se despediu dela. – Georges prometeu voltar para mim.

— E, no entanto, por alguma razão, não voltou – disse Drury –, e agora você está tão sozinha no mundo como eu.

Pelo menos tinham isso em comum. Isso e uma outra coisa sobre a qual não queria pensar, para não agir de acordo com aquele desejo.

— *Oui*, sou sozinha.

Eles chegaram ao que deviam ser os Caminhos Escuros, já que agora havia muito menos luzes acesas. Ela percebia como certas... coisas podiam acontecer ali.

Então ouviu vozes vindo em direção a eles de algum ponto próximo... pelo menos três homens, bêbados, e um deles parecia ser o sr. Gerrard. Ela não queria se encontrar com ele ali, como não quisera se encontrar com o conde. E parecia que nem sir Douglas queria, porque praguejou baixinho e se refugiou na vegetação ao lado do caminho, puxando-a consigo.

— A última coisa de que precisamos é encontrar um grupo de patifes bêbados – resmungou ele em voz baixa.

Ela não pensava em patifes, bêbados ou não. Estava consciente demais da mão dele em torno das dela, e de que estavam praticamente sozinhos. Juntos. Na escuridão. Esse lugar *era* perigoso, mas não por causa dos outros.

– Acho que um deles é o sr. Gerrard – sussurrou ela, forçando-se a pensar em outra coisa que não na proximidade de Drury.

– Se está bêbado, mais um motivo para evitá-lo. Homens podem ser estúpidos quando estão bêbados.

Ela se lembrou de Gaston LaRoche e de seu hálito, que sempre cheirava a vinho velho.

– É muito melhor ficarmos aqui – concordou ela, mesmo que o corpo de sir Douglas estivesse tão perto do dela que podia sentir sua respiração. Seu peito subia e descia com tanta rapidez como o dela.

O grupo de homens... e, na verdade, o sr. Gerrard era um deles, embora parecesse bem mais sóbrio que os outros... chegou mais perto, tropeçando. Um deles começou a cantar uma canção grosseira e os outros o acompanharam enquanto passavam. Felizmente, não viram o casal observando-os à sombra dos altos arbustos.

Depois que passaram, Juliette deixou escapar um suspiro de alívio.

– Isso foi... como é que vocês, ingleses, dizem? Passou perto – falou ela, sem vontade de voltar ao caminho, embora sir Douglas estivesse próximo demais e seu braço se encostasse no dela.

– Muito perto – concordou ele. Então disse, parecendo ligeiramente intrigado. – Achei que você gostasse de Gerrard.

– Ele é um pouco atrevido demais para o meu gosto.

– Não vou discutir isso.

– Talvez seja melhor voltarmos para o outro caminho.

– Talvez seja.

— Agora mesmo.

— Sem demora — concordou Drury.

Mas nenhum dos dois se moveu. Era como se o desejo que vinham tentando ignorar os tivesse envolvido em meio às sombras. Ali, na escuridão, ele não era sir Douglas Drury, baronete, advogado, muito acima dela em posição social e dinheiro. Ela não era uma costureira pobre de um país que ele desprezava. Eram apenas um homem e uma mulher, sozinhos na escuridão. Um homem e uma mulher que partilhavam um anseio apaixonado que, ali, sozinhos na escuridão, não podia mais ser negado.

Moveram-se ao mesmo tempo, como se puxados por uma linha forte e invisível. Os lábios se encontraram e os braços envolveram um ao outro. E seus corpos se aproximaram, peito com peito, ventre com ventre. As línguas se misturaram e as mãos exploraram. A respiração acelerou. Os membros relaxaram, mas havia tensão também, profundamente dentro deles.

Juliette se moveu e sentiu a excitação rija de sir Douglas, o que fez a própria excitação aumentar ainda mais. A mão dele subiu e empalmou-lhe o seio firme, acariciando-o delicadamente até ela gemer. Ofegante, ela arqueou o pescoço, enquanto os lábios dele faziam uma trilha para baixo. E ainda mais para baixo, até lamberem e sugarem seus seios sobre o tecido do vestido e da combinação, enquanto o xale caía no chão, sem que ambos percebessem. Ela lhe segurou o cabelo e ele a agarrou pelas nádegas e puxou-a para mais perto ainda, esfregando-se nela com um grunhido baixo de profunda necessidade na base da garganta.

— Oh, por favor! — arquejou ela, encorajando-o. — Oh, por favor!

— Drury! Onde diabos estão vocês? – gritou o sr. Smythe-Medway, exasperado, de algum lugar próximo.

Mon Dieu, o que estavam fazendo? O que *ela* estava fazendo?

Drury recuou, enquanto ela rapidamente consertava o chapéu e se debruçava para pegar o xale.

— Drury! – gritou o sr. Smythe-Medway de novo. – Eu lhe digo, Fanny, isto é demais. Aqui é perigoso e ele devia saber disso.

— Tenho certeza de que ele pode protegê-la. Também contratou os homens de MacDougal para vigiá-los – acalmou lady Fanny.

— É melhor que protejam! Maldição, onde estão? Drury!

SILENCIOSAMENTE SE amaldiçoando por ser um idiota fraco e lascivo, Drury deu um passo à frente e se mostrou. Jamais deveria ter cedido à tentação de beijar Juliette. Devia ter mantido seu desejo sob controle e não se submeter aos anseios primitivos que lhe pulsavam no corpo, nem mesmo quando estavam sozinhos na escuridão.

— Não há necessidade de gritar como uma vendedora de peixes – disse ele ao amigo, que estava alguns metros atrás, na trilha escura. – Estamos bem aqui. Vimos o conde de Buckthorne com algumas damas de virtude duvidosa e nos escondemos nos arbustos.

Quando Drury se voltou, pronto para dar o braço à Juliette de novo, esperava que ela tivesse conseguido se compor e que não estivesse zangada demais. Afinal, ela respondera a sua paixão medida por medida e, se era culpado de luxúria, ela também era.

Ela não estava lá.

— Juliette! – arquejou ele, enquanto um medo diferente de todos os que já sentira, mesmo durante seus piores dias na França, o invadiu como a enchente de um rio. – Juliette!

Esquecendo-se de Brix e Fanny e de tudo o mais, exceto Juliette, abriu caminho entre os arbustos onde ela estivera.

Encontrou-se em outro caminho, sombrio e vazio, em escuridão profunda. Lutou para dominar o pânico crescente, o medo que crescia, e se obrigou a *pensar*.

Juliette não desmaiaria. Ela lutaria. Faria algum barulho, se pudesse. Se estivesse consciente. Se estivesse viva.

Tinha que estar viva. Não podia pensar em nada mais, aceitar nada mais. Drury fechou os olhos e ouviu, ouviu com intensidade, como ouvira todos aqueles dias naquela cela escura. Ouvira, então, por qualquer som que lhe revelasse o que aconteceria a ele, ou onde estava, ou que horas eram.

Agora, ouvia com mais intensidade ainda, para captar qualquer pequeno ruído que o ajudasse a encontrar a mulher cuja vida significava mais para ele do que a sua própria.

Capítulo Catorze

Como pude ser tão estúpido?
— Do diário de sir Douglas Drury

JULIETTE LUTOU e tentou gritar enquanto alguém... alguém forte... a arrastava mais para dentro dos arbustos. Para longe do caminho. Para longe de Drury e dos outros. Para longe da ajuda.

Ela chutou e se virou, o gosto horrível de uma luva de couro em sua boca. Onde estavam os homens que deviam protegê-los?

Então sentiu a ponta de alguma coisa aguda no pescoço.

— Faça outro som e a matarei – disse uma profunda e áspera voz masculina.

Mon Dieu, Mon Dieu! Aquele homem de novo, só que desta vez tinha uma faca. O que poderia fazer? Estava sozinha, como sempre. Sempre, para sempre, para lutar por si mesma, mais uma vez.

Tinha a certeza de que, desta vez, ele a mataria, gritasse ou não. Desta vez, era realmente vida ou morte. Assim, precisava lutar, e lutaria. Determinada a fazer isto, e indiferente à faca em seu pescoço, ela bateu o salto do sapato com toda a força sobre a bota que calçava o pé do homem.

Ele grunhiu e ela sentiu o fio quente de sangue em seu pescoço, mas suas ações bastaram para ele afrouxar o aperto. Ela se atirou à frente, contra o braço que a circundava.

– Oh, não, não vai! Não desta vez – grunhiu ele, empurrando-a para o chão.

Ela caiu com força sobre as mãos e os joelhos. Ele pôs o pé sobre as costas dela e empurrou-a para o chão de terra coberto de folhas mortas.

– Sua nojenta prostituta francesa! Abrindo suas pernas para Drury.

Então, de repente, o pé dele desapareceu. Ela ouviu arquejos, os sons de uma briga. Virando a cabeça, mal ousando respirar, pôde ver dois homens lutando na escuridão, a lâmina de uma faca brilhando nos poucos pontos de luz da lua.

O homem com a faca certamente era seu atacante.

E o outro?

Drury! Era Drury, tentando arrancar a faca com seus dedos tortos, duros.

Ela se levantou. Sua mão encontrou um galho... não um galho muito grosso, mas era melhor que nada. Tropeçou para a frente, em direção aos homens, que estavam se virando juntos em algum tipo de dança bizarra.

Com toda a força que conseguiu reunir, ela bateu no atacante com o galho. Sem deixar a faca cair, ele empurrou Drury para o chão, então se virou.

– Recue! – gritou Drury, enquanto o homem se aproximava dela, uma careta de maldade no rosto como alguma coisa saída de um pesadelo.

– Acho que estão por aqui! – gritou uma voz.

O sr. Smythe-Medway. Oh, graças a Deus, o sr. Smythe-Medway estava chegando.

Como uma praga, o assaltante passou por ela e correu para a escuridão, desaparecendo como um fantasma, enquanto ela se apressou a ajudar Drury a se levantar.

– Ele a feriu? – perguntou ele, ansioso, segurando-a pelos ombros.

Não era um advogado civilizado agora; era um guerreiro, rijo e impiedoso, pronto e capaz de matar. Ela sabia disso. Sentiu isso. Acreditou nisso.

– Não muito – disse ela, ao mesmo tempo exultante e temendo que o homem fugisse. – Ele feriu você? Suas costelas...

– Estão bem.

– Então temos que ir atrás dele! Esta é a oportunidade que estávamos esperando!

– Você não.

Carregando uma lanterna, o sr. Smythe-Medway surgiu no caminho, a esposa arquejante atrás dele.

– Lá está Drury. E a srta. Bergerine também, graças a Deus! Vocês estão bem? Você está sangrando!

– Um pequeno corte. Não é nada – disse ela, sem dar importância. – Mas o homem está fugindo! – Virou-se para olhar para Drury... e descobriu que se fora.

Desaparecera sem fazer um som.

– Onde...

— Sem dúvida foi atrás do bandido que a atacou — disse o sr. Smythe-Medway, enquanto lady Fanny tirava um pequeno e delicado lenço da bolsa. — Não gostaria de estar no lugar daquele homem quando Drury o pegar.

Lady Fanny estendeu a mão e limpou o sangue no pescoço de Juliette.

— Você consegue andar? — perguntou ela.

— *Oui* — respondeu Juliette, ansiosa para sair daquele lugar e, no entanto, mais ansiosa ainda para encontrar Drury e saber que ele estava a salvo. Não tinha armas, uma faca com que se proteger, e suas mãos...

— Não devemos ir atrás de sir Douglas?

— Acho que seria melhor levar você de volta para a casa de lorde Bromwell — disse o sr. Smythe-Medway.

Chocada pela sugestão, Juliette balançou a cabeça com veemência.

— *Non*. Não sairei daqui sem ele.

— Não adianta tentar seguir Drury — disse lady Fanny com gentileza e simpatia. — Podemos apenas nos perder dele ou perder tempo.

Ele ficará bem, tenho certeza. Podemos esperar por ele mais perto da entrada, onde há cadeiras e podemos lhe arranjar alguma coisa para beber.

Juliette se lembrou da condição de lady Fanny.

— Você não deveria...

— Estou perfeitamente bem, mas gostaria de me sentar — disse Fanny sorrindo. — Venha, vamos andar devagar.

— Arruinei seu lenço.

— Não pense nisso. Tenho muitos.

* * *

O SR. Smythe-Medway e sua esposa tentavam ajudá-la, confortá-la, enquanto esperavam num dos pequenos quiosques onde eram vendidos alimentos e bebidas, mas Juliette sabia que não se sentiria bem até ver Drury de novo.

Certamente, não queria ver o sr. Gerrard, que chegara correndo como se tivesse sido convocado para defender o país sozinho.

– Srta. Bergerine, acabei de ouvir o que aconteceu! Que coisa terrível!

Aparentemente, ficara mais sóbrio desde a última vez que o vira.

– Estou muito bem, sr. Gerrard.

– Há alguma coisa que eu possa fazer?

Além de ir embora?

– Não, obrigada. Estamos esperando pela volta de sir Douglas e, então, meus amigos me levarão para casa.

– Tem certeza?

– Completa – replicou ela, enquanto o sr. Smythe-Medway se levantava. Ele não parecia ameaçador ou zangado, mas havia alguma coisa sobre sua ação que deixou claro ao sr. Gerrard que devia pensar seriamente em ir embora.

Entretanto, antes de ele sair, o conde de Buckthorne e suas companheiras apareceram, tropeçando em direção à mesa, onde Juliette e lady Fanny estavam sentadas.

O conde parou, desequilibrado, e tentou fazer uma mesura.

– Boa noite de novo. Tiveram um pouco de excitação, eu soube. Isso é o que acontece quando vocês se aventuram no Caminho dos Amantes. Pena que foram interrompidos, não é? Sei que sir Douglas Drury é um excelente espadachim.

– Deus do céu, é o pequeno Billy Buckthorne? – exclamou o sr. Smythe-Medway antes que uma indignada Juliette pudesse responder. – Deus, a última vez que o vi, você estava chorando como um bebê no White's por que havia perdido num jogo de cartas. É claro, você era muito mais jovem e magro, então. Como é gentil em se preocupar. E eu pensando que você fosse um idiota egoísta. Felizmente, como pode ver, a srta. Bergerine está em boas mãos.

– Assim eu soube – disse o conde, zombeteiro.

– Esta é uma insinuação degradante! – acusou o sr. Gerrard, o rosto vermelho de raiva. – Exijo que a retire.

Juliette queria que os dois fossem embora. Eram como duas crianças brigando, enquanto tudo o que ela queria era a volta de Drury em segurança, tivesse capturado ou não o atacante.

O conde se endireitou o máximo que seu estado de embriaguez permitia.

– Por que deveria? Todo mundo está dizendo a mesma coisa. Qual é o problema, Gerrard? Aborrecido porque ela não abrirá suas belas pernas para você?

– Exijo satisfação!

Antes que Juliette pudesse dizer a eles que parassem de se comportar como crianças, o sr. Smythe-Medway ficou entre os dois.

– Senhores, não estão em condição de discutir um assunto assim e sei que sir Douglas não gostará se vocês duelarem por causa da noiva dele. Isso exporia a srta. Bergerine à pior espécie de notoriedade e ele seria obrigado a desafiar os dois. Compreendo que homens jovens estão sempre ansiosos para provar seu valor e suas habilidades por esses meios, mas também suspeito que nenhum dos dois já tenha visto Drury lutar quando alguma coisa importante está em jogo. – O sr. Smythe-Medway balançou a cabeça com tristeza. – Não recomendo isso, senhores. E estou seguro de que a srta. Bergerine, como a doce mulher que é, não gostaria de ser a causa da morte prematura de nenhum dos dois.

– Não, não gostaria! – concordou ela enfaticamente.

Demonstrando como a compreendia pouco, o sr. Gerrard continuou, indignado.

– Só concordarei se o conde retirar o que sugeriu sobre a srta. Bergerine.

O sr. Smythe-Medway se voltou para o conde, ruborizado.

– Sem dúvida bebeu demais, milorde. Não há vergonha em admitir isso e retirar suas declarações. – Acenou para além do conde. – E acho que seria prudente fazer isso de imediato, antes que sir Douglas nos alcance e saiba de tudo. Então, lutará com você aqui e agora.

Buckthorne olhou, temeroso, por cima do ombro.

Juliette não viu ninguém se aproximando, mas aparentemente a ameaça era o suficiente para fazer o conde reconsiderar.

– Eu... eu não quis dizer isso! – gaguejou ele.

O conde agarrou os braços das duas mulheres, que estavam esperando nas proximidades, sussurrando, rindo e encarando o sr. Gerrard e o sr. Smythe-Medway, sem pensar em lady Fanny, e saiu rapidamente com elas.

– Sugiro que o senhor também se retire, sr. Gerrard – disse o sr. Smythe-Medway. – Por mais bem-intencionada que seja sua decisão de lutar com o conde bêbado, acho que Drury não se sentirá muito grato ao saber disso. Como já o vi com raiva uma vez ou duas, posso lhe dizer que é uma coisa que deve ser evitada.

– E a srta. Bergerine? – perguntou, desafiador, o jovem. – Espero que ele não fique zangado com ela.

– Oh, ela ficará bem. Ele nunca desconta sua raiva numa mulher, menos ainda na mulher que ama. Ele terá muita consideração com ela. Boa noite, sr. Gerrard.

O homem finalmente foi embora, mas não antes de dirigir um adeus humilde a Juliette, que ela recebeu com muita satisfação.

– Buckthorne é uma desgraça para a aristocracia inglesa – comentou o sr. Smythe-Medway, enquanto Juliette ansiava de novo pela volta de Drury e imaginava o que havia acontecido com os homens que deveriam estar protegendo-os.

– Talvez devamos levar a srta. Bergerine para casa – sugeriu lady Fanny. – Está ficando tarde e não temos ideia de quanto tempo Drury levará para voltar. Tenho certeza de que ele compreenderá por que fomos embora.

Felizmente, naquele momento exato, Juliette o viu andando em direção a eles.

– Aí vem ele! – exclamou ela, o medo e o cansaço esquecidos enquanto corria para Drury.

– Lamento, Juliette, ele fugiu – disse ele, a voz cheia de arrependimento, embora traços daquele primitivo e enfurecido guerreiro brilhassem nos olhos dele.

Tendo visto aquela parte dele... a emoção crua, vibrante... nunca mais acreditaria que ele fosse tão insensível como pretendia ser.

– Você tem certeza de que não está machucado? – perguntou ela, correndo o olhar pelo corpo dele.

Ele balançou a cabeça.

– Não. – Estudou-lhe o pescoço. – O corte não é grave?

– É apenas um arranhão.

– Onde está Brix?

Ela apontou para o quiosque onde o sr. Smythe-Medway e sua mulher esperavam.

– E os homens que deviam estar nos protegendo? – perguntou ela enquanto andavam em direção aos amigos. – Onde estavam?

– Não tão perto como deviam. Falei com os homens de Mac-Dougal e pode ter certeza de que não cometerão o mesmo erro de novo.

Ela achou que não, se ele estivesse com tanta raiva quando conversou com eles.

– Sem sorte para achar o culpado? – perguntou o sr. Smythe-Medway quando chegaram junto dele.

– Sim. Fanny, você está bem? – perguntou Drury.

– Além de preocupada com você e a srta. Bergerine, estou muito bem.

– Então vamos embora daqui – disse ele, voltando-se para Juliette.

Em vez de estender o braço para ela segurar, e sem uma palavra de aviso, ele a tomou nos braços. Ela deixou escapar um pequeno grito de susto e estava prestes a protestar quando viu seu perfil determinado e o queixo duro.

O sr. Smythe-Medway se recusara a deixar Fanny andar no teatro e suas feições tinham apenas uma fração da severa determinação das de Drury, assim, Juliette sabia que ele a carregaria até a carruagem, quisesse ela ou não.

Rendeu-se ao inevitável e deitou a cabeça no ombro dele, deixando-o tirá-la dos Vauxhall como um galante cavalheiro que resgatara sua dama das garras de um dragão.

Quando chegaram à casa de lorde Bromwell, Millstone surgiu no saguão.

– Tivemos um pequeno desastre – disse Drury, antecipando as perguntas do mordomo. – A srta. Bergerine deve descansar e não pode ser perturbada de manhã até que ela toque a campainha.

— Muito bem, sir Douglas.

Juliette deu a Drury um calmo *adieu* e começou a subir a escadaria. Todas as emoções que experimentara aquela noite – excitação, medo, desejo – pareciam invadi-la agora que estava em segurança na casa do lorde Bromwell.

Agarrando o corrimão, ela tropeçou e, antes de conseguir recuperar o equilíbrio, Drury tomou-a nos braços fortes e protetores.

— Não me diga para pô-la no chão – advertiu ele baixinho.

Ela estava cansada demais e contente demais com a ajuda dele para protestar.

— Obrigada – murmurou, mais uma vez descansando a cabeça no ombro dele, grata e exausta. – Obrigada por salvar minha vida esta noite.

Ela lhe sentiu o peito erguer-se e abaixar-se enquanto a carregava pela escada. Quando estou com ele, estou segura, pensou ela. E quando não estivesse com ele?

Não pensaria nisso. Precisava não pensar nisso, ou cairia no choro.

Ele a pôs no chão diante da porta do quarto. Lentamente, relutantemente, ela abaixou os braços do pescoço dele, olhando seu rosto inescrutável, no qual a máscara sem emoções estava, mais uma vez, fixada firmemente no lugar.

— *Merci* – sussurrou ela.

Ele acenou, então se virou e desceu a escada.

Precisava de uma bebida... uma bebida forte para acalmar seus nervos abalados. Se aquele homem a tivesse ferido ... se a tivesse matado... Que Deus ajudasse a eles dois, porque Drury o teria caçado com a mesma rápida impiedade com que descobrira o bastardo que o traíra e a seus colegas durante a guerra.

Chegou ao pé da escadaria e se dirigiu para o estúdio de Buggy, onde ficava o uísque mais forte.

– Cicero?

Drury lentamente se virou no salto das botas.

Vestido em roupas de viagem manchadas e enlameadas, o cabelo despenteado e círculos escuros em torno dos olhos, Buggy estava à porta da sala de estar, a expressão mais severa e zangada como Drury jamais vira nele.

– Que história é essa sobre um noivado?

Capítulo Quinze

Buggy parecia muito doente. Diz que não é uma recaída, mas estou preocupado. Queria que reconsiderasse essa nova expedição, mas é teimoso demais. Estou contente por J. odiar aranhas.
– Do diário de sir Douglas Drury

Buggy devia ter voltado em grande velocidade... e com grande custo para sua saúde, a julgar por sua aparência. Por que voltara tão depressa? Porque soubera sobre o suposto noivado e tinha sentimentos ternos pela srta. Bergerine?

– É parte de um plano da srta. Bergerine – explicou ele, enquanto se perguntava o que faria se a sra. Tunbarrow estivesse certa e esta volta apressada de Buggy significasse que estava apaixonado por Juliette. – Ela pensou que, já que tanto os homens de MacDougal quanto os Runners ainda não tiveram sucesso, devemos tentar atrair nosso inimigo para um ataque aberto, fingindo que estamos comprometidos. Ela acha que a pessoa por trás desses ataques pode ser uma ex-amante minha.

Não fiquei convencido, mas as coisas não podiam continuar como estavam, assim, concordei. Devia ter pedido a Brix para lhe escrever e explicar.

Porque ele não conseguia mais segurar uma pena para escrever.

– Compreendo... – O amigo se virou para entrar na sala de estar e fez um gesto para Drury se juntar a ele. Felizmente, parecia um pouco menos zangado. – A sra. Tunbarrow escreveu. Recebi a carta dela na casa de lorde Dentonbarry. Ela queria que eu soubesse que estavam ocorrendo, como ela disse, coisas horríveis sob o teto de meu pai. Sugeriu que eu voltasse imediatamente para lidar com elas.

E, assim, ele voltara... como se não confiasse no velho amigo. No fundo do coração, Drury sabia que sua desconfiança tinha alguma base na verdade. Estivera nos Caminhos Escuros antes, com outras mulheres, mas jamais experimentara a inacreditável excitação, o anseio apaixonado, que sentira com Juliette. Se Brix e Fanny não tivessem aparecido naquele momento...

Encostando-se na cornija da lareira, Buggy perguntou:

– Esse plano também exige que você suba a escadaria com a srta. Bergerine nos braços?

– Achei que ela precisava da minha ajuda.

Por mais humilhante que fosse, Drury precisava confessar seu fracasso.

– Não a protegi como devia esta noite nos Vauxhall Gardens. Baixei a guarda e ela foi capturada.

– *Capturada?* – repetiu Buggy, assombrado... como devia.

– Sim. Felizmente, ela conseguiu se soltar.

– Você pegou o bandido que fez isso?

– Não – admitiu Drury. – Tinha alguns homens de MacDougal de vigia, mas eles também o perderam. Vão continuar as buscas.

Respirou profundamente, com dificuldade, e olhou as mãos. Lutara com o canalha o melhor que pôde, mas não bem o bastante. Não conseguia segurá-lo com força, ou fazer um punho para lhe dar um murro.

De repente, Buggy se levantou e saiu da sala. Para ver como estava Juliette? Por que estava com raiva? Teria outros sentimentos por ela além de simpatia e preocupação? Ele a amava? Como poderia? Mal a conhecia. Havia tão pouco tempo desde aquela primeira vez...

Pouco tempo, mas parecia um século, durante o qual muito havia mudado.

Buggy voltou à sala carregando dois copos com bebida.

– Acho que precisamos disto – disse ele, entregando-lhe o uísque.

Drury, agradecido, tomou tudo num só gole e fechou os olhos, saboreando o gosto e o calor. Estava gelado de cansaço. Mesmo assim, não iria para a cama até ter uma ideia sobre os sentimentos de Buggy, se isso fosse possível. Se o amigo não se retirasse antes.

– Suponho que vai me odiar por tê-la posto em perigo ou arriscado um escândalo – disse ele. – Mas Brix concordou com o plano e ele e Fanny estavam conosco esta noite até nos separarmos sem querer.

Buggy se sentou num sofá e observou-o seriamente.

– Não é um mau plano atrair a aranha de seu esconderijo pondo uma mosca na rede, mas evidentemente é um plano arriscado.

– Acredite, estava consciente disso mesmo antes desta noite, mas a srta. Bergerine insistiu... e eu concordei – justificou ele, acrescentando: – Talvez não devesse, mas infelizmente não consegui pensar em qualquer outra coisa melhor. Lamento que tenha voltado às pressas para casa... com risco para você, parece. Odeio pensar que isto lhe causou uma recaída.

Buggy voltara alguns meses antes de uma longa viagem, durante a qual contraíra uma doença. Tinha se recuperado, ou todos pensavam assim.

– Oh, não estou doente. Apenas cansado... e teria voltado de qualquer maneira. – A expressão de Buggy mostrou seu aborrecimento. – Lorde Dentonbarry deixou muito claro que não me daria um tostão para minha expedição a menos que concordasse em me casar com uma de suas quatro filhas. Depois disso, nada me seguraria lá. Como se fosse me casar quando estou prestes a viajar por três anos, ou fosse tão vaidoso a ponto de acreditar que uma mulher esperaria minha volta.

– Então não tem outra noiva em perspectiva? – perguntou Drury com calma fingida, embora sentisse que nunca fizera uma pergunta mais importante em toda a sua vida.

– Deus, não. Não vou me casar com ninguém, a menos que me apaixone, como Brix ou Edmond. E talvez jamais encontre uma mulher com a capacidade de tolerar meu interesse por aranhas e se apaixonar por mim.

– Então quer dizer que nenhuma das filhas o atraiu? – perguntou Drury com a expressão séria, tentando subjugar o impulso muito inconveniente de sorrir.

– Nem um pouco, embora suponha que não seja culpa delas que sejam ignorantes e tolas. Como a escritora Mary Wollstonecraft disse tão bem, como podemos impedir que mulheres se eduquem e depois culpá-las por serem ignorantes? Então recebi a carta da sra. Tunbarrow e imaginei... Bem, a srta. Bergerine é uma mulher notável, assim, pensei que talvez... – Ele ficou ruborizado. – Lamento não ter tido tanta confiança em você como deveria.

– Foi apenas natural – disse Drury. Afinal, como podia culpar Buggy quando se comportara daquele jeito?

– Talvez eu tenha me apressado demais em voltar para casa, mas precisava saber o que estava acontecendo antes de papai ouvir qualquer coisa e vir correndo para a cidade. Ele já duvida demais do meu discernimento.

Drury sentiu outra pontada de culpa, mas o conde já deveria saber que o filho não era um idiota.

– Certamente não duvida mais. Não depois que seu livro foi um sucesso tão grande.

– Ele ainda pensa que tudo o que faço é uma idiotice – disse Buggy com um suspiro. – Mas não está aqui ainda; assim, podemos esperar que permaneça em abençoada ignorância por mais algum tempo.

– E que esta situação se resolva logo. Afinal, a srta. Bergerine e eu não podemos viver com você para sempre.

Muito em breve ela tomaria seu caminho e Drury teria que seguir o seu. Nunca mais a veria nem ouviria de novo sua voz.

É uma pena que a srta. Bergerine tenha que voltar para aquela vida sórdida – pensou o amigo em voz alta.

– Concordo, e lhe fiz uma proposta... uma proposta de *negócios* – acrescentou Drury rapidamente.

Em linhas gerais, descreveu a proposta que fizera a Juliette e que ela aceitara.

– Eu devia ter pensado nisso – disse Buggy, claramente satisfeito. – Ficarei feliz de contribuir, se tiver dinheiro sobrando.

Drury não gostou da ideia.

— Você tem que pagar sua expedição.

— É verdade – concordou ele. – Bem, estou certo de que terá sucesso. Ela é realmente uma mulher notável.

— Mesmo que odeie aranhas?

Buggy riu enquanto se levantava.

— Um defeito grave, embora eu me lembre de você se encolhendo mais de uma vez ao ver uma delas.

Drury não pôde negar. Tivera medo daquelas coisas, até ser capturado por soldados franceses e, então, descobriu o que era realmente o medo.

— Mesmo assim, ela é muito corajosa – disse Buggy. – Agora, se me der licença, velho amigo, estou cansado e vou me deitar.

Drury também se levantou e subiu a escadaria com ele, onde deu boa-noite a Buggy antes de entrar no quarto elegante que ocupava. Espaçoso e bem mobiliado, era bem diferente do quarto pequeno que ocupava em seus aposentos, embora o achasse confortável o bastante para ele.

Este quarto, com sua grande cama de dossel e brilhante mobília de carvalho incrustado com nogueira, o tapete Aubusson e o grande espelho, era parecido demais com o quarto de seu pai na mansão no campo.

Algumas vezes, quando pequeno, entrava às escondidas no quarto do pai e se sentava dentro do armário, respirando o cheiro de tabaco e rum e se perguntava por que seu pai não gostava dele. Não podia gostar, já que ficava fora de casa por tanto tempo.

Drury caminhou até a janela e olhou para a rua abaixo. A vida familiar de Buggy também não era das melhores. No entanto, embora o conde de Granshire expressasse constantemente seu desapontamento com o filho, a mãe de Buggy o adorava.

A mãe *dele* fora ainda pior que o pai.

Teria sido melhor, perguntou-se Drury, ser como Juliette, que jamais conhecera a mãe, ou ser como ele, consciente demais das falhas de sua mãe e nunca ter se sentido amado?

Virou-se. O passado era o passado. Precisava olhar para a frente. Sempre tentara olhar para a frente. Mas agora, pela primeira vez, o futuro lhe parecia ainda mais solitário e triste que o passado. Porque Juliette Bergerine não teria lugar nele.

MAIS TARDE, naquela mesma noite, Juliette estava sentada ao lado da janela, olhando o jardim iluminado por uma lua cheia. Era a coisa mais linda que já imaginara e estava aquecida e seca, vestindo uma camisola de linho fino, coberta por um macio roupão de seda que Drury comprara para ela sem pedir nada em troca.

Portanto, como poderia ser outra coisa além de grata a ele, apesar do que acontecera aquela noite? E não estava pensando no ataque. Estava se lembrando de seu beijo, de seu abraço apaixonado. Da maneira como ele a fazia se sentir. O desejo. A necessidade.

Não conseguia dormir porque, cada vez que se deitava naquela cama macia e fechava os olhos, tudo em que conseguia pensar era nele. Imaginando como seria partilhar sua cama, seu coração, sua vida.

Isso nunca, jamais, poderia acontecer. Ele se casaria com uma mulher inglesa de sua classe. Se *ela* fosse para a cama dele, seria apenas como amante. Mas não importava o quanto seu desejo a atraísse para aquela vida, lembrava-se bem demais como era ser abandonada e transformada em presa de homens lascivos. Não podia se tornar um brinquedo de um homem, de qualquer homem, para ser descartada quando se cansasse dela.

Sentindo frio, levantou-se e apertou o macio roupão em torno do corpo para se aquecer, então caminhou até o espelho e se estudou criticamente. Apesar do que alguns homens diziam, sabia que não era bonita. Era magra demais, pequena demais, com olhos grandes demais, a boca larga demais, e falava demais.

Provavelmente, homem nenhum iria querer se casar com ela. Mas teria seu negócio, e isso era alguma coisa. E ainda havia aquela frágil esperança de que Georges...

Um som rompeu o silêncio. Não era alto e, se estivesse dormindo, não o ouviria. Foi até a porta e abriu-a, tentando ouvir.

Lá estava de novo. Não tinha uma vela, mas havia uma janela no fim do corredor e a lua brilhava através dela.

Nenhuma outra porta estava aberta; ninguém apareceu. Talvez tivesse imaginado aquele som... mas o ouviu de novo. Era um gemido baixo, como se um homem estivesse sentindo dor, vindo de um quarto algumas portas além. Não o quarto de lorde Bromwell nem o que o pai e da mãe dele ocupavam quando estavam na cidade.

Do quarto de *Drury*. Talvez estivesse sendo atacado! Ela correu pelo corredor, então hesitou antes de entrar no quarto. Outras coisas podiam soar assim.

Talvez tivesse uma mulher com ele. Uma criada, ou alguma outra mulher que trouxera secretamente para dentro de casa. Mas se fosse um assassino...

Agarrando um candelabro de uma mesa próxima para usar como arma, se fosse necessário, abriu rapidamente a porta... e viu Drury sozinho, meio despido, na cama.

Os lençóis lhe rodeavam o torso, as cobertas nas mãos enquanto se debatia e gemia. Devia estar tendo um pesadelo.

Um pesadelo terrível, parecia, porque a voz dele era áspera e baixa enquanto implorava em francês:

– Por favor, parem. Por favor, não mais. Não. Pelo amor de Deus, não! – Então percebeu que ele estava soluçando.

Fechou a porta suavemente e correu para ele. Deixando o candelabro sobre uma mesinha de cabeceira, ignorando a visão de seus braços e pernas nus, ela lhe tomou a mão.

– Acorde! – pediu ela em francês, acariciando-lhe gentilmente a mão. – Está seguro agora. Acorde! – Comprimiu os lábios nos dedos tortos. – Está seguro agora – repetiu. – Seguro. Ninguém vai feri-lo.

Lágrimas de empatia lhe encheram os olhos enquanto punha a outra mão em sua testa suada e lhe escovava o cabelo úmido para trás com os dedos.

Finalmente ele ficou imóvel e os soluços diminuíram de intensidade até parar. Abriu os olhos. Havia angústia e sofrimento nas profundidades escuras até focalizá-los no rosto dela.

– Juliette?
– *Oui.*

Ele se sentou abruptamente, arrancando a mão das dela. Seu olhar passou pelo quarto, então voltou para ela e para o próprio corpo nu. Segurando o lençol e envolvendo-se nele como se fosse uma toga, saiu da cama pelo outro lado.

– O que você quer?

Pensaria que ela fora ali por algum outro motivo a não ser ajudá-lo? Era realmente tão vaidoso, ou tão orgulhoso, ou tão acostumado a ver mulheres se fazerem de tolas por causa dele?

– Você estava tendo um pesadelo – disse ela, enquanto também se levantava. – Eu o ouvi e vim acordá-lo.

— Saia — ordenou ele, apontando para a porta. — Jamais entre neste quarto de novo!

Qualquer empatia que sentira morreu enquanto olhava para ele.

— Vim para ajudá-lo, *monsieur*... de novo. Não tive nenhum outro objetivo. Não sou uma mulher nobre solitária, desesperada, tentando encontrar excitação em sua cama.

Ele pegou a calça e, largando o lençol, vestiu-a. Ela não se virou, para não lhe dar a satisfação de pensar que podia intimidá-la com sua nudez. Crescera numa fazenda com o pai e irmãos; vira homens nus antes, embora nenhum tão bem proporcionado.

— Não importa o que ouviu, não devia entrar no meu quarto — resmungou ele.

Ela cruzou os braços e o olhou com frio aborrecimento.

— Mesmo se houvesse um assassino para matá-lo?

— Ninguém poderia entrar neste quarto sem ser visto — declarou ele, abotoando a calça e pegando uma camisa.

— Eu entrei — desafiou ela, sem prestar atenção ao peito musculoso. — Alguém poderia entrar escondido na casa durante o dia, esconder-se e esperar. Há comerciantes entrando todo o tempo, e serviçais.

— Seja como for — disse ele, encaminhando-se para a porta, os pés descalços —, *você* não devia entrar aqui.

Ele ficou com a mão na maçaneta, esperando para abri-la para ela.

Erguendo o queixo, ela marchou à frente.

— *Bon soir, monsieur*. E, da próxima vez, se for um assassino, eu simplesmente deixarei que ele o mate.

Ela estava prestes a passar quando ele pôs a mão em seu braço. Ela parou e ergueu uma sobrancelha imperiosa, esperando por outra observação insultuosa.

Mas ele parecia... com remorso.

— Perdão. Tenho pesadelos de vez em quando. Não é necessário que você me acorde ou tente me ajudar. Já estou acostumado com eles.

Com um suspiro pesado, ele se afastou da porta e se dirigiu para uma mesa, onde havia uma garrafa de cristal com conhaque e uma taça pequena. Mas ele não se serviu de uma dose, apenas se debruçou sobre ela, as mãos abertas sobre a superfície de madeira, e suspirou enquanto as olhava.

— Meus pesadelos podem ser muito ruins.

Ela ouviu a dor na voz dele e se aproximou lentamente, cautelosamente.

— Também tenho pesadelos – admitiu ela –, do velho fazendeiro que cuidou da fazenda depois que meu pai e meus irmãos me deixaram. Ele estava sempre tentando me agarrar no celeiro. Jamais conseguiu, mas, nos pesadelos, não consigo lutar e fugir. Estou presa e não consigo me mexer.

Ainda sem olhar para ela, Drury se afastou da mesa e foi até a janela. Ficou parado lá, sua silhueta formada pela lua, o corpo curvado como se estivesse derrotado.

Como um deus que descobrira que se transformara em mortal.

— De vez em quando, sonho que sou um prisioneiro de novo, acorrentado a uma parede – disse ele, a voz muito baixa. – E meus dedos estão sendo quebrados de novo, um a um. Meus carcereiros levaram dias quebrando-os, enquanto tentavam me fazer trair meus companheiros ingleses.

— E você os traiu? – perguntou ela gentilmente, imaginando se a culpa também era responsável pelos pesadelos.

— Não. Outra pessoa traiu e, assim, de qualquer maneira, eles foram apanhados. A maioria morreu de forma horrível, enquanto eu estava amarrado àquela cadeira, a dor além da imaginação, os dedos quebrados sem qualquer tratamento.

— E, no entanto, você escapou — disse ela, maravilhada com a força de vontade que tornara isso possível, ou então ele certamente teria morrido também.

— Fui tirado daquela cela e jogado de uma ponte num rio para morrer afogado. Meus carcereiros tinham certeza de que eu já estava meio morto e não seria capaz de nadar para as margens. Felizmente, consegui e fui capaz de procurar um lugar seguro, onde meus amigos puderam me ajudar a voltar para a Inglaterra.

— Não é de admirar que você odeie os franceses depois do que eles lhe fizeram. Se um inglês tivesse feito a mesma coisa comigo, provavelmente eu odiaria vocês todos também — admitiu ela.

Drury respirou com dificuldade.

— Mas esta noite não estava sonhando com isso. Sonhei que eram os *seus* dedos que eles estavam quebrando e não conseguia impedi-los. Tive que olhar e não podia fazê-los parar.

Estava tão abalado porque, no sonho, fora incapaz de ajudar a *ela*?

Com certeza fora apenas um sonho, mas vê-lo tão abalado... Saber que ele devia sentir alguma coisa por ela.

— Foi apenas um sonho — sussurrou Juliette, aproximando-se lentamente dele. — Estou aqui, e ninguém está me ferindo.

— Mas poderiam ter ferido esta noite. Se não a tivesse encontrado a tempo, aquele homem poderia tê-la matado e teria sido minha culpa.

— Não! — protestou, segurando-lhe os ombros largos para virá-lo e fazê-lo olhar para ela. — Não foi você que me atacou, que tentou me ferir. E, se alguém errou, talvez tenha sido eu, por ter feito este plano e por não ter ficado mais perto de você.

– Seu plano funcionou – disse ele. – Fez o inimigo sair do esconderijo, exatamente como você pensou, e teria tido sucesso se eu e os homens que contratei não tivéssemos fracassado. Eu devia estar prestando mais atenção, devia estar mais consciente de onde estávamos. Não devia...

Ele não continuou, mas virou de lado, e ela viu o perfil do rosto severo.

– Não devia ter me beijado? – A voz era suave e sem condenação. – Talvez eu não devesse ter retribuído o beijo.

– Nós dois erramos.

– Você realmente pensa assim?

Em seu coração, ela sabia a resposta *dela* a esta pergunta. Não se arrependia de tê-lo beijado. Não mais.

– Eu devia ter sido mais forte. Não... não foi correto.

– Por que foi errado beijar uma mulher com quem não pode se casar ou por causa do que aconteceu depois?

– Isso tem importância? – perguntou ele, voltando-se para olhá-la de frente. – Foi errado, e eu não devia ter feito isso... tanto quanto você não devia estar aqui ainda.

Nos olhos dele ela viu anseio, uma necessidade igual à sua, embora os braços dele ficassem retos e rijos do lado do corpo.

– Vá agora, Juliette, por favor. Está me custando cada grama da minha decisão para não beijá-la de novo. Para não tomá-la nos braços e levá-la para aquela cama. Para não tentar seduzi-la e fazer amor com você.

Ele a queria tanto assim?

Ela devia ir. Devia sair, como ele pedira. Estava certa de que, se o fizesse, ele ainda faria por ela tudo o que oferecera. Ainda a ajudaria a começar seu negócio.

Não usaria sua recusa para prejudicá-la.

O poder, a escolha, era dela. Ele lhe dera isso. Queria lhe dar também alguma coisa preciosa. Mas só o que tinha de valor era... ela mesma.

– E se eu não quiser ir? – perguntou suavemente. – Se eu quiser ficar aqui e beijar você? Se eu quiser que me tome nos braços e faça amor comigo?

Ele recuou, atônito. Inseguro. Então, ansioso. Esperançoso.

– Você não está falando sério.

Ela lhe deu um pequeno sorriso atrevido para mostrar a ele que certamente estava falando sério. Sua decisão fora tomada e não se arrependeria dela.

– Está tentando me dizer de novo o que estou pensando? Você não é muito bom nisso, sabe.

Ele lhe segurou os ombros, o olhar ansioso, cheio de desejo, estudando-lhe o rosto, os olhos.

– Você tem certeza?

O sorriso dela desapareceu.

– De todo o coração – disse ela, erguendo-se na ponta dos pés e beijando-o.

Capítulo Dezesseis

Jamais imaginei que pudesse ser tão feliz. Devia saber que não seria por muito tempo.

– Do diário de sir Douglas Drury

A REAÇÃO inicial de Drury foi tímida, mas apenas por um momento. Então ele passou os braços em torno dela, puxou-a para si e respondeu ao beijo ardentemente.

Mesmo agora, mesmo depois do que dissera, ela sentia que ele estava se contendo. Pedindo, não exigindo. Buscando, não tomando. Atraindo, não dominando. Mas havia paixão também. Escondida. Reprimida. Esperando pela resposta.

Que ela deu, a princípio, com a mesma ternura, movendo a boca na dele, aceitando o beijo de Drury quando o desejo explodiu em vida vibrante, despertado pela crescente e partilhada necessidade.

Ele podia ser um homem duro, frio e distante. Fora o inimigo de seu país... e, por isso, pagara um preço alto. Assim como ela pagara um preço alto porque homens faziam guerras e outros homens as lutavam. Drury sofrera, como ela sofrera.

Ele perdera o que deviam ser belas mãos... dedos longos e finos, agora endurecidos e curvados, fracos e doloridos. Mãos que, mesmo assim, se moviam no corpo dela de um modo que a fazia esquecer que ele era menos que perfeito. Ou que ela nada mais era do que uma pobre moça francesa que lhe prestara um serviço e que, por causa disso, ficara em perigo.

Conhecia apenas o anseio deles, a excitação e a necessidade que cresciam, aquecendo-lhe a pele, o sangue, enquanto a boca de Drury se movia sobre a dela com um lento objetivo. Segurava-o com força, nas pontas dos pés, seu corpo cheio de desejo desmanchando-se no dele. Não importava o que ela era ou por que estava lá, ou quem ele era ou o que havia feito.

Estavam juntos, e ele era solitário, tão solitário como ela. Sentia a mesma necessidade que a atormentava. Queria-a, como ela o queria.

Conhecia os sentimentos dele com tanta certeza como sentira a atração mútua, que a fizera continuar a beijá-lo aquela primeira vez, em vez de se afastar.

Um gemido baixo de prazer lhe escapou da garganta quando ele passou as mãos sob seu roupão aberto e, delicadamente, lhe empalmou o seio. Agora, parecia quase tímido, não como estava nos Vauxhall Gardens.

Seria por causa de seus dedos? Acharia que ela não gostaria do seu toque? Provaria que estava errado. Não se importava de seus dedos não serem perfeitos, que outras pessoas podiam pensar menos dele por causa dos dedos feridos.

Ela lhe tomou a mão e levou-a aos lábios. Os olhos dele se abriram e seus olhos se encontraram enquanto ela sugava um dedo, depois o outro, um de cada vez, dentro da umidade quente de sua boca. Quebrados ou inteiros, eram dele, e ela amava suas mãos.

Ela o amava. Todo ele, mesmo seus humores sombrios e suas raivas. Ela o amava e seria dele esta noite. Não pensaria no futuro ou no passado. Esta noite era toda para ele, e para ela.

Com um olhar maravilhado, ele passou a mão pelo cabelo dela, então lhe emoldurou a cabeça e puxou-a para mais perto, tomando-lhe os lábios com paixão intensa. Liberando seu desejo. Dando-se a ela, total e completamente, sem nada guardar ou esconder.

Drury se virou entre as pernas dela e ela o sentiu rijo e pronto, exatamente antes de ele lhe colocar a mão onde estava úmida, a carne pulsando como um chamado primitivo ao prazer e à plenitude. Os dedos dele não pareciam aleijados então, enquanto a acariciava através do tecido da camisola.

– Por favor, oh, por favor – sussurrou ela, enquanto a tensão crescia. Segurou-se nos ombros dele para não escorregar para o chão, o desejo tornando-lhe as pernas fracas demais para suportá-la.

Drury a tomou nos braços e carregou-a para a cama. Deitou-a e, quando ela estendeu os braços para ele, juntou-se a Juliette, o corpo poderoso cobrindo o dela. Beijaram-se e se acariciaram, as línguas se tocando, se envolvendo, dançando, enquanto as mãos exploravam. Não havia timidez agora, não havia modéstia. Ele era um homem perfeito aos olhos dela, ela era uma mulher perfeita aos olhos dele.

Com os joelhos entre as pernas dela, o peso nos cotovelos, ele puxou a fita do decote da camisola e abaixou-a para amar-lhe os seios. E amou-os, com a língua, os lábios e a boca, excitando-a além do que jamais imaginara possível. Contorceu-se sob o corpo grande, sentindo sua rija excitação, e mexeu nos botões da calça dele até libertá-lo.

Não podia esperar, então tirou a camisola e prendeu-o com os joelhos.

– Por favor – sussurrou ela.

– Ainda não. Espere mais um pouco – murmurou, a boca se movendo para cima no pescoço dela, ao longo de um caminho pulsante, até tomar-lhe a boca de novo. Então ele se afastou e se livrou da calça.

– Drury! – implorou ela, quando ele jogou a calça no chão.

– Tem certeza, Juliette? – sussurrou ele em francês, a voz baixa e rouca, mas perguntando, realmente querendo saber, se era isto que ela queria.

– Sim!

Ele murmurou palavras de carinho em francês enquanto se instalava entre as pernas dela e, então, arremeteu. Houve dor, um breve rasgão, mas ignorou-a. Drury parou por um momento e lhe acariciou o cabelo até a dor passar.

Fora virgem, porém agora não era mais. Era dona de si mesma, livre como poucas mulheres e, no entanto, ali e agora, era dele. E ele era dela. Juntos. Juliette ergueu o olhar, encontrando aqueles olhos escuros, e sorriu. Ele também sorriu, enquanto abaixava a cabeça para beijá-la de novo, ternamente. E, então, ele estava arremetendo de novo, preenchendo-a mais, excitando-a mais.

O fervor apaixonado dos dois explodiu. Ela cruzou as pernas em torno dele e se moveu para encontrá-lo, o corpo respondendo instintivamente a cada arremetida, a dança excitante além de qualquer coisa. Com os olhos fechados, ela arqueou as costas, inspirando com dificuldade. Estava no fio da navalha. Estava à margem. Nunca sentira nada como... *isto!* Ondas de prazer e alívio a dominaram. Ergueu a parte superior do corpo, querendo gritar com o prazer, mas pressionando os lábios para ninguém ouvir.

Ao mesmo tempo, um baixo gemido escapou da garganta de Drury quando ele também atingiu o momento de alívio e êxtase.

Depois, enquanto estava deitado ao lado dela, Drury pensou que devia se arrepender. Devia se sentir abalado por fazer amor com aquela mulher com quem não ia se casar. Era a mulher mais maravilhosa que já conhecera e a amante mais incrível, mas não deviam se casar.

Ela devia ter a independência pela qual ansiava e a vida que queria viver. Havia tanto que não tivera, e não lhe roubaria as ambições, para substituí-las pelo... quê? A vida maçante da esposa de advogado numa terra que lhe era estranha e hostil?

Afastou-se dela e se levantou da cama. Lavou-se e, quando se voltou, ela estava se sentando, olhando-o. Sabia que realmente devia voltar para o quarto dela. Não podia passar a noite toda com ele. Sua reputação ficaria arruinada, e o que diria Buggy? Certamente consideraria isso uma traição, mesmo se ele não amasse Juliette.

Apesar de tudo, Drury não queria que ela fosse. Não queria ficar sozinho na escuridão de novo. Ainda não. Certamente ainda tinham tempo para partilhar.

– Ficará comigo mais um pouco? – perguntou em francês, enquanto vestia a calça e a abotoava.

– Gostaria disso – disse ela, dando-lhe um sorriso glorioso que aqueceu seu coração solitário e, ao mesmo tempo, também o encheu de dor.

Sentou-se ao lado dela na cama e tomou-lhe a mão, abençoadamente certo de que ela não se afastaria de seu toque.

— Não há nada que um médico possa fazer por suas pobres mãos? — perguntou ela, erguendo a que segurava as suas para beijar-lhe os dedos.

— Sugeriram apenas que devia quebrar os dedos de novo e ter a esperança de que os ossos consolidassem corretamente. — Não conseguiu reprimir um tremor. — Não consegui enfrentar isso, assim, ficaram como estão.

Sem querer mais se lembrar daquela ocasião terrível, roçou uma pequena mecha de cabelo e tirou-a da testa de Juliette.

— Não lhe disse como seu cabelo é adorável.

Ela ergueu a mão e cruzou os dedos no dele.

— Também gosto do seu, especialmente quando está assim. Você parece um menino.

Ele riu baixinho, sentindo-se mais jovem do que desde que... bem, desde que era jovem.

— Não de todas as maneiras, espero.

— Oh, não — replicou ela, os olhos dançando com uma encantadora vitalidade. — De outras maneiras, você é muito homem.

O coração dele acelerou.

— Você está me fazendo querer provar isso de novo.

— Você está me fazendo querer que você prove.

Eles se abraçaram e se beijaram, longa e demoradamente, e logo ele lhe provava como era homem.

O CÉU estava começando a clarear quando Juliette acordou, espreguiçando o corpo nu de forma luxuriosa.

— Meu Deus, você é bela.

Ela se assustou, subitamente consciente de onde se encontrava, que estava completamente nua e que Drury não se achava mais ao lado dela.

Ele estava em pé ao lado da cama, sorrindo para ela, e Juliette compreendeu que fora um leve beijo na testa que a tirara de um sonho muito agradável. Ele também estava segurando seu roupão e camisola nas mãos.

— Detesto acordá-la, você é tão doce quando dorme. Mas não acho que deva estar aqui quando a casa despertar.

— Não, não devo — concordou, descendo da cama e estendendo a mão para pegar a camisola.

Com um sorriso muito matreiro no rosto anguloso, ele a segurou além do alcance dela.

— Seu demônio, me dê isso aí.

— Num momento. Primeiro, quero admirar seu corpo maravilhoso.

— *Cretin*. Voltarei nua para meu quarto! — declarou ela, começando a andar em direção à porta como se realmente fosse fazer aquilo.

— Você iria mesmo, não iria? Se há um demônio aqui, acho que não sou eu.

— Então me dê minhas roupas.

— Em troca de um beijo.

— Está vendo? Um demônio... e um demônio arrogante, também.

— Está bem. Sem beijo. Gosto de você nua.

— Fera!

— Bela!

Ela não pôde deixar de sorrir. Ele parecia tão feliz e alegre, tão diferente daquele severo e sombrio advogado.

— Aha! Agora sei como derrotá-la — disse ele, aproximando-se e beijando-lhe o pescoço. — Lisonjeando você.

Ela o empurrou de brincadeira.

— E eu sei como lidar com você, *monsieur le barrister*. Despindo-o completamente.

— Não vou discutir isso.

— Você é impossível!

— Você é maravilhosa! – contradisse ele, antes de olhar o céu que clareava além da janela. Então suspirou e lhe entregou as roupas. – Infelizmente, tenho que sair. Sam Clark já deve ter voltado de Calais.

Com notícias sobre Georges, talvez, compreendeu ela enquanto vestia a camisola, as mãos subitamente trêmulas.

— Espero que tenha boas notícias para você, Juliette – disse Drury suavemente. – Realmente espero.

Juliette queria que Georges estivesse vivo, embora agora a ideia de viver com seu irmão ansioso por aventuras, inquieto, não fosse tão atraente como fora antes.

— Você não deve ficar tão triste, Juliette. Sam pode ter boas notícias.

Boas notícias para Drury, se não quisesse que ela ficasse com ele.

Forçou um sorriso.

— Oh, e quase esqueci... Buggy voltou para casa ontem, já tarde da noite. Ele sabe sobre o noivado falso. Acha também que a sua ideia é boa... e teria funcionado, se eu estivesse prestando mais atenção.

Ela abraçou Drury rapidamente.

— Não foi sua culpa meu agressor ter fugido, e encontraremos o homem que quer nos ferir.

E depois?

Não pensaria no *e depois*. Seria amante de sir Douglas Drury enquanto pudesse.

– Preciso ir, mas virei para você esta noite – prometeu ela, porque o céu parecia cada vez mais claro e ela ainda estava lá.

Foi para a porta e abriu-a devagar antes que ele pudesse dizer qualquer coisa, então saiu.

Drury esperou alguns minutos, então saiu silenciosamente do quarto, passou pelo corredor e desceu a escada dos fundos, todo o tempo esperando que Sam Clark tivesse boas notícias.

Embora, se o irmão dela estivesse vivo, Juliette provavelmente deixaria Londres. E Drury estaria mais sozinho que antes.

Sam Clark escorregou no banco ao lado da mesa num canto escuro de uma taverna em Southwark, às margens do Tâmisa. O lugar estava tomado pela fumaça de tabaco de muitos cachimbos que os frequentadores fumavam e pelo cheiro de rosbife e molho.

– MacDougal – disse ele, cumprimentando a figura que o esperava, pouco visível nas sombras. O homem estava de frente para a porta, as costas na parede. Seu olho esquerdo era coberto por um pedaço de couro preto, preso no lugar por uma tira fina também de couro, e a ponta da manga esquerda vazia se escondia no bolso de um velho paletó de lã, do tipo preferido pelos marinheiros. Debruçava-se um pouco à frente e a mão que segurava sua caneca de bebida quente parecia a garra de um falcão.

– Quais são as notícias de Calais? – perguntou MacDougal, com forte sotaque escocês.

– Notícias surpreendentes – disse Clark. – Parece que sir Douglas não conhece muito bem a família da noiva.

As sobrancelhas escuras de MacDougal se ergueram.

– Por que diz isso?

– Ela é irmã de Georges Bergerine, não é?

– Sim. Vá logo ao assunto!

— Está bem – disse Clark, a expressão endurecendo. – Parece que nós dois conhecemos Georges Bergerine durante a guerra.

— Eu nunca fui a Calais.

— Não lá, e não com este nome. Nós o conhecemos como Henri Desmaries.

Foi como um murro na boca do estômago de Drury. Desmaries. Desmaries era Georges Bergerine? Não podia acreditar. Não queria acreditar.

— Tem certeza?

— Não há dúvidas sobre isso. Soube por dois diferentes sujeitos em quem confio.

Nenhum dos homens falou quando a garçonete pôs uma caneca de cerveja diante de Clark. Depois que ela voltou para o bar, para encher outra caneca, Sam se debruçou em direção ao companheiro.

— Foi bem-feito, ter sido assassinado num beco daquele jeito, o cão traidor. Apenas queria estar lá para ajudar.

— Sabem quem o matou?

— Não, e não se importam. Apenas outro pobre diabo que foi roubado e furado como um porco num beco. – Os olhos de Clark estreitaram. – *Você* sabe?

— Não – mentiu Drury, enquanto se lembrava da surpresa no rosto do homem mais jovem, seus protestos de que fizera tudo pelo país. Então sua expressão de dor e medo quando Drury empurrou com força a lâmina de cima para baixo sob suas costelas.

Matara o irmão de Juliette. Sua mão aleijada segurara a adaga com um punho grosso que mandara fazer especialmente para este objetivo... para fazer justiça por seus amigos assassinados e por seus dedos quebrados. Ele mesmo dera a facada. Acabara com o último dos parentes dela.

Mas Desmaries o traíra, e traíra tantos outros, incluindo o filho de Harriet Windham. Henri... Georges... ajudara os soldados franceses a capturarem-no, e fora Georges que, com sorridente crueldade, lhe quebrara os dedos, um por um.

– O que acha que sir Douglas fará quando descobrir que a noiva dele é irmã do homem que traiu tantos ingleses? Um homem que venderia a própria mãe por dinheiro?

E talvez – maldito! – a própria irmã?

– Não sei – disse ele, levantando-se. Precisava sair dali. Afastar-se de Clark, da fumaça e do fedor.

Precisava andar para clarear a cabeça e decidir o que fazer. Devia dizer a Juliette que o irmão estava morto, ou deixá-la na ignorância? Se contasse a ela parte da história, deveria contar-lhe tudo?

Que, mesmo depois de lhe quebrar os dedos, Georges fora até ele durante a noite e lhe oferecera ajuda para escapar em troca de dinheiro, e dos nomes de dez de seus amigos. Ou cinco. Ou até mesmo um. Por mil libras. Depois 500. Depois 50. O irmão dela fora o pior vilão que Drury já encontrara, na França ou em qualquer outro lugar. Um canalha cheio de cobiça e maldade.

E amava a irmã dele. Ainda a amava, apesar de tudo. Oh, por Deus, queria nunca ter mandado Sam a Calais!

– Contarei a Drury agora.

– Sim, é o melhor que faz. – Sei o que *eu* faria se a prostituta com quem estivesse dormindo fosse a irmã daquele homem – resmungou Clark enquanto Drury se dirigia para a porta.

Mas Drury não o ouviu.

Capítulo Dezessete

Pensei que Drury parecia péssimo quando voltou da França, mas isso não foi nada comparado com o modo como parecia então.

– De A coleção de cartas de lorde Bromwell

POR MAIS que tentasse, Juliette simplesmente não conseguia se concentrar em sua costura. Drury estava demorando tanto! Saíra antes do café da manhã e logo seria a hora do jantar.

Lorde Bromwell parecia muito calmo enquanto lia, sentado ao lado dela na sala de estar, mas ela continuava a olhar pela janela, tentando perceber se era tão tarde como imaginara. Fora até a janela para ver a rua mais de uma vez. Embora isso pudesse ser perturbador, lorde Bromwell não reclamou.

Finalmente, desistiu de costurar e começou a guardar a agulha, a linha e a tesoura. Enquanto dobrava o lençol que estava embainhando, lorde Bromwell olhou para ela com surpresa.

– Terminou?

– Está ficando escuro e difícil de enxergar – disse ela, o que era verdade.

– Vou mandar um criado acender as velas.

Ela sorriu como se essa fosse uma boa notícia.

– Obrigada.

Ele fechou o livro, puxou o cordão da campainha e, quando o lacaio chegou, deu a ordem.

– Você gostou do teatro na outra noite? – perguntou quando voltou ao lugar onde se sentara antes e pegou o pesado volume que estivera lendo. – Edmond Kean é um grande ator.

– Sim, foi muito excitante – disse ela, mais uma vez atraída pelas janelas para ver se uma carruagem de aluguel estava se aproximando.

– Srta. Bergerine? – chamou lorde Bromwell suavemente, e ela percebeu, com um susto, que ele estava em pé atrás dela.

– *Oui?* – respondeu ela, a mão que segurava a cortina se fechando com mais força.

– Drury fez alguma coisa… imprópria?

Ela não sabia o que dizer. Teria seu anfitrião descoberto alguma coisa sobre a noite passada?

– Srta. Bergerine – repetiu lorde Bromwell com um pouco mais de insistência –, por favor, seja franca. Drury é meu amigo, porém você é uma mulher e minha convidada. De certa forma, sou responsável por você.

Ela finalmente se voltou para olhá-lo de frente.

– Não, ele não fez nada errado – respondeu. Afinal, ela estava mais do que disposta.

Lorde Bromwell relaxou.

– Graças a Deus. Embora confie nele, fiquei preocupado quando o vi carregando-a pela escada na noite passada. – Sorriu mais uma vez para ela. – Afinal, você é uma mulher adorável e muito interessante e acho que ele gosta muito de você.

– Gosto dele também.

Lamentando ter revelado tanto, ela se apressou em dizer:

– Ele é um advogado excelente e, é claro, sou grata por ele ter se oferecido para me ajudar a começar uma vida nova na França.

– Sim, ele me contou.

– Assim que esses homens maus que tentam nos ferir forem capturados, serei livre para voltar para casa e cuidar do meu futuro.

Ela falou como se isso fosse o maior desejo de seu coração. Antes da noite passada, teria sido.

– Sentirei sua falta, srta. Bergerine – disse lorde Bromwell com um sorriso gentil – e, a despeito de tudo, acho que Drury também.

Como ela sentiria um pouco de saudades de lorde Bromwell e muito mais de Drury.

– Juliette.

Os dois se assustaram e olharam para a porta. Drury estava lá em pé, encostado nela como se estivesse doente ou exausto.

– O que aconteceu? – exclamou ela enquanto corria para ele. – Está ferido? Foi atacado?

– Não. – Ele olhou para lorde Bromwell. – Pode nos deixar sozinhos, Buggy, por favor? Tenho algo a dizer a Jul… srta. Bergerine.

Sua voz engasgada, carregada de dor, aterrorizou-a e o medo lhe apertou o coração.

– É… é sobre… sobre Georges? – sussurrou ela, segurando-lhe os braços.

Ele não respondeu, apenas olhou para lorde Bromwell, que silenciosamente saiu da sala. Naquele momento, Juliette soube. Sem dúvida. Com certeza absoluta. Seu irmão estava morto.

Ela deixou escapar um grito, como se tivesse sido esfaqueada, e se atirou no sofá. Soluçou como nunca soluçara antes, mais angustiada que quando padre Simon lhe dera a notícia. Então não havia realmente acreditado nela. Esperara que a carta fosse um engano, que o homem morto no beco fosse outro. Acreditara que poderia encontrar Georges nesta cidade estrangeira, e que ele estaria vivo e bem.

A esperança fora em vão. Georges morrera e ela estava sozinha. Mas não completamente. Drury se ajoelhara ao lado dela e, gentilmente, lhe acariciava o cabelo. Ele não falou. Não precisava. Ela sentiu sua empatia, sabia que ele se importava. Seu toque era o bastante.

Um pouco mais tarde, quando sua dor começara a diminuir, ouviu vozes sussurradas no foyer... lorde Bromwell e o mordomo, pensou ela, antes de se afastarem. Por quanto tempo se entregara à dor?

Sentou-se, enxugando o rosto com um lenço que Drury, sem uma palavra, lhe entregara. Então ele lhe fez pegar um copo com uma bebida. De onde teria vindo, quem a trouxera, ou quando, ela não sabia. Estivera muito envolvida em seu luto para perceber. Tomou um gole, a bebida lhe queimando a garganta. Engasgou enquanto lhe devolvia o copo de cristal e ele o colocava sobre uma mesa próxima.

– Pensei que estaria preparada – disse ela em voz suave, enxugando uma lágrima.

Ele a olhou como se o próprio coração estivesse partido.

– Acho que nunca estamos realmente preparados para a morte de alguém que amamos, pelo menos não enquanto ainda há esperança.

Ela acenou e amarrotou o lenço úmido nas mãos.

– Seu associado, esse Sam Clark, ele tem certeza absoluta?

— Ele tem certeza, portanto temos que acreditar.

Ela ouviu alguma coisa na voz de Drury, alguma coisa além de tristeza. Sentou-se ao lado dela e tomou-lhe as mãos.

— Juliette, lamento tanto — sussurrou, a voz profunda cheia de pena.

— Não o culpo por me trazer a notícia. Estou grata...

— Oh, Deus, não diga isso! — exclamou ele, levantando-se abruptamente. — Entre todas as coisas, não diga *isso*.

Caminhou até a janela.

— O que foi que eu fiz? — perguntou ela, seguindo-o, as lágrimas recomeçando.

Ele se virou de repente, os olhos angustiados e perturbados.

— Você não fez nada. Nada! É o que *eu* fiz. *Eu!* — Ele lhe segurou as mãos trêmulas. — Oh, Juliette, fui eu que fiz. *Eu* matei seu irmão. Com estas mãos segurei a faca e o matei. — Ele cobriu o rosto com os dedos tortos. — Que Deus me ajude, fiquei *contente* de fazer isso.

Ela ficou imóvel, atordoada demais até para respirar. Este homem que amava, este homem a quem se entregara de todas as maneiras como uma mulher se entregava, este homem que lhe causava desespero ao pensar que teria que deixá-lo, *ele* havia matado seu irmão?

Drury respirou profundamente, a respiração entrecortada, e abaixou as mãos, abrindo os braços como se estivesse derrotado.

— Ele me traiu. Para o exército francês. Disse a eles que eu era um espião e enviou outros para capturarem meus amigos. Foram todos mortos.

Por um instante, o olhar de Drury endureceu e ela soube que o que ele dizia era verdade. Havia matado o irmão dela.

— Foi seu irmão que quebrou meus dedos.

Ela recuou, os olhos muito abertos.

— *Non. Non.* Ele não faria isso.

— É verdade, Juliette. Foi por isso que o cacei e o matei. Justiça para meus amigos e pelo que ele me fizera.

— Justiça? – exclamou ela, estarrecida. – Você, que representa a lei em sua túnica negra e sua peruca branca... você fala de justiça? Esfaquear um homem num beco como um ladrão comum? *Isso* é justiça? Isso é *assassinato*. O que quer que Georges tenha feito, você o *matou*!

— Você não pode compreender...

Ela ergueu uma das mãos para silenciá-lo.

— Pare! Não tente explicar! Não use suas habilidades legais comigo! Agora me ouça, sir Douglas. O que quer que meu irmão tenha feito, você não *lhe* deu justiça. Você o julgou, condenou e, sozinho, o executou. *Você*. Num tribunal francês, ele poderia ter sido considerado inocente. Como um francês em tempo de guerra, também poderia ter justificado suas ações, como você, sem dúvida, justificou as suas. Mas quando o matou, a guerra tinha *acabado*.

Não podia ficar na mesma sala em que ele estava. Não agora. Nem nunca mais. Começou a sair, mas ele a alcançou e lhe segurou o braço.

— Juliette...

— *Non!* – gritou ela, libertando-se. – Nunca mais quero ver você! Vou embora desta casa. Prefiro correr o risco de ser atacada do que ficar mais um momento na sua presença. E se *você* for atacado, considere a agressão uma *justiça* pelo que fez!

Desta vez, ele a deixou partir.

Depois que ela saiu da sala, depois que fugiu dele e subiu a escadaria correndo, ele deixou a casa de Buggy sem uma palavra.

* * *

O DIA amanheceu. Um dia frio, cinzento, com uma leve chuva caindo. Juliette chorara até não conseguir mais. Agora estava sentada na beirada da cama, olhando pela janela, para o mundo desolado, frio, um mundo que, apenas no dia anterior, parecera cheio de vida e amor e promessas.

Até Drury voltar e lhe contar a horrível verdade. A terrível e chocante verdade.

Mas, depois que o deixara, depois que correra para o quarto para se esconder e chorar e amaldiçoar Deus e os fados, ela chorara por outro motivo.

A despeito do que Drury fizera, ainda o amava. Quando pensava em suas mãos arruinadas e na dor que suportara, na morte dos amigos, conseguia compreender como ansiara pela vingança. Como lhe parecera necessária.

E Georges? Georges a abandonara. Fora embora em busca da fortuna, e ela esperara que a mandasse buscar. Nas horas mortas e escuras da noite, depois que lorde Bromwell batera de novo levemente à porta e lhe perguntara se havia alguma coisa que pudesse fazer e ela agradecera e lhe pedira que a deixasse em paz, Juliette havia admitido para si mesma que nunca tivera certeza de que seu irmão realmente mandaria buscá-la, apesar do que ele dissera. Como seu pai e Marcel, Georges sempre tinha pensado primeiro em si mesmo. Sua promessa de mandar buscá-la nada mais fora do que um truque para fazê-la parar de chorar e implorar para não ser abandonada. Ainda podia ver o brilho excitado dos olhos dele, a alegria, antes de deixá-la na fazenda com Gaston LaRoche.

Levantou-se, cansada, e foi até a janela. O jardim também estava cinzento, enlameado.

O que faria? Não podia aceitar o dinheiro de Drury para começar seu negócio agora, mesmo se ele o oferecesse. Devia odiá-la, não só porque era irmã de Georges... embora isso, certamente, já fosse o bastante... mas porque ela o forçara a compreender que o que ele fizera não havia sido justiça, mas vingança.

Não estava errada em condenar sua ação; do fundo do coração, acreditava no império da lei. Mas ele também, e ela o acusara de romper as leis que representava todos os dias. Como podia perdoá-la por isso?

– Srta. Bergerine?

Lorde Bromwell voltara e estava de novo diante da porta de seu quarto. Ficara acordado a noite inteira também? Desta vez, precisava falar com ele. Desta vez, precisava dizer-lhe que não podia ficar ali nem mais um dia. Não podia mais aceitar sua hospitalidade. Devia voltar para a França. Não, para casa. A França não era mais seu lar. O único lugar em que se sentira em casa em muito, muito tempo, foi na noite passada, ali, nos braços de Drury. Quando ele a abraçara depois de terem feito amor e, então, mergulharam num sono abençoado.

Uma ironia de Deus, ter-lhe dado paz e felicidade por menos de um dia.

– Entre, milorde – disse ela, levantando-se.

Seu rosto bondoso e bonito estava, como ela esperava, com uma expressão cheia de preocupação e ansiedade.

Não estava sozinho. Lady Fanny estava com ele, olhando-a com pena e empatia.

– Srta. Bergerine, há alguma coisa que possamos fazer? – perguntou ela, suavemente. – Por favor, precisa apenas pedir.

Não queria ver lady Fanny, que poderia ter tido o coração de Drury com tanta facilidade e, no entanto, amara outro.

– Acho que devo voltar para a França.
– Logo?
– *Oui*. Assim que fizer as malas.
– Drury precisará de algum tempo para levantar os fundos necessários.
– Não quero nada dele. Ele não me deve nada e levarei apenas as roupas que usei.

Afinal, precisava ter alguma coisa para vender, ou acabaria nas ruas, pedindo esmolas ou vendendo-se em prostituição. O pensamento de deixar outro homem tocá-la, como Drury fizera, se mostrou demais para ela suportar. Virou-se para esconder o rosto, as lágrimas ameaçando cair de novo. Num instante, lady Fanny estava ao lado dela e a abraçava pela cintura.

– Sente-se, minha querida, por favor. Buggy nos contou sobre seu irmão. Lamento muito, muito mesmo.

Era isto tudo o que sabiam? Que Georges estava morto? Drury não lhes contara o que seu irmão fizera? Não sabiam como Georges morrera, e por quê? Não perguntaria, porque, se Drury não contara, ela mesma teria que contar.

– Buggy, você se importaria de nos deixar? – perguntou lady Fanny.

Ele imediatamente fez o que lhe fora pedido e saiu, fechando a porta em silêncio. Lady Fanny, sem dizer uma palavra, foi até o lavatório, umedeceu um lenço de linho e voltou. Sentando-se na cama, começou a limpar as faces vermelhas e inchadas de Juliette.

Ela não era uma criança, mas submeteu-se, de boa vontade, aos ternos cuidados. Era agradável, se podia chamar assim, ser objeto desses gestos carinhosos. Esta mulher poderia ter sido uma boa amiga, se as coisas tivessem sido diferentes.

Lady Fanny tomou as mãos de Juliette e segurou-as com firmeza.

— Lamento por você não aceitar o oferecimento de Drury. Ele teve boa intenção, embora talvez não tivesse dito as coisas de modo muito diplomático.

Como poderia Juliette contar a verdade?

— Não é o oferecimento que está errado, ou o modo como o fez – disse ela, incapaz de encontrar o olhar firme de lady Fanny. – Acho que ele não vai querer ter mais nada comigo depois... depois...

Não podia dizer. As palavras se alojaram em sua garganta como blocos de madeira.

As mãos de lady Fanny apertaram mais as de Juliette.

— Não sabe o quanto ele gosta de você?

Juliette tirou as mãos das de lady Fanny e se levantou, agitada demais para continuar sentada.

— Você não compreende!

— Talvez eu compreenda mais do que você pensa. Você o ama, não é?

Ela não respondeu. Não podia. Não ousava.

— Espero que sim, porque ele ama você.

Juliette balançou a cabeça sem querer acreditar. Como podia *ela* saber o que havia no coração dele? Lady Fanny se levantou, aproximou-se e disse com convicção.

— Acho que, uma vez, ele acreditou que me amava. Ou melhor, ele quis acreditar nisso e esperou que eu o amasse. Mas, na verdade, ele nunca me amou realmente... não da maneira como ama você. Aquela noite no teatro, quando você pensou que eu estava prestando atenção apenas na peça, observei Drury. Vi a maneira como olhava para você e, acredite, Juliette, ele nunca me olhou daquele modo. Se algum dia sentiu alguma coisa por mim, foi afeição, e talvez acreditasse que eu fosse capaz de lhe proporcionar um lar calmo e pacífico. Mas nunca houve paixão. Ele me beijou uma vez, e acho que compreendeu, então, que sempre faltaria alguma coisa entre nós. Mesmo se eu já não amasse Brix, nunca poderia amar Drury. Não da maneira como você o ama... como ele a ama, Juliette. Se ele disse ou fez alguma coisa para levá-la a acreditar no contrário, é porque ele nunca amou ninguém antes.

Os lábios dela se viraram num sorriso triste.

– Acredito que o poder e a profundidade de sua devoção são assustadores para um homem como ele, tão acostumado a ter seus sentimentos sob controle.

Juliette balançou a cabeça.

– Não, você não compreende.

– Você acredita que um casamento entre vocês não dará certo porque ele é um baronete e você uma costureira francesa? Garanto a você, ele não deixará que isso seja um obstáculo.

As mãos de Juliette se dobraram em punhos. Esta mulher jamais ficaria calada e a deixaria em paz?

– Você realmente o subestima tanto assim? Ele é um homem famoso, minha querida, e homens famosos conseguem superar muitos obstáculos.

Ela não compreendia. Jamais compreenderia.

– Tenho certeza de que, o que quer que tenha surgido entre vocês...

– Não! – gritou Juliette, incapaz de continuar a se reprimir. – Ele matou Georges. Ele matou meu irmão... o homem que o torturou!

Finalmente lady Fanny se calou, chocada e espantada demais para falar.

— Meu próprio irmão o traiu. Entregou-o a seus inimigos. Ajudou a matar os amigos dele. O próprio Georges lhe quebrou os dedos. Assim, Drury o caçou e o esfaqueou.

Lady Fanny procurou a cadeira mais próxima e se sentou pesadamente. Só então Juliette se lembrou de que ela estava grávida. Na mesma hora, Juliette censurou a si mesma. Devia ter mantido o silêncio. Devia ter mantido em particular sua dor e sua angústia. Esta mulher estava apenas tentando ajudar.

Juliette correu para a porta e chamou Polly, que estava esperando ansiosamente no topo da escada dos fundos.

— Água... depressa! Lady Fanny está doente!

— Não, não, estou bem — protestou lady Fanny atrás dela. — Apenas... um pouco tonta.

Passos soaram na escadaria e lorde Bromwell surgiu à porta.

— Fanny! O que aconteceu? — perguntou ele, enquanto passava às pressas por Juliette e se ajoelhava ao lado de Fanny.

— Estou bem. Realmente. Apenas tive um choque. Juliette me contou...

Ela olhou para cima insegura, como se achasse que devia manter em segredo o que ouvira, como se Juliette quisesse assim. Ela não queria. Não agora. Deixe que todos saibam. Deixe que todos compreendam por que Drury a odiava.

— Contei a ela como meu irmão morreu e por quê.

E, então, ela repetiu a história vergonhosa para lorde Bromwell. Enquanto ele a olhava em incredulidade atônita, as patas de um cavalo bateram nas pedras do pátio externo e a porta da rua se abriu de repente.

— Fanny! Buggy!

Teria o sr. Smythe-Medway conversado com Drury? Seria Juliette expulsa daquela casa imediatamente? Lorde Bromwell foi até a porta do quarto.

– Aqui em cima, Brix – chamou ele.

O marido de Fanny subiu a escadaria, dois degraus de cada vez e, quando chegou, seu cabelo estava despenteado, o casaco aberto, as botas sujas de lama e suava como se tivesse corrido muitos quilômetros.

– Deus do céu, homem, o que aconteceu? – exclamou lorde Bromwell.

O olhar atormentado do sr. Smythe-Medway se dirigiu primeiro para Juliette.

– Drury desapareceu.

Capítulo Dezoito

Mademoiselle – Se quer ver seu amante de novo, leve o colar que usou no teatro à Clink Street, o mais próximo possível do rio. Se envolver os Runners ou qualquer outra pessoa, Drury morrerá.

UM TAPA forte fez Drury recuperar a consciência. Com a face ardendo com o golpe, ele abriu os olhos e viu o rosto de Sam Clark, com um sorriso debochado, a dez centímetros do dele.

– Tirou uma boa soneca, *MacDougal*?

Drury não lutou. Mal se moveu... apenas o suficiente para saber que estava amarrado. A luta que travava era somente para controlar o pânico de ter suas mãos amarradas aos braços de uma cadeira. Exatamente como fora amarrado antes de o martelo atingir-lhe os dedos com grande força. *Não podia* entrar em pânico. Não podia ter medo. Precisava ficar calmo. Tinha que ser forte. Conseguiu manter a voz tranquila enquanto erguia uma sobrancelha.

– Você ficou completamente louco?

Clark fungou, o mau hálito formado por cerveja e outros odores igualmente desagradáveis. Estavam numa grande sala cheia de engradados que cheiravam a... alcatrão. E haxixe. O assoalho era firme, portanto não estavam num navio... mas talvez perto de um. Nas docas. Um armazém, sem dúvida.

A luz entrava por uma fileira de janelas, através de persianas velhas e rachadas. Então ainda era dia. Não um dia brilhante, e estava chovendo. Podia ouvir as gotas da chuva batendo na madeira.

— Oh, não estou louco — disse Clark enquanto endireitava o corpo. — Não, sir Douglas, não estou nem um pouco louco. Há meses que sei que você é MacDougal. E, se queria uma prostituta francesa, bem, por que não? Mas, então, eu descobri quem ela é. E lhe contei, e o que você fez? Andou por quilômetros até eu quase gastar a sola das minhas botas seguindo-o. Quando finalmente você voltou para a casa de lorde Bromwell, eu pensei, agora vai. Agora Pete e os outros descansarão em paz. Mas você não fez nada. Não a matou. Não a feriu. Nem mesmo mandou prendê-la. Tenho certeza de que um camarada inteligente como você inventaria alguma coisa para jogá-la em Newgate e enforcá-la, ou mandá-la para o desterro. Não, você apenas entrou e saiu e andou mais. E, desta vez, enquanto o seguia, comecei a ficar esperto. Você teve aquela prostituta francesa antes, na França, durante a guerra, não teve? Talvez tenha sido assim que conheceu o irmão dela. Nunca soube onde o encontrou. Quanto recebeu para nos denunciar? Tinha que ser mais do que ela na sua cama. Ou você estava assim tão desesperado?

— Conheci Henri... Georges... através de um amigo mútuo. Você se lembra de Alberto LaCosta? Ele nos apresentou.

— E, então, ele foi morto com um tiro. Conta outra.

— Acredite ou não, é a verdade. Agora, sugiro que me solte ou...

— Ou o quê? Mandará me prender? Me acusar de alguma coisa e ser condenado à forca? Talvez ao desterro? Acontecerá a mesma coisa se o matar, não é? Mas, se você morrer, Pete Windham e os outros poderão descansar em paz, sabendo que tiveram um pouco de justiça.

Justiça? Drury abriu a boca, então a fechou. Que diferença havia entre o que Clark estava fazendo e o que ele fizera? Exceto que Drury era inocente de traição?

— Sam, não traí você, ou Windham, ou ninguém. Dou minha palavra.

— Como se isso valesse alguma coisa! - zombou Clark. – Os Frogs mataram Pete porque você lhes contou onde ele estava, assim como contou sobre os outros.

Drury lutou para subjugar o medo.

— Se eu fosse aliado dos franceses, eles teriam quebrado meus dedos e me jogado no rio para eu me afogar? Eles me torturaram porque não era.

Clark sorriu de novo, com sarcasmo.

— Então talvez Desmaries tenha vendido você também. Talvez eles o tenham ferido um pouco... mas você os levou diretamente a Pete. E eles fizeram mais do que quebrar as mãos dele antes de matá-lo... ou você não sabia disso?

— Sim, eu sei como ele e os outros morreram. Mas o que quer que acredite, o que quer que tenham lhe contado, não revelei nada aos franceses.

Drury voltou a força total do olhar para Clark.

— Foi o próprio Desmaries que me torturou, Sam, e eu o matei por isso.

— Espera que eu acredite que Georges Bergerine o torturou e você o matou e, agora, a irmã dele é sua amante? Que ela vai para a cama com você porque você matou o irmão dela? – Clark riu, zombeteiro. – Deve achar que sou um completo idiota, estúpido demais para enxergar através de seus disfarces e mentiras. Você, ele e a irmã dele estavam juntos nisso o tempo todo.

— Por que diabos o mandaria para Calais se soubesse a verdade sobre Desmaries? – perguntou Drury. – Não faz sentido!

— Para descobrir se ele estava realmente morto.

— Eu sei que ele está morto. Eu lhe disse, eu o matei.

— Como se eu fosse acreditar em qualquer coisa que sai desta sua boca suja!

— Se tem certeza de que sou culpado – disse Drury, tentando argumentar –, por que não me matou?

— Porque matar você depressa não será o bastante. Windham não morreu depressa, nem você morrerá. E nem ela.

O sorriso de Clark era a própria máscara da maldade quando viu o olhar de horror que Drury não conseguiu esconder.

— Uma certa senhora me procurou há algum tempo. Soube que eu podia fazer um tipo especial de trabalho, e faria, pela quantia certa de dinheiro. Você se acha tão inteligente, mas não é o único para quem trabalho. O marido da senhora precisa de alguns serviços de vez em quando.

Olhou para Drury e sorriu de novo, como um demônio.

— Então ela me procurou e me ofereceu muito dinheiro... o bastante para eu matar você. Ela quer sua amante morta também. Ótimo, disse eu. Mas deixe que eu faça o trabalho do meu jeito. Certo, disse ela. E então descubra quem é aquela prostituta. Maravilhoso, eu achei. Desmaries não está vivo para pagar, assim a irmã paga no lugar dele. Ora, sir Douglas, por que me olhar desse jeito? Ela é francesa, não é? E todos sabem como você odeia os franceses... ou alega odiar, a menos que consiga entrar debaixo das saias delas, suponho.

– Onde *está* a prostituta? – perguntou uma voz de mulher.

Drury se assustou.

– Sarah?

Lady Sarah Chelton, tão fora de lugar como um broche de rubi no vestido de uma mendiga, andou cuidadosamente em direção a eles pelo chão empoeirado do armazém, um lenço de renda sobre o nariz bem-feito e desdenhoso. Lady Chelton abaixou o lenço, o nariz franzindo com evidente desprazer.

– Sir Douglas! Que maravilha ver você de novo.

– Sarah, o que está fazendo aqui?

– Observando você sofrer, como eu sofri por ter sido sua amante.

Que Deus o ajudasse, pensou Drury, Juliette tinha razão! Não acreditara realmente até agora.

– Nós dois sabíamos os termos de nosso relacionamento – respondeu ele, tentando parecer calmo. – No fim, você teria terminado tudo. Lamento se feri seus sentimentos...

– Ferir meus *sentimentos*? – exclamou ela, espalmando as mãos nos braços dele, o rosto retorcido de fúria. – Você me mandou para a prisão, seu maldito egoísta. Meu marido descobriu sobre nós. Ele não teria se incomodado, mas você é apenas um baronete, além de advogado de Old Bailey. Calculei mal, compreende, assim como você. Se fosse alguém como aquele visconde idiota que é seu amigo, que tem mania de aranhas, ele não teria se importado nem um pouco. Mas você não é. Agora, ele nem chega mais perto de mim e, se arranjar outro amante, ele ameaçou contar a todos que tenho uma doença... o tipo de doença que uma dama não deve ter. E, é claro, o divórcio está fora de questão... o escândalo, compreende. Então não tenho marido, não tenho amantes, não tenho vida... enquanto você não sofre nada, seu nojento bastardo!

— Lamento o que aconteceu com você — disse ele, chocado pela reação do marido dela. Não fazia ideia.

— E isso não é tudo, seu canalha! Depois de me espancar até eu ficar quase inconsciente, o bruto do meu marido me entregou aos criados. Chamou todos os homens que trabalham para ele na sala de estar uma noite e lhes disse que podiam fazer comigo o que quisessem. Não faria queixas na justiça e, se eu tentasse, ele diria ao tribunal que eu havia feito aquilo antes muitas vezes e que eu *gostava*. Ele os deixou me tomarem... até mesmo o garoto do estábulo! E não havia nada que eu pudesse fazer. Nada, apenas me submeter! Agora, vou ser compensada de toda a humilhação quando vir Clark e seus homens tomarem sua prostituta francesa diante de você. Eles também vão deixá-lo ver quando a matarem. Ele não foi inteligente em me sugerir este pequeno plano? Achou que eu gostaria de estar aqui para assistir à diversão.

Ela se virou de repente, as saias rodando, e olhou para Clark, que estava encostado numa pilha de engradados.

— Então, onde está a prostituta?

— Ainda não chegou — disse ele, endireitando o corpo.

— Posso ver. Por que não?

Sam sorriu.

— Rafe vai trazê-la. Tivemos que fazer um pequeno negócio antes. Ele vale alguma coisa, Drury vale. Posso bem receber alguma coisa antes de matá-lo... do mesmo jeito que ele foi pago para matar meus colegas.

— Você não me disse que está fazendo isto por dinheiro – acusou lady Chelton.

— Oh, vou matá-lo por prazer também – replicou ele. – Mas por que não conseguir algum dinheiro enquanto faço isso? Ele tem muito e eu preciso.

— Já esqueceu o dinheiro que lhe paguei para capturar Drury e a prostituta dele, apesar dos seus muitos fracassos?

Sam riu.

— Quer dizer, a parte de fazê-los suar de medo? Pensei que gostaria disso. De vê-lo suar quando souber que sua prostituta francesa vai morrer.

Lady Chelton sorriu enquanto andava em torno de Drury, amarrado na cadeira. Ele podia sentir o perfume dela e se amaldiçoou por um dia ter sido amante dela.

— Está gostando disto, meu amor? Ser detido contra a vontade, amarrado e perdido? Agora você sabe como é para mim, amarrada a meu desgraçado marido para sempre.

— Fui aos aposentos dele esta manhã para conversar sobre... bem, sobre você – disse o sr. Smythe-Medway a Juliette e aos outros. Mas Drury não estava lá. O sr. Edgar disse que não aparecia desde o julgamento. Estava frenético. Queria procurar os Runners, mas eu lhe disse que ficasse, no caso de Drury voltar. Tentei acalmá-lo, dizendo que Drury podia ter ido ao Boodle's, mas ele não estava lá também. Então vim diretamente para cá.

— Talvez esteja caminhando – sugeriu Juliette, a própria voz lhe parecendo estranha e distante, como a de uma meninazinha perdida na escuridão.

Pensara que conhecera o medo antes. Não era nada, comparado a esse pavor frio, aterrorizador.

– Talvez ele tenha ido caminhar, mas devia estar em seus alojamentos quando fui lá. O sr. Edgar disse que tinha uma reunião hoje com Jamie St. Claire e ele jamais falta a seus compromissos. Drury não pegou uma carruagem quando saiu daqui ontem?

Juliette balançou a cabeça. Precisava ficar calma, composta, como ele ficaria.

– Não sei. Estava abalada demais para perceber.

Lady Fanny se levantou e abraçou Juliette.

– Ela acabou de saber que o irmão está morto.

– Lamento – disse o sr. Smythe-Medway, o rosto vermelho. – Eu... talvez devamos todos descer, menos você, srta. Bergerine.

Quando, não duvidava, lady Fanny lhes contaria tudo.

Lorde Bromwell tentou lhe dar um sorriso tranquilizador.

– Mas aposto que você tem razão. Ele apenas foi caminhar e andou demais. Algumas vezes caminha quilômetros.

– Se me dá licença, milorde.

Um Millstone muito pálido surgiu à porta.

– O sr. Gerrard está lá embaixo e insiste em ver a srta. Bergerine.

– Diga que ela não pode falar com ele agora – ordenou lorde Bromwell, irritado.

– Ele diz que é da maior urgência, milorde – insistiu Millstone, claramente agitado. – É sobre sir Douglas.

Juliette passou correndo pelo mordomo sem mais uma palavra.

– Onde está Drury? – perguntou ela, entrando correndo na sala de estar.

– Não sei – respondeu o sr. Gerrard desamparado, enquanto lady Fanny e os dois cavalheiros também entravam na sala.

– Estava indo para o White's quando um lacaio me fez parar e me entregou este bilhete selado para trazer para você. Ele me chamou pelo nome e me disse que se referia a sir Douglas Drury. Vim para cá imediatamente. Alguma coisa aconteceu a sir Douglas?

Juliette arrancou o papel dobrado das mãos dele e quebrou o selo.

– Está em francês – disse ela e começou a ler.

O bilhete dizia a ela que, se não levasse o colar de diamantes a um lugar específico, Drury morreria. *Morreria.* A palavra estava lá, a ameaça no papel. A menos que ela trocasse a vida dele pelo colar da mãe dele.

– É um bilhete de resgate – disse ela, a voz tremendo um pouco. – Alguém o sequestrou e agora querem o colar que ele me deixou usar no teatro, ou eles o matarão.

Lorde Bromwell estendeu a mão.

– Por favor, me deixe ler o bilhete.

O sr. Smythe-Medway e lady Fanny se aproximaram para lê-lo também.

– Esse lacaio, ele apenas se aproximou de você na rua? – perguntou Juliette ao sr. Gerrard.

– Sim. Achei estranho, mas pensei que algum amigo tivesse mudado os planos, ou talvez fosse um convite. – Balançou a cabeça com tristeza. – Foi um pedido estranho, mas então pensei que poderia ver você de novo, assim...

Juliette não estava com disposição para os suspiros de um jovem apaixonado.

– Você veio na mesma hora?

– Imediatamente.

– Esta é a letra de uma mulher – anunciou lady Fanny. Ela cheirou o papel. – Ainda há perfume no papel.

— Uma *mulher* o sequestrou por dinheiro? – perguntou o sr. Smythe-Medway com espanto.

— Não dinheiro – explicou Juliette. – O colar da mãe dele. Não é a mesma coisa.

— Não, não é – concordou Fanny. – E, se fosse apenas por dinheiro, por que mandar o bilhete para Juliette e não para Buggy, ou para nós? Não, há mais do que dinheiro nisso.

— Exatamente como a srta. Bergerine pensou – concordou lorde Bromwell. – A questão é o que vamos fazer.

— Precisamos pegar o colar e eu o levarei lá – respondeu Juliette, chocada por eles acharem que houvesse alternativa.

— Não podemos simplesmente levar o colar e presumir que eles o deixarão partir – disse lady Fanny. – Não sabemos nem mesmo se ele ainda...

O coração de Juliette apertou.

— Ele não está morto – insistiu, determinada a acreditar nisso, precisando acreditar nisso. No entanto, mesmo enquanto falava, lembrava-se de sua esperança sobre Georges e como estivera errada sobre isso. Sobre ele.

— É claro que não está morto – disse o sr. Smythe-Medway com firmeza. – O homem tem mais vidas que um gato. E, a menos que seus sequestradores sejam incrivelmente estúpidos, sabem que não entregaremos o colar sem ter certeza de que ele está vivo. Assim, a primeira coisa que devemos fazer é alertar os Runners e os homens de MacDougal e pegar o colar.

— Mas tenho que ir sozinha! – insistiu Juliette. – O bilhete exige isso, ou então eles o matarão.

— Você deve *parecer* sozinha – corrigiu lorde Bromwell. – Irei com você... secretamente, é claro. – Ele sorriu. – Posso parecer um tipo acadêmico para você, srta. Bergerine, mas lhe garanto que sei lutar muito bem e já estive em situações perigosas antes. E podemos ter alguns dos homens de MacDougal pelas imediações. Estão acostumados a subterfúgios.

– Irei com você – disse o sr. Smythe-Medway.

– Não – declarou lorde Bromwell sem hesitação. – Não o deixarei correr perigo quando Fanny está esperando um bebê. Além disso, você precisa ir buscar o colar. O sr. Edgar confia em você. Fanny deve ficar aqui com Juliette.

Juliette não gostou nem um pouco da ideia.

– Precisamos esperar?

– Não quero você cavalgando pelas ruas de Londres. Brix e eu podemos. Quando voltarmos, e depois de termos feito tudo para garantir sua segurança, irei com você para Southwark. Que Deus nos ajude se Drury pensar que não a protegemos.

Lady Fanny segurou o braço de Juliette.

– Ele está certo. Irão mais depressa sem nós. Além disso, sempre há uma chance de Drury escapar sozinho e voltar para cá.

– O que *eu* posso fazer? – perguntou o sr. Gerrard. – Por favor, quero ajudar.

Juliette queria acreditar que ele era confiável, mas o fato de ter sido ele a levar o bilhete a perturbava.

– Acho que talvez seja melhor se não fizer nada.

Perguntou-se se os outros concordariam e, para seu alívio, lorde Bromwell disse:

– Acho que deve ficar aqui, sr. Gerrard, enquanto lidamos com isto.

– Não podemos nos arriscar a deixar a notícia se espalhar enquanto não tivermos Drury de volta são e salvo – concordou o sr. Smythe-Medway.

– Posso guardar segredo – disse o jovem, claramente ofendido. – Entretanto, vou ignorar seu insulto na esperança de ser de alguma ajuda.

Sem dar atenção ao indignado sr. Gerrard, o sr. Smythe-Medway se voltou para lorde Bromwell enquanto Millstone surgia na porta com o casaco e o chapéu alto de lorde Bromwell.

– Acha que vai ter problemas em encontrar MacDougal? Deve falar com o camarada diretamente, se puder. Sei que ele é o melhor.

Lorde Bromwell vestiu o casaco e pôs o chapéu na cabeça enquanto respondia.

– Infelizmente, Drury *é* MacDougal.

– O quê? – arquejou Juliette e os outros se mostraram igualmente surpresos.

– Ele criou o personagem durante a guerra e o manteve aqui depois – explicou lorde Bromwell. – Achava mais fácil conseguir informações com o disfarce. Até os homens que ele emprega como MacDougal não têm ideia de para quem estão realmente trabalhando.

– Quer dizer que sai furtivamente pelas ruas de Londres disfarçado de escocês? Como isso é possível? – duvidou o sr. Smythe-Medway. – Ele é conhecido demais. E os dedos dele?

Lorde Bromwell se dirigiu para a porta.

– Se você o visse como MacDougal, com um tapa-olho e um braço amarrado atrás como se o tivesse perdido, jamais imaginaria que é Drury. E sabe que ele é bom com sotaques.

– Meu Deus – murmurou o sr. Smythe-Medway enquanto o seguia.

– Esperem! – chamou Juliette, embora o tempo fosse essencial. – E se esta casa estiver sendo vigiada?

Lorde Bromwell pensou por um momento.

– Podemos ir pelo telhado, como fazíamos em Harrow... se você ainda é capaz, Brix.

O sr. Smythe-Medway se esticou, uma chama de determinação e desafio nos olhos.

– Posso ser um velho homem casado, milorde, mas, se você pode, eu também posso.

Capítulo Dezenove

~~~~~~~~~~

Elementos criminosos continuam a atormentar nossa grande cidade, apesar dos esforços dos tribunais e dos Bow Street Runners. Mesmo nossos cidadãos mais importantes não estão a salvo de suas ações malignas.

– De um editorial no London Morning Herald

JULIETTE ESTAVA à porta antes que o lacaio tivesse oportunidade de fechá-la, depois da volta de Brixton Smythe-Medway. Lady Fanny foi com ela, enquanto Millstone ficava nas imediações, como uma mãe ansiosa na noite do primeiro baile da filha.

– Estou com o colar – disse logo o sr. Smythe-Medway, sorrindo para Juliette. – Não estava onde eu esperava e o pobre sr. Edgar ficou totalmente transtornado, pensando que havia sido roubado. Finalmente, nós o encontramos debaixo do travesseiro de Drury. Buggy já voltou?

– Não – respondeu a esposa, enquanto todos se dirigiam para a sala de estar. – Venha, sente-se e recupere o fôlego. Estava com o coração na garganta, achando que vocês dois iriam cair do telhado e morrer.

— E deixar meu filho sem um pai e você sem um marido que a ama? Nem pense nisso!

— Desde que você esteja a salvo – disse lady Fanny, com um olhar de tanta adoração por ele que a garganta de Juliette contraiu.

Eram tão felizes juntos, partilhando um amor que, agora, ela mesma havia experimentado e do qual sabia que sentiria falta pelo resto de seus dias. Mas suportaria com alegria essa dor, desde que Drury vivesse!

Houve outra comoção à porta e, desta vez, lorde Bromwell entrou com um grupo de homens de aparência muito rude. Tinham que ser os Runners e, se lorde Bromwell pensava que não seriam notados, estava enganado. Pareciam uma tropa de soldados, o que provavelmente haviam sido uma vez.

— Todos aqui? – perguntou lorde Bromwell. – Conseguiu o colar, Brix?

— Sim. Estava debaixo do travesseiro.

— Interessante. Certamente queria mantê-lo perto enquanto dormia – comentou lorde Bromwell. Entretanto, sua surpresa a essa conclusão, como a de Juliette, durou pouco. Havia outras e mais importantes coisas em que pensar.

Algum tempo depois, Juliette estava nas sombras de um armazém meio incendiado perto do Tâmisa, exatamente como o bilhete dissera. Lorde Bromwell estava em algum lugar por perto, embora ela não soubesse exatamente onde. Supostamente, os Runners também estavam escondidos por ali.

Levara algum tempo para convencer os Runners a fazer o que ela e os amigos de Drury queriam, e não começar de imediato uma busca pela área. Felizmente, embora eles talvez ignorassem os pedidos dela, as forças combinadas dos muito sérios lorde Bromwell e do honorável Brixton Smythe-Medway fizeram a diferença. No fim, cederam, com a condição de que os dois nobres assumissem a culpa se as coisas não ocorressem como eles esperavam. Se Drury... Ela não pensaria sobre isso. Pensaria na pequena adaga dentro de seu corpete, tirada da coleção de artefatos estrangeiros de lorde Bromwell, na outra em sua liga e nos dois grampos muito compridos com que lady Fanny lhe prendera o chapéu na cabeça.

Sem dúvida seria revistada, mas esperava que, pelo menos, uma arma não fosse descoberta pelos homens que tinham Drury como refém.

Lorde Bromwell havia também passado um tipo de tinta no salto de seus sapatos, que deixaria uma trilha para eles seguirem.

Lady Fanny perguntara o que fariam se eles jogassem Juliette numa carruagem, mas o marido lhe garantiu que as ruas e becos naquela parte de Londres eram tão estreitos e sinuosos que qualquer veículo teria que andar muito devagar.

Quaisquer que fossem suas objeções, Juliette não se deixaria deter. Faria como a autora do bilhete exigira, porque a vida de Drury estava em risco.

Um homem saiu de um beco próximo.

– Completamente sozinha, não é? Exatamente como mandamos.

Ela reconheceu a voz imediatamente, lembrou-se da sensação da mão dele sobre sua boca, o braço em torno de sua cintura. De seu cheiro.

– *Oui* – disse ela, tentando dominar o medo. – Leve-me até sir Douglas.

Outro homem, rude e grande, surgiu atrás do rufião, que fez uma mesura debochada.

– Por aqui, por favor... mas primeiro me dê esta bolsa. Precisamos também cobrir seus lindos olhos.

Ela lhe entregou a bolsa sem hesitar. O colar não estava nela, mas costurado na bainha de sua combinação.

– É claro – disse ela. – Mas se acha que o colar está aí, você é um idiota. Não o darei até ver, por mim mesma, que sir Douglas está vivo e bem.

– Escondeu-o, não foi? Então talvez tenhamos que despi-la bem aqui.

Não entraria em pânico. Ficaria calma, como Drury.

– Não disse que o escondi em minhas roupas. – Embora tivesse.

Os olhos do homem semicerraram sob a aba do chapéu.

– Sem colar, sem Drury.

– Sem Drury, sem colar.

– Não o entregarei sem o colar.

– E não lhe darei o colar enquanto não o vir vivo e bem.

– Vamos, Sam – disse o segundo homem, olhando em torno ansiosamente. – Não podemos ficar aqui em pé o dia todo.

– Está bem – resmungou o homem chamado Sam. – Vamos levá-la e, se ela não tiver o colar, apenas a mataremos.

Ele sorriu ameaçadoramente para Juliette, que sentiu o suor lhe descer pelo corpo.

– Mas, antes de matá-la, vamos nos divertir um pouco. Afinal, temos que fazer isto valer a pena. Tire este chapéu e lhe cubra a cabeça, Rafe, e seja gentil. Não a queremos toda machucada. Pelo menos, não ainda.

Rafe lhe tirou brutalmente o chapéu e, com ele, os grampos, quase lhe arrancando o cabelo do couro cabeludo. Então um capuz pesado e negro lhe foi posto sobre a cabeça e suas mãos foram amarradas com força e dolorosamente em frente ao corpo.

Com os seios quase encostados no rosto de Drury, lady Sarah abaixou a mordaça. Sam Clark saíra para se encontrar com Juliette e estavam sozinhos, exceto por um guarda que estava em pé, silencioso, perto da porta, capaz de vê-los, porém longe demais para ouvi-los.

– Sarah, pelo amor de Deus, tem que compreender que isto é errado – disse Drury, rouco, enquanto disfarçadamente trabalhava com as mãos e os punhos para afrouxar as cordas que os prendiam. Se conseguisse fazê-la continuar falando, se mantivesse o foco no rosto dele, talvez ela não percebesse o que estava fazendo. Os movimentos doíam como os diabos, mas já sentira dores piores antes e precisava desesperadamente se libertar.

– O quê, *agora* está religioso? – zombou ela enquanto recuava. – Se espera misericórdia de mim, meu amor, está tristemente enganado. E não ouvirei nada do que tem a dizer.

Os olhos dela brilhavam de triunfo enquanto roçava os lábios nos dele.

– Queria apenas me lembrar do que vi em você. Pensei que eram seus beijos que o tornavam inesquecível. Certamente não eram seus toques... não com estes dedos.

– Gostaria de tocá-la bem agora – respondeu ele, com os dentes cerrados. – Embora saiba que não vai gostar tanto quanto gostava de fazer amor comigo.

Ela fungou.

— Mesmo se me agarrar pelo pescoço, não pode me ferir. Suas mãos são fracas demais... como o resto de você.

— Não me lembro de você se queixar disso antes, Sarah. E minhas mãos estão ficando mais fortes a cada dia. Você ficaria surpresa.

Ela o esbofeteou, o impacto diminuído pelas luvas de camurça. Além disso, fora esbofeteado e esmurrado muitas vezes por homens mais fortes e por uma mulher mais histérica que ela.

— Oh, Sarah, é o melhor que consegue fazer? E depois de tudo o que fomos um para o outro?

Ela bateu de novo enquanto lágrimas lhe enchiam os olhos.

— Você e aquela pequena prostituta francesa vão pagar!

— Juliette não lhe fez mal algum. Se há culpa, é minha, não dela.

— Acha que vou deixá-la viver depois do que você fez comigo? Oh, não, meu doce, doce homem, vou deixar que Sam a mate, bem devagar, e diante de você. Primeiro, porém, ele e seus amigos vão tê-la, exatamente como os criados de meu marido me tiveram. Quero ouvir os gritos dela de dor e angústia. Quero que ela sofra, e quero que você ouça e veja tudo. Depois, Sam o matará para mim. — Um soluço lhe escapou. — E, então, terei um pouco de paz.

— Não, não terá, Sarah — disse ele, balançando a cabeça e sentindo pena dela apesar do que ela fizera e do que planejava fazer. — Acredite em mim. Matei um homem por vingança e isso não me trouxe paz, apenas mais dor.

Sarah ergueu o corpo.

— Veremos! — Ela apontou para trás do ombro dele. — Veremos logo, porque aqui está sua pequena prostituta francesa.

* * *

Com o capuz negro sobre a cabeça, Juliette mal podia respirar. Seus ombros doíam. O homem que a segurava, não o chamado Sam, mas Rafe, cheirava a suor velho e cerveja e lã suja.

Segurando-lhe o ombro, ele a empurrou rudemente para a frente. Ela quase tropeçou numa tábua desnivelada, então se contorceu para se livrar da mão dele. Preferia cair a sentir-lhe o toque de novo.

O ombro atingiu alguma coisa móvel, que caiu. Alguma coisa de madeira. O lugar cheirava à madeira úmida, apodrecida. Alcatrão. Pedra e tijolos molhados. Deviam estar em um dos armazéns ao longo do rio. Finalmente, o homem lhe agarrou o ombro e a fez parar.

– Espero que não tenham sido seguidos – disse a mulher.

Parecia uma mulher rica, bem-educada, o tipo de mulher que frequentava a loja de madame de Pomplona.

– Não sou estúpido – rosnou Sam, de algum lugar próximo. – Por que ele está sem a mordaça?

– Estávamos tendo uma conversa deliciosa – respondeu uma voz de homem.

Drury! Era seu amado Drury! Estava vivo e falando com tanta calma como se estivesse na sala de estar de lorde Bromwell!

Seu desespero diminuiu, embora ainda se encontrassem em perigo. Mas estava vivo e, agora, podia realmente ter esperanças.

– Parece que a milady não tem você em alta conta, Clark – observou Drury.

– Mentiroso! – acusou a mulher. – Nunca disse isso.

– Sem honra entre ladrões, você sabe, Sam.

– Cale-se! – rosnou o homem. Juliette o ouviu andar pesadamente pela sala. – Pronto. Isto deve mantê-lo quieto. E, se isto não o fizer, olhe o que temos.

Alguém agarrou o braço de Juliette e a empurrou à frente, antes de o capuz ser tirado de sua cabeça. Ela piscou à luz súbita e então viu Drury, amarrado a uma cadeira e amordaçado com o que parecia ser sua gravata. O olhar dela encontrou o dele, firme, decidido, forte. Como ele. E como ela devia ser, se quisessem escapar.

– Ela o trouxe? – exigiu a mulher.

Embora estivesse nas sombras, Juliette reconheceu-a imediatamente. Era a mulher do teatro, a dama que fora a última amante de Drury. Lady Sarah Chelton.

Usava uma peliça cara que cobria um vestido de seda cor de junquilho, um colar de pérolas, um chapéu grande e profusamente enfeitado, e um véu que lhe cobria o rosto. Que necessidade teria da joia da mãe de Drury?

– Onde está o colar? – insistiu lady Chelton. – Se quer que seu noivo viva, terá que entregá-lo a nós.

– Como estou vendo que meu amado está vivo, eu o darei... depois que remover a mordaça e desamarrá-lo.

A dama se aproximou.

– Acho que não. – Olhou para o chefe dos bandidos. – Sr. Clark, talvez possa revistá-la?

O homem deu uma risadinha de zombaria.

– Exatamente o que estava pensando – murmurou ele, enquanto tirava uma longa e larga faca do cinto. – Mas por onde começar, hein?

Juliette não olhou para ele. Olhava além dele, para Drury, amarrado e impotente, olhando-a. Desejando que ela fosse forte.

Enquanto os braços dele se viravam disfarçadamente e seus dedos tortos se curvavam em torno dos braços da cadeira. Ela ainda não olhava para Clark quando ele ficou diante dela e passou a ponta da faca por suas faces, ao longo do seu pescoço. Depois, devagar, foi descendo a faca pelo corpo de Juliette.

— Talvez esteja aqui – sugeriu ele, enquanto enfiava a mão no corpete.

A expressão de Drury era assassina. Ela ficou completamente imóvel.

— Deus! – gritou Sam, a ponta do dedo indicador sangrando. – Ela tem uma faca aqui!

Com raiva agora, ele passou a faca entre a pele e a combinação e cortou o tecido. A pequena faca que lorde Bromwell lhe dera caiu no chão. Com uma careta de zombaria, Sam jogou-a longe com um pontapé.

— Isto não foi muito inteligente. O que mais você tem aí, hein? Ela teve que fechar os olhos ao se esforçar para ser forte em benefício de Drury e de si mesma, enquanto Sam lhe apertava os seios com força.

— Ou talvez você o tenha escondido em outro lugar, hã? – zombou Clark. – Debaixo das saias? Talvez da combinação. Vamos descobrir.

Ele estendeu o braço para baixo e, quando se curvou, ela levantou subitamente o joelho, atingindo-o com toda a força no rosto.

— Cadela maldita! – gritou Sam, as palavras abafadas pelas mãos no rosto enquanto tropeçava para trás, o sangue jorrando entre os dedos. – Ela me quebrou o maldito nariz!

Ele avançou e bateu nela com força, fazendo-a quase perder o equilíbrio, a dor intensa.

— Vai lamentar isto, sua cadela francesa! Rafe, tire a roupa dela. Encontre o colar. Então vou fazê-la gritar de verdade.

Mas não teve oportunidade. Com um rugido de raiva primitiva, Drury arrancou os braços da cadeira. O assento e as costas caíram no chão enquanto ele se sacudia como um urso enfurecido, os braços da cadeira presos às suas mãos.

Por um instante, Juliette se assustou tanto quanto os outros... mas apenas por um instante. Porque Rafe a soltara. Ela se virou de lado e o empurrou com força com o ombro. Apanhado de surpresa, ele perdeu e equilíbrio e caiu pesadamente. Ela moveu as mãos para pegar a faca na cinta, embora ainda estivessem amarradas pelos pulsos.

Drury atacou Clark. O outro homem que vigiava Drury correu para se juntar à luta, enquanto Rafe ficava deitado, gemendo no chão empoeirado. Dois contra Drury. Certamente, ele venceria.

Assim que ela pegou a faca, lady Chelton agarrou-lhe o cabelo, puxando-o para trás. Juliette não largou a faca e se jogou para a frente, caindo de joelhos. Não se importava se seu cabelo fosse arrancado da cabeça.

– Drury! – gritou ela, levantando-se. Ele mantinha os dois homens à distância com os braços quebrados da cadeira, agora firmes em suas mãos como porretes, as cordas balançando de seus braços.

Ainda segurando o nariz, Sam correu para ela, erguendo o pé para atingi-la. Juliette se jogou no chão para evitar o golpe e ele falhou. Os braços dele se abriram, enquanto lutava para recuperar o equilíbrio, e ela se levantou e o empurrou com toda a força. Ele caiu de costas.

Segurando a faca, Juliette correu para ficar encostada em Drury, costas com costas. Seus pulsos ainda estavam amarrados e não tinha tempo de cortar as cordas. Enquanto segurasse a faca, podia ferir qualquer um que se aproximasse demais. Certamente, lorde Bromwell e os Runners logo estariam ali.

Eles os encontrariam e os ajudariam. *Tinham* que encontrá-los. Então ela viu lady Chelton pegar a pequena faca que Clark havia chutado para longe. Lady ou não, pensou Juliette, cerrando os dentes, mataria a mulher se fosse preciso.

Alguma coisa caiu do topo de um engradado ao lado da dama... o maior rato preto que Juliette já vira. Lady Chelton gritou de terror e caiu sobre outra pilha de engradados vazios, derrubando-os no chão.

A atenção desviada, o homem que enfrentava Drury olhou para o lado. Foi o bastante, e Drury balançou o braço da cadeira com toda a força, atingindo o homem na nuca. A madeira bateu no osso com um barulho forte, derrubando o homem.

Com o rosto vermelho de sangue e raiva, Sam Clark aproximou-se deles, a faca erguida.

– Pegue minha faca! – gritou Juliette para Drury, mas ele sacudiu a cabeça.

– Fique com ela até isto acabar. Não consigo mesmo segurá-la.

– Isso mesmo... ele é um aleijado inútil que pensa que vai me vencer com um pedaço de madeira podre – zombou Clark.

– E você é um estúpido – retorquiu Drury. – Posso vencê-lo com minhas mãos nuas, apesar de danificadas. A madeira é apenas um benefício adicional.

– Fugi de você antes – escarneceu Clark.

– Porque pensei que Juliette pudesse estar ferida. Não escapará desta vez. Pretendo fazê-lo parar de uma vez por todas e, quando for preso, terei muito prazer em acusá-lo no tribunal.

– Você não...

Drury pulou, atingindo o braço de Clark com o porrete improvisado com toda a força. Houve um barulho de alguma coisa se quebrando, pior que o da cadeira quando Drury arrancara seus braços, e Sam tropeçou para trás, deixando cair a faca. Drury o atingiu de novo e o homem desabou, encolhido.

Enquanto Sam caía, Juliette viu lady Chelton se dirigindo para a porta. Correu até ela e a empurrou com força com o ombro. As duas caíram no chão.

– Acho que não, milady – disse Juliette, rolando para ficar em pé, a faca ainda na mão.

Mas, enquanto a outra mulher se levantava devagar, o chapéu torto, o cabelo despenteado, o vestido fino empoeirado e rasgado, Juliette viu o brilho da pequena faca ainda nas mãos enluvadas.

A mulher olhou além dela, para Drury.

– Não permitirei que me leve para a prisão – advertiu ela – e não voltarei para meu marido. Não pode saber o que... – Ela balançou a cabeça, as mãos trêmulas enquanto segurava a faca. – Não o deixarei fazer isso. Não viverei assim. Não viverei...

Enquanto Juliette observava com desconfiança, Drury começou a andar em direção a lady Chelton, lentamente, cautelosamente, como o gato com que era comparado.

– Sarah, por favor – disse ele, suavemente. – Dê-me a faca. – Falarei com seu marido. Tenho certeza de que alguma coisa poderá ser arranjada.

– Não! Você não sabe. Não estava lá. Ele observou tudo e riu. Ele *riu*. E contará. Contará a todos.

– Sarah, por favor – repetiu Drury.

Ela balançou a cabeça.

– Amei você, sabe. Você não me amou. Sei disso. Mas não posso, não suportarei.

E, então, ela virou a faca e, com o olhar mais determinado que Juliette já tinha visto, enfiou-a com força no próprio peito.

— Sarah! – gritou Drury, correndo para segurá-la enquanto ela caía.

Aninhou a mulher nos braços enquanto os dois escorregavam lentamente para o chão.

— Você – sussurrou lady Chelton olhando para Juliette, enquanto uma enorme mancha vermelha se espalhava sobre o amarelo vivo de seu corpete.

— Oh, Sarah, devia ter me contado – murmurou Drury enquanto a segurava. – Eu poderia ter...

— Ajudado? – Ela riu, zombeteira, enquanto uma linha fina de sangue lhe corria pelo queixo.

Drury segurou-lhe a mão, porém era tarde demais. Já tinha visto homens morrerem e sabia que não havia esperança para ela.

— Não há nada que possamos fazer? – sussurrou Juliette.

Drury balançou a cabeça e lady Sarah Chelton, uma vez a bela de uma estação de Londres, deu o último suspiro.

Exatamente no momento em que lorde Bromwell e os Runners chegaram.

Capítulo Vinte

Embora ainda não possa acusar Chelton oficialmente de qualquer coisa, pedi a Jamie que pesquisasse todos os arquivos que encontrasse. Sei que acharei alguma sobre suas atividades nefandas, e terei grande prazer em acusar o bastardo no tribunal, em nome de Sarah.

– Do diário de sir Douglas Drury

— Bem, pelo menos alguma coisa boa restou desta experiência – comentou Brix, recebendo do sr. Edgar uma taça de conhaque e observando as mãos de Drury, cobertas por ataduras. – O médico me pareceu muito otimista. Nunca mais serão perfeitas, é claro, mas ficarão bem melhores do que eram, agora que teve a chance de consolidar adequadamente os ossos.

Drury acenou silenciosamente. Diversos de seus dedos haviam se quebrado de novo quando ele destruíra a cadeira na qual estivera amarrado. No entanto, embora doessem como os infernos, isto não era nada comparado à dor em seu coração quando pensava em viver sem Juliette, que agora estava livre. Livre para ir para onde quisesse. Para longe dele.

— E todos estamos muito felizes de a srta. Bergerine não ter sido ferida – disse Buggy da cadeira onde se sentava, também com uma bebida na mão. – Ainda pretende processar Chelton, Clark e aqueles outros bandidos?

— Sim. Nenhum escândalo pode ferir Sarah agora, e quero que ele pague pelo que fez. Tenho certeza de que Jamie descobrirá alguma coisa.

— Bem, se alguém pode, é ele – concordou Brix. – Soube que os Runners concordaram em aceitar nossa versão dos fatos.

Haviam decidido dizer que Sarah também fora sequestrada e assassinada quando tentava escapar.

— Era o mínimo que podíamos fazer por ela.

— E a srta. Bergerine? – perguntou Brix.

No dia anterior, depois que Sarah morrera e os Runners haviam prendido Clark e seus homens, Buggy levara Juliette para a casa dele. Drury voltara para seus aposentos, onde o sr. Edgar quase desmaiara de alívio e alegria. Então fora mandado imediatamente para buscar um médico.

— Suponho que vai voltar para a França – disse Drury, escondendo seu desespero. – Ainda pretendo lhe emprestar o dinheiro para começar o próprio negócio. Deve estar ansiosa para ir.

Na realidade, não lhe perguntara. Mal lhe dissera uma palavra depois que os Runners e Buggy chegaram ao armazém. Ficara com medo, certo de que ela lhe diria que estava deixando Londres. Deixando a Inglaterra. Deixando-o.

— Eu a convidei para ficar pelo tempo que quisesse – comentou Buggy.

Drury olhou para ele rapidamente.

– E?
– Está fazendo as malas.

Ela iria embora. É claro que iria, e ele ficaria completamente sozinho de novo.

– Mas Fanny está, neste momento, tentando fazê-la desistir da ideia – disse Brix.

Drury não ousaria ter esperanças. Juliette era orgulhosa, teimosa e independente. Se quisesse ir, iria, e nada, nem ninguém, a faria mudar de ideia.

– Espero que Fanny tenha sucesso – disse Buggy. – A srta. Bergerine tem uma vitalidade notável, mas todo esse assunto foi realmente exaustivo e ela, provavelmente, não está em condições de viajar, muito menos de encontrar um lugar para viver.

– Certamente não quer ser grata ao amigo do homem que matou o irmão dela – disse Drury.

– Há isso, é claro – concordou Buggy, melancólico.

– Você pretende dizer adeus a ela? – perguntou Brix.

– Não. – Drury não via razão para passar por isso. – Tenho certeza que ela não quer me ver nunca mais.

Brix limpou a garganta.

– Fanny me disse que, se você dissesse alguma coisa assim, eu devia lembrá-lo de uma conversa que uma vez teve com ela, sobre arrependimentos. Aparentemente, Buggy – explicou ao amigo –, ele usou a palavra *atormentar* para ressaltar a sensação que pode ser causada a uma pessoa. – Brix se voltou para Drury de novo. – Parece-me, meu amigo, que você vai ter um enorme arrependimento atormentando-o se não vir a srta. Bergerine de novo.

Drury se levantou e andou até a janela, antes de se virar para olhar os amigos de frente. Que não podiam compreender o que estava sentindo... nem mesmo Brix, que quase perdera Fanny.

— Mesmo se eu quisesse vê-la, você honestamente acha que ela gostaria de *me* ver? Matei o irmão dela, pelo amor de Deus! Juliette deve me *odiar*... mas não tanto quanto me odeio por ter feito o que fiz.

Pronto. Dissera. Agora eles compreenderiam, ou pelo menos teriam uma ideia do motivo por que não podia ver Juliette de novo.

— Fanny achou que você podia dizer alguma coisa assim – observou Brix, sério como Drury jamais o vira antes.

— Oh? E ela também lhe disse o que devo fazer? – perguntou, sarcástico em sua infelicidade.

— Ela acha que você deve dizer a Juliette que a ama.

Drury olhou para ele com espanto.

— Eu a amo?

— Você ama, não ama?

— Concordo com Fanny – disse Buggy calmamente. – Conte a ela como se sente e, se mesmo assim ela quiser ir embora, pelo menos você terá sido honesto.

— Se não disser, pode se arrepender pelo resto da vida – acrescentou Brix.

Era uma sensação estranha, ouvir seus dois melhores amigos lhe dizerem como se sentia e o que devia fazer. Na maior parte da vida, estivera sozinho, fazendo o que achava melhor, jamais pedindo ajuda. Pensando que não precisava de nenhuma. Acreditando que estava destinado a ser sempre sozinho.

— Vocês dois parecem muito seguros de que eu a amo.

— Não vai tentar negar... não para nós – disse Buggy.

Brix foi até o amigo e lhe segurou os ombros.

— Tenho uma noção do seu dilema; assim, espero que me ouça. Vá até ela, Drury, e pelo menos diga-lhe que a ama. O que de pior pode acontecer?

Drury se afastou.

– Ela pode dizer diretamente que me odeia e que não quer me ver nunca mais. Que arruinei a vida dela, e a de Sarah também. Que sou um homem odioso e que ninguém jamais poderá me amar.

Um olhar de frustração acendeu os olhos azuis de Brix.

– Se ela pensasse assim, acha que arriscaria a vida para salvar você? Fanny me disse outra coisa, já que você insiste em se comportar como um idiota orgulhoso e teimoso. Juliette ama você, Fanny tem certeza, e você será a pior espécie de idiota se deixar Juliette partir. Dê-lhe a oportunidade de perdoá-lo... e de você se perdoar. Agora vamos, homem, vá até ela. Minha carruagem está aí fora.

Drury hesitou. Mesmo se Juliette o tivesse amado uma vez, poderia ainda amá-lo, depois de descobrir o que fizera? Seria melhor ir até ela e se arriscar a ver o ódio em seus olhos, ou ficar seguro em seus aposentos? Sem nunca saber. Sempre se perguntando o que poderia ter sido...

Nunca em sua vida se sentira menos confiante, nem mesmo quando era uma criança e sua mãe o criticava aos gritos por tudo o que fazia.

Porque nunca em sua vida houvera tanto em jogo.

No entanto, lembrava-se do que contara a Fanny... como, durante seu cativeiro, pensara em arrependimentos. Decidira que então e enquanto vivesse, teria o mínimo possível de arrependimentos. Se não fosse até Juliette agora, se não se arriscasse, que espécie de arrependimentos teria pelo resto de sua vida?

– Vocês têm razão – disse ele, finalmente parecendo o Drury confiante que conheciam. – Sr. Edgar, meu chapéu!

* * *

— Gostaria muito que você reconsiderasse e aceitasse o convite de Buggy para ficar mais um pouco – disse de novo Fanny, usando seu tom de voz mais persuasivo.

Juliette balançou a cabeça e continuou a dobrar a delicada combinação. Perto da cama, Polly fungava e tentava engolir os soluços, enquanto punha as roupas que Juliette havia dobrado num grande baú, que Millstone trouxera do sótão.

— Bem, então, por que não vem ficar alguns dias comigo e Brix? – sugeriu lady Fanny. – Teríamos muito prazer com sua visita.

— Obrigada, mas não – respondeu Juliette. Quanto mais tempo permanecesse em Londres, pior seria. Melhor ir embora logo e ficar distante e desesperada do que continuar ali e correr o risco de se encontrar com Drury.

Depois que lady Chelton morrera e lorde Bromwell e os Runners haviam chegado, ela e Drury mal se falaram. Ele fora para seus aposentos e ela voltara para a casa de lorde Bromwell.

Se Drury se importasse, não teria falado com ela? Não, devia ser como ela temia... ele não suportava ficar perto dela. Lembrava-o de traição e sofrimento. Uma lágrima solitária desceu-lhe pela face e ela se voltou depressa, para que lady Fanny não a visse.

— Polly, pode nos deixar sozinhas, por favor? – pediu Fanny. – Tocaremos a campainha se precisarmos de você de novo.

Juliette quis dizer à criada para não sair. Não queria ficar sozinha com lady Fanny, que se casara com o homem que amava. Polly fungou, acenou e fez uma cortesia antes de deixar o quarto.

Juliette enxugou os olhos com a bainha da combinação dobrada antes de guardá-la no baú. Estava prestes a pegar um dos adoráveis vestidos no armário quando lady Fanny descansou uma das mãos no braço dela.

— Juliette... posso chamá-la de Juliette?

Ela balançou os ombros. Por que não? Afinal, era apenas uma costureira.

— Juliette, podemos nos sentar por um momento? Não tivemos tempo de conversar... realmente conversar... desde ontem.

— O que há mais para dizer? — perguntou ela, deixando o vestido no armário. — Os bandidos foram descobertos e presos pelos Runners. Em 15 dias, enfrentarão o julgamento e a punição.

— Quero dizer que não conversamos sobre Drury.

Juliette tentou evitar o que realmente a atormentava.

— Os dedos dele... ficarão bons, não é?

— O médico acha que bem melhores do que antes — garantiu lady Fanny enquanto se sentava na ponta da cama. — Mas não é com os dedos dele que me preocupo. Pensei que você o amasse. Se ama, como pode deixá-lo assim?

As palavras de acusação atingiram Juliette como um tapa. Como se isso fosse sua escolha! Como se estivesse ansiosa para ir embora! Mas não diria a essa nobre inglesa como sofria. Não mostraria a essa mulher sua dor.

— Não sabe o que ele fez? Ele matou meu irmão.

Que lhe quebrara os dedos e matara seus amigos.

— Sim, eu sei.

— Devo esquecer isso? — *Ele nunca esqueceria.*

— Se o amasse, esperaria que compreendesse por que ele fez isso e buscaria em seu coração um modo de perdoá-lo. Você não o viu quando voltou da França. Era uma sombra de si mesmo.

Eles o fizeram passar fome também. E não foi seu irmão que lhe quebrou os dedos?

Juliette olhou com raiva para essa mulher que tivera uma vida tão protegida, que podia ficar com o homem que amava, que não compreendia nada.

— Sim! Acha que ele quer me ver depois disso? Que ele pode *me* perdoar? Meu próprio irmão fez isso com ele! O que quer que Drury sentia por mim, certamente não poderia sobreviver a isso!

Lady Fanny não ficou vermelha de raiva e consternação. Simplesmente continuou a olhar para ela com firmeza.

— Como você sabe o que ele sente a menos que lhe pergunte? Se ele a ama... e sei que ama... não odiará você pelo que seu irmão fez.

— Ele odiava toda a França pelo que Georges fez!

— É fácil culpar um país inteiro e todo um povo pelas ações de alguns homens quando você foi traído e ferido — replicou lady Fanny. Ela se levantou e virou a cabeça enquanto estudava o rosto vermelho de Juliette. — Acho que você subestima a capacidade dele de amar e perdoar. E, se for embora assim, acho que vai feri-lo muito mais, e muito mais profundamente, do que seu irmão jamais o feriu.

Alguém bateu à porta e, enquanto Juliette tentava decidir o que fazer, lady Fanny a abriu.

Juliette ouviu vozes sussurrando e, quando se virou para ver quem era, lá estava Drury. Sozinho.

Agora que ele estava ali, ela não sabia o que fazer, o que dizer. Queria se jogar nos braços dele, mas tinha medo de se mover. Queria chorar, mas detestava a ideia de que a última imagem que teria dela fosse a de uma mulher soluçante, histérica.

Os escuros olhos dele imploravam, a voz rouca de emoção reprimida quando falou:

– Estava com medo de ver você. Com medo de lhe dizer como me sinto, por causa do que lhe fiz. Lamento muito a tristeza que lhe causei, Juliette. Posso compreender se nunca mais quiser me ver. Mas tinha que vê-la, pedir-lhe que me perdoe. – Ele estendeu as mãos num gesto de derrota. – E dizer-lhe que a amo.

Ele a amava? Apesar de tudo? Ela deu um passo hesitante em direção a ele.

– Posso perdoá-lo. Eu o perdoo. E lamento muito pelo que meu irmão fez a você.

Ainda havia uma coisa a dizer, enquanto o encantamento e a esperança substituíam aquele desespero negro nos olhos dele.

– Eu amo você – sussurrou ela. – Eu o amo com todo o meu coração, não importa o que tenha feito.

Ele parecia ter renascido. Todo o medo e a dúvida e a vergonha desapareceram do seu coração. Toda a infelicidade e contenção se foram e, no momento seguinte, ela estava nos braços dele.

Por quanto tempo e quão apaixonadamente, fervorosamente, se beijaram, ela não sabia, e não se importava. Ele a amava! Oh, graças a Deus, ele a amava tanto quanto ela o amava!

Entretanto, ele finalmente parou de beijá-la e afastou um pouco a cabeça para trás, para mergulhar os olhos nos dela, sem afrouxar os braços que a prendiam a ele, a felicidade brilhando nos olhos escuros e não mais misteriosos.

– Já que nos amamos, suponho que devemos fazer alguma coisa sobre isso.

Havia uma coisa que ela queria muito fazer, uma coisa pela qual seu corpo ansiava tanto quanto seu coração. Sorrindo, ela olhou sobre o ombro para a cama. Ele riu, uma risada profunda que nascia em seu peito largo como a risada do próprio Júpiter.

— Isso também. Mas estava pensando em alguma coisa mais permanente. Você se casará comigo, Juliette Bergerine?

Ela arquejou.

— Casar?

— Todos já pensam que estamos noivos – lembrou ele.

— Mas não sou sua prima.

— Graças a Deus. Buggy tem algumas teorias interessantes sobre casamentos entre primos que sugerem que isso é uma coisa a ser evitada. No entanto, mesmo se fosse verdade, não há um impedimento legal.

Ele roçou os lábios nos dela.

— Quer se casar comigo, Juliette?

— Sou francesa – lembrou ela, mesmo enquanto seu corpo respondia ao toque dele.

— Concluí isso pelo seu sotaque.

— Os ingleses não gostam dos franceses. Você pode ter problemas.

— Não me importo.

— Mas sua profissão...

— Preciso lembrar a você que sou sir Douglas Drury, o Gato do Tribunal de Old Bailey, o homem que consegue extrair uma confissão de um criminoso? Dificilmente minha carreira sofrerá por causa da mulher que escolhi para me casar.

Ele estava tão arrogante como naquele primeiro dia, mas, então, sorriu e pareceu quase um menino em sua felicidade. Ela teve que rir, enquanto passava os braços em torno do pescoço, pressionando o corpo no dele.

— E quanto à minha loja? – perguntou ela, atrevida. – Tenho que desistir de minha independência?

— Prefiro tentar impedir a ação de um furacão. É claro que deve ter sua loja. E, se precisar abrir mão do direito e me mudar para a França com você, que seja. Pelo menos eu falo a língua.

Ele faria isso por ela? Desistiria do Direito, do trabalho de sua vida, de sua fama, para ir com ela para um país que odiava tanto? *Mon Dieu*, devia amá-la demais! E, porque ela o amava, viu outro futuro para os dois. Uma vida que não seria tão independente, talvez, mas na qual haveria tantas alegrias que compensavam.

E, mesmo assim, sabia que seria mais independente que a maioria das mulheres.

— Acho que, talvez, se nos casarmos, terei costura demais para fazer, para você e nossos bebês.

— Bebês?

Ela o acariciou ousadamente.

— Bebês.

— Acredito que está tentando me seduzir, Juliette.

— *Oui, monsieur*. Devo parar?

Sua risada foi mais baixa, mais profunda, mais sedutora.

— *Non, ma chérie* – murmurou ele, enquanto abaixava a cabeça para beijá-la. – *Je t'aime*.

— BUGGY, PELO amor de Deus, quer parar de andar e se sentar? Vai gastar o tapete – disse Brix, sentado ao lado de Fanny na sala de estar, as pernas longas e musculosas esticadas.

— Bem, pelo amor de Deus, por que estão demorando tanto? – perguntou Buggy parando, as pernas abertas. – Estão lá há horas. Certamente já conseguiram...

Ele ficou em silêncio enquanto Brix e a esposa trocavam olhares divertidos. Então o rosto de Buggy ficou escarlate quando entendeu.

– Compreendo.

– Bem lento para você – observou Brix, com um sorriso. – Acho que só falta marcar a data do casamento. Por algum motivo, não acredito que estejam discutindo *isso* neste momento.

– Certamente, espero que não – replicou Buggy com seriedade.

– DRURY?

– Hum? – respondeu ele, sonolento, um braço em torno de Juliette, ambos deitados na cama, os lençóis uma confusão amassada, o cabelo despenteado, as roupas descartadas no chão onde haviam caído ou foram jogadas em pressa apaixonada.

Juliette traçou a longa e fina cicatriz em seu torso nu, que se estendia do ombro esquerdo até o umbigo.

– Isto também é da guerra?

Ele se mexeu enquanto a mão dela continuava a exploração.

– Isto, meu amor, devo a um certo oficial da marinha, atualmente no mar, Charlie Grendon.

Ela se lembrava vagamente do nome de uma conversa entre Drury e os Smythe-Medway. Tudo, menos Drury, parecia um pouco enevoado no momento. Ele a beijou levemente na testa.

– Foi o resultado de uma travessura de infância que deu errado. Espero que ele seja melhor com cordas agora.

– Vocês eram todos uns pequenos patifes, eu acho – observou ela.

– Algumas vezes – concordou. – Como é amar um patife?

– Eu gosto. – Ela rolou e subiu sobre ele. – Como é amar uma costureira?

— Maravilhoso. Principalmente quando ela tem outras habilidades.

Juliette roçou suavemente os seios no peito dele, fazendo os mamilos se tocarem.

— Estou contente de você pensar assim.

— Estava me referindo à sua pontaria com batatas.

Ela riu, deliciosamente feliz.

— Talvez, se me fizer ficar zangada, eu jogue algumas em *você*.

— Estou ansioso por isso. – Ele sorriu para ela. – Na verdade, mal posso esperar, e mal posso esperar para ser seu marido.

Ela pegou uma das mãos enroladas em ataduras e beijou-a de leve.

— Nem eu. Quando vai tirar essas ataduras?

— Acho que vai demorar um pouco. – Ele mexeu os dedos, sentindo dor. – O médico me disse que devem ficar melhores do que antes. Acho que vou gostar de descobrir o quanto ficarão melhores. Até então, teremos que esperar.

Ele ergueu a cabeça e beijou a ponta do nariz dela.

— Amo você, Juliette Bergerine, como jamais amei ninguém na vida.

— Amo você, sir Douglas Drury, e nunca deixarei de amá-lo. Agora faça amor comigo de novo... ou está cansado demais?

— Nem um pouco, embora ache que Buggy, Brix e Fanny devam estar se perguntando o que estamos fazendo.

— Eu suspeito, meu amor – disse ela, com uma risada rouca, sedutora, enquanto se abaixava para beijá-lo –, que eles são capazes de adivinhar.

* * *

Aviso de casamento no *London Morning Herald*:

Casados, na quinta-feira, 2 de dezembro, na capela de Lincoln's Inn, sir Douglas Drury, baronete, e a srta. Juliette Bergerine. Também presentes o honorável visconde Bromwell, famoso autor de *The Spider's Web*, o honorável visconde Terrington e a viscondessa Terrington, o honorável Brixton Smythe-Medway e lady Francesca Smythe-Medway, o tenente Charles Grendon, da Marinha de Sua Majestade, o sr. James St. Claire, e diversos advogados e procuradores. O noivo e a noiva compraram, recentemente, uma casa em Mayfair, onde pretendem residir enquanto sir Douglas continua sua distinta carreira legal.

Este livro foi impresso na tipologia Minion,
em corpo 11/13,5, em papel HIGH BRITE 52g/m²
pela PROL EDITORA GRÁFICA.